HEYNE

SCIENCE FICTION

Ein vollständiges Verzeichnis aller
im HEYNE VERLAG erschienenen STAR TREK-Romane
finden Sie am Schluss des Bandes.

STAR TREK
VOYAGER™

Eric Kotani

Tod eines Neutronensterns

Roman

Star Trek®
Voyager™
Band 19

Deutsche Erstausgabe

WILHELM HEYNE VERLAG
MÜNCHEN

HEYNE SCIENCE FICTION & FANTASY
Band 06/5819

Titel der amerikanischen Originalausgabe
DEATH OF A NEUTRON STAR
Deutsche Übersetzung von
ANDREAS BRANDHORST

Umwelthinweis:
Dieses Buch wurde auf chlor- und säurefreiem Papier gedruckt.

Redaktion: Rainer Michael Rahn

Erstausgabe by Pocket Books/Simon & Schuster Inc., New York

http://www.heyne.de
Printed in Germany 2001
Umschlagbild: Pocket Books/Simon & Schuster, New York
Umschlaggestaltung: Nele Schütz Design, München
Technische Betreuung: M. Spinola
Satz: Schaber Satz- und Datentechnik, Wels
Druck und Bindung: Ebner Ulm

ISBN 3-453-19671-6

Für
Aileen Boutilier,
David und Lynn Drake,
Dan und Judy Goldin,
George und Carolina McCluskey,
Steve und Renee Wilson,
Jeff Karl
und
Fouad und Sue Aide

EINLEITUNG

Bei der 42. Generalversammlung der International Astronomical Union (IAU) 1994 in Den Haag wurde ein Krater auf dem Mars nach Gene Roddenberry benannt.

Der Roddenberry-Krater befindet sich bei folgenden marsianischen Koordinaten: –49,9 Grad Breite und 4,5 Grad Länge, in Quad MC26SE auf Karte I-1682. Der Durchmesser des Kraters beträgt etwa 140 Kilometer.

1

Captain Kathryn Janeway saß im Kommandosessel und beobachtete das fremde Raumschiff auf dem Hauptschirm. Stille herrschte auf der Brücke um sie herum, eine abwartende, gespannte Stille, während die Offiziere an ihren Stationen saßen und ebenfalls zum Projektionsfeld sahen.

Das kleine Schiff mochte vier Personen Platz bieten und sein Konstruktionsmuster wirkte völlig unvertraut auf Janeway. Es war deltaförmig, mit schwingenartigen Erweiterungen, die es wie einen Vogel aussehen ließen. Der Bug neigte sich ein wenig nach oben, so wie der vordere Teil eines Skis. Schwarze Streifen zeigten sich am goldgelb schimmernden Rumpf, erweckten den Eindruck von Bewegung. Es handelte sich ganz offensichtlich um ein für Atmosphärenflüge konzipiertes Gefährt, doch derzeit war es ziemlich weit von der nächsten Atmosphäre entfernt.

Das kleine Schiff faszinierte Janeway auch deshalb, weil es die Fremden an Bord ziemlich eilig zu haben schienen. Seit zehn Minuten folgten sie dem Raumer in einem sicheren Abstand und Janeway war ziemlich sicher, dass die Unbekannten die *Voyager* noch nicht geortet hatten – es sei denn, ihnen standen sehr gute Sensoren zur Verfügung.

Sie griff nach ihrer Tasse Kaffee, trank einen Schluck und genoss das herrliche Aroma. Vor sechs Tagen hatte Neelix auf einem unbewohnten Planeten interessante Bohnen gefunden und damit war es ihm zum ersten

Mal gelungen, einen anständigen Kaffee zuzubereiten. Die Flüssigkeit schmeckte würzig, wirkte gleichzeitig anregend und beruhigend. Es gab nur ein kleines Problem. Wenn es nicht gelang, die Bohnen zu replizieren, reichte der Vorrat nur noch eine Woche, denn die ganze Crew trank den Kaffee. Es würde für alle ein trauriger Tag sein, wenn Neelix die letzte Tasse füllte. Bis dahin wollte sich Janeway daran erfreuen, ganz gleich ob heiß, warm oder auch kalt.

»Das Ziel des fremden Schiffes lässt sich nicht ohne weiteres feststellen, Captain«, sagte Harry Kim und beendete damit das Schweigen.

»Offenbar kommt es von einem mehrere Lichtjahre entfernten Planeten«, berichtete Tuvok.

»Es sieht prächtig aus«, kommentierte Tim Paris. »Ich würde es mir gern von innen ansehen.«

»Dazu bekommen Sie wohl kaum Gelegenheit«, sagte Kim.

Janeway sah zu dem Einsatzoffizier und trank einen weiteren Schluck.

Kim zuckte mit den Schultern. »Die von den Fernbereichsensoren ermittelten Daten deuten auf eine Überlastung des Triebwerks hin.«

Janeway setzte die Tasse ab und beobachtete erneut das anmutige Schiff. »Bringen Sie uns näher heran, Tom. Ich möchte zusätzliche Informationen bekommen.«

Sie wandte sich an Kim. »Öffnen Sie einen externen Kom-Kanal, Fähnrich. Teilen Sie den Fremden mit, dass wir keine feindlichen Absichten hegen.«

Wieder wurde es still auf der Brücke.

»Keine Antwort, Captain«, meldete Fähnrich Kim wenig später.

»Versuchen Sie es erneut«, sagte Janeway.

Das kleine Schiff auf dem Hauptschirm wurde größer, als sie sich ihm näherten. Janeway bewunderte die graziösen Konturen und verspürte wie Paris den Wunsch, sich an Bord umzusehen. Doch die eigentliche Frage lautete: Warum befand es sich hier draußen? Und warum die starke Belastung des Triebwerks? Man hätte fast meinen können, dass die Fremden vor etwas flohen.

Janeway sah zu Tuvok. »Sondieren Sie den Raumbereich, aus dem das Schiff kommt.«

Tuvok nickte und kam der Aufforderung sofort nach.

»Noch immer keine Antwort, Captain«, sagte Fähnrich Kim.

»Captain ...«, erklang die Stimme des Vulkaniers. »Ein großes, nicht identifiziertes Raumschiff nähert sich auf Abfangkurs. Es wird den kleineren Raumer in drei Minuten und sieben Sekunden erreichen.«

Janeway nickte und blickte wieder zum Hauptschirm. Jetzt wusste sie, warum es die Fremden so eilig hatten – sie wurden verfolgt.

»Das Triebwerk des kleinen Schiffes steht kurz vor einer kritischen Überladung«, meldete Harry Kim.

»Wie viel Zeit bleibt noch?«

Kim schüttelte den Kopf. »Wenn keine rechtzeitige Deaktivierung erfolgt, kommt es in dreißig Sekunden zum Kollaps.«

»Grußfrequenzen öffnen«, sagte die Kommandantin und wandte sich wieder dem Hauptschirm zu. »Hier spricht Captain Janeway vom Föderationsschiff *Voyager*. Ihnen steht die Selbstzerstörung bevor. Schalten Sie das Triebwerk ab. Wir sind bereit, Ihnen zu helfen.«

»Wir empfangen eine Nachricht vom Verfolgerschiff«, sagte Kim.

Janeway sah zu dem Fähnrich.

»Wir werden aufgefordert, uns nicht einzumischen.«

»Auch das zweite Schiff kann sich nicht mit uns messen, Captain«, sagte Tuvok. »Es hat ein geringeres offensives und defensives Potential.«

»Das kleine Schiff deaktiviert das Triebwerk«, meldete Kim.

Janeway nickte. »Mr. Paris, bringen Sie uns zwischen die beiden Schiffe. Fähnrich Kim, stellen Sie eine Kom-Verbindung mit den beiden Raumern her.«

Einmal mehr blickte sie zu dem wunderschönen kleinen Raumschiff auf dem Hauptschirm, das nun antriebslos durchs All glitt, mit der gleichen Geschwindigkeit wie die *Voyager*. Zwar war der Kaffee inzwischen kalt, aber sie trank ihn trotzdem, genoss erneut den Geschmack und überlegte dabei, worauf sie sich diesmal eingelassen hatten.

Es dauerte einige Minuten, bis sich die Darstellung des Hauptschirms in zwei Fenster teilte, Bestätigung dafür, dass die gewünschten Kom-Verbindungen hergestellt waren. Die Pilotin des kleinen Raumschiffs wirkte sehr menschlich, hatte allerdings eine breitere Stirn und größere grüne Augen. Ihre Züge deuteten auf Ernst und Kampfgeist hing. Janeway vermutete, dass sie diese Person einerseits sympathisch finden, andererseits aber auch Probleme mit ihr haben konnte. In den grünen Augen blitzte es.

Soweit Janeway es erkennen konnte, trug die Pilotin eine knappe Hemdbluse, die den Oberkörper kaum bedeckte. Janeway hatte beobachtet, wie Tom beim Erscheinen der Fremden die Brauen wölbte und zu Fähnrich Kim sah. Sie beschloss, dieser Reaktion keine Beachtung zu schenken.

Tuvok hatte berichtet, dass sich nur zwei Personen an Bord des kleine Raumschiffs befanden, das über keine nennenswerten Waffen verfügte. Alles deutete darauf hin, dass es nicht für interstellare Flüge vorgesehen war.

Beim größeren Schiff sah die Sache ganz anders aus. Es war mit Waffensystemen und Schutzschirmen ausgestattet und seine Besatzung bestand aus vierundsechzig Personen. Der Kommandant erwies sich als ein männliches echsenartiges Geschöpf mit schlitzförmigen Augen und einer aus Schuppen bestehenden Haut. Er trug einen dünnen Umhang und Waffen hingen über seiner Brust. Offenbar eine kriegerische Spezies, wenn der erste Eindruck nicht täuschte.

Janeway sprach als erste. »Ich bin Captain Janeway vom Föderationsschiff *Voyager*. Wir kommen aus einem anderen galaktischen Quadranten und führen hier eine Forschungsmission durch. Wir würden Ihnen gern dabei helfen, Ihren Konflikt ohne Gewalt zu lösen.«

»Captain Qavim von der Fregatte Seiner Kaiserlichen Majestät *Falke*«, stellte sich der reptilienartige Kommandant vor. »Wir verfolgen die beiden Rebellen, die eine Yacht des königlichen Prinzen stahlen. Wir verlangen, dass Sie Ihre Einmischungsversuche unverzüglich einstellen! Wenn Sie nicht weichen, müssen Sie die Konsequenzen tragen.«

»Das stimmt nicht!«, erwiderte die Pilotin des kleinen Schiffes. In ihren Augen flackerte das Licht des Zorns und dadurch wirkte sie noch eindrucksvoller.

»Ich bin Lieutenant Tyla von den Raumstreitkräften der Lekk. Wir Lekk sind *nicht* Teil des Qavok-Reiches.« Sie sah Janeway an. »Man hat uns entführt. Wir sind aus der Gefangenschaft geflohen.«

»Unsinn!«, zischte Qavim. Kleine Hautlappen öffneten sich dort, wo man die Nase vermutete, und ein verächtliches Schnaufen erklang. »Die politischen Oberhäupter Ihres Volkes sind aus freiem Willen Gäste auf unserer Welt und bereiten sich darauf vor, dem Kaiser Treue zu schwören.«

Lieutenant Tyla richtete einen ungläubigen, fassungslosen Blick auf den Qavok. »Lügen! Alles Lügen! Ihr Qavoks habt den Ersten Bürger und seine Kabinettsmitglieder getäuscht und auf einen eurer elenden Planeten gelockt. Zwang und Nötigung sind etwas ganz anderes als ein freiwilliger Loyalitätseid!«

Sie wandte sich wieder an Janeway. »Es kam zu einer Entführung. Dr. Maalot und ich … Wir befanden uns zu jenem Zeitpunkt rein zufällig im Kongresssaal und wurden ebenfalls gefangen genommen.«

Janeway sah zum zweiten, schüchtern wirkenden Passagier des kleinen Raumschiffs. Offenbar war er der erwähnte Dr. Maalot.

»Wir brachten diese Yacht unter unsere Kontrolle und entkamen damit. Unsere Absicht besteht darin, heimzukehren und unser Volk vor dem Plan der Qavok zu warnen. Wenn unsere Artgenossen genug Zeit haben, können sie die Gefahr vielleicht abwenden oder zumindest einige Leben retten.«

»Deshalb haben Sie sich mit einem kleinen Raumschiff auf den Weg gemacht, das sich bestenfalls für interplanetare Flüge eignet, nicht aber für interstellare Reisen?«, fragte Janeway.

Tyla schob das Kinn vor. »Uns blieb nichts anderes übrig, um unser Volk zu retten.«

Janeway nickte – ganz deutlich sah sie die Entschlossenheit in Tylas Augen. Derzeit war sie bereit, der Lekk zu glauben.

Die Worte des Qavoks hingegen klangen falsch und hinzu kam, dass er nun zu drohen begann. Janeway presste verärgert die Lippen zusammen.

»Die Lekk-Frau tischt Ihnen Märchen auf, Captain. Es ist reine Zeitverschwendung, ihr zuzuhören. Wenn Sie sich nicht innerhalb der nächsten fünf Minuten zurückziehen, vernichten wir Ihr Schiff und bringen die Yacht auf. Für uns ist es gleich – wir bekommen die beiden Lekk so oder so.«

»Qavim«, erwiderte Janeway und sah dem Qavok in die Augen, »wenn wir angegriffen werden, verteidigen wir uns. Habe ich mich klar genug ausgedrückt?«

»Wir haben ein Recht auf unser Eigentum«, sagte Qavim. In seinem Gesicht zeigte sich Spott, wenn Janeway den Ausdruck richtig deutete.

»Ich werde jeden Versuch, das kleine Schiff zu zerstören oder aufzubringen, ohne eine friedliche Lösung anzustreben, als eine militärische Aktion gegen uns interpretieren.« Janeway sah den Fremden auch weiterhin an, ohne zu blinzeln. »Ich garantiere Ihnen, dass Sie angemessene Reaktionen von uns erwarten dürfen.«

Die Augen des Qavoks schienen ein wenig größer zu werden, bevor er die Kom-Verbindung unterbrach.

»Seien Sie auf der Hut«, warnte Tyla. »Er wird nicht fünf Minuten warten, sondern vorher angreifen.«

»Danke«, entgegnete Janeway und lächelte. »Keine Sorge – wir können gut auf uns aufpassen. Halten Sie Ihre gegenwärtige Position.«

»Danke, Captain.« Auch Tyla schloss den Kom-Kanal.

Janeway sah Chakotay an und nickte.

»Schilde hoch«, sagte er. »Waffen in Bereitschaft.«

Janeway nahm im Kommandosessel Platz, als Energiestrahlen vom Qavok-Schiff ausgingen und an den Schutzschirmen der *Voyager* zerstoben.

»Das waren kurze fünf Minuten«, kommentierte Tom Paris.

»Ein leicht zu durchschauender Bursche«, sagte Janeway und hob ihre Tasse, damit bei den leichten Vibrationen, die das Schiff nun erfassten, kein Tropfen Kaffee verschüttet wurde.

»Schilde bleiben stabil«, meldete Chakotay. »Kapazität hundert Prozent.«

»Keine Schäden, Captain«, fügte Kim hinzu.

»Erwidern Sie das Feuer«, sagte Janeway. »Zielerfassung auf die Waffen richten. Ich möchte das Schiff nicht vernichten und riskieren, dadurch einen Krieg vom Zaun zu brechen.«

In drei Sekunden entluden sich die Phaserkanonen der *Voyager* fünfmal – mehr war nicht nötig, um das offensive Potential der Qavok-Fregatte lahm zu legen.

»Feuer einstellen«, befahl Janeway. »Verbinden Sie mich mit Captain Qavim.«

»Kom-Kanal wird geöffnet«, bestätigte Kim.

Einige Sekunden verstrichen. »Keine Antwort, Captain.«

Janeway lehnte sich zurück und trank den kalten, aber trotzdem wundervoll schmeckenden Kaffee. »Geben wir ihm ein oder zwei Minuten Zeit«, sagte sie. »Soll er Gelegenheit haben, eine Tasse Kaffee zu trinken und über seine Situation nachzudenken.«

Im Kontrollraum der Qavok-Fregatte trafen Schadensberichte ein. Rauchschwaden hatten sich gebildet und die an den drei Stationen stehenden Brückenoffiziere wirkten viel zu aufgeregt. Qavim beschloss, sie später zu ersetzen. Aufregung konnte zu Leichtsinn und damit zu Fehlern führen.

»Gefechtsturm Eins ist völlig zerstört!«, verkündete der Erste Offizier Qubo. »Keine Überlebenden.«

»Fahren Sie fort«, sagte Qavim.

»Gefechtsturm Zwei ist ebenfalls zerstört, und niemand meldet sich. Vermutlich hat auch dort niemand überlebt.«

Qavim nickte und nahm die übrigen Berichte entgegen. Die selbst unter normalen Verhältnissen freudlose Atmosphäre im Kontrollraum verfinsterte sich weiter. Nur die Stimme des Ersten Offiziers drang durch den Rauch, der nach verbrannten Kabeln stank.

Qavim hörte nur mit halbem Ohr zu, während er über die Ereignisse der letzten Minuten nachdachte. Er hatte den Feind unterschätzt. Ein solcher Fehler würde ihm beim nächsten Mal nicht unterlaufen – vorausgesetzt, es gab ein nächstes Mal. Seine Priorität bestand jetzt im Überleben, um eine zweite Chance zu bekommen, den Sieg zu erringen.

»Die Fremden versuchen, eine Kom-Verbindung mit uns herzustellen, Captain.«

»Antworten Sie nicht«, erwiderte Qavim, sah auf den

Bildschirm und beobachtete das Schiff zwischen seiner Fregatte und der Yacht. »Bringen Sie uns aus der Kampfzone.«

»Ja, Captain!« Der Erste Offizier führte den Befehl sofort aus.

Als die Fregatte abdrehte und durchs All glitt, nahm Qavim wieder in seinem Sessel Platz. Sein Fehler hätte den Tod für sie alle bedeuten können – wenn die Kommandantin der *Voyager* so blutdürstig gewesen wäre wie viele Offiziere in der Qavok-Raumflotte. Aber sie mochte durchaus bereit sein, die Fregatte zu vernichten, wenn er sie zu sehr provozierte. Unter den gegebenen Umständen hielt es Qavim für besser, kein Risiko einzugehen. Er wusste, dass der Rückzug in gewissen Situationen als eine kluge Maßnahme galt. In einer solchen Situation glaubte er sich jetzt.

Er würde sich zurückziehen, die Waffen reparieren und die *Voyager* aus sicherer Entfernung beobachten. Der Feind hatte sich darauf beschränkt, das offensive Potential der Fregatte zu neutralisieren, ohne das Schiff zu zerstören. Qavim fragte sich, was der Grund dafür sein mochte. Wollte sich die Kommandantin der *Voyager* nicht in einen Kampf verwickeln lassen? Ein solches Vorgehen deutete auf Klugheit hin.

Qavim spürte so etwas wie Respekt, ließ sich dadurch aber nicht von seinem Wunsch ablenken, sich an der *Voyager* zu rächen. Doch zuerst galt es, ein anderes Problem zu lösen: Er musste verhindern, dass man ihm die Schuld am Entkommen der Yacht gab. Von der Kommandantin der *Voyager* ging keine unmittelbare Gefahr aus. Ein Kopf würde rollen und Qavim wollte dafür sorgen, dass der rollende Kopf jemand anders gehörte.

»Befehle?«, fragte Qubo.

»Beginnen Sie mit der Reparatur der Waffen. Und halten Sie die gegenwärtige Position.«

Qavim beobachtete, wie sich seine Männer an die Arbeit machten, wandte sich dann wieder der Frage des eigenen Überlebens zu. Würde ihm der Admiral glauben, wenn er behauptete, sein Schiff sei in einen Hinterhalt geraten? Nein, wahrscheinlich nicht. Abtrünnige Lekk, die eine Falle vorbereiteten, *bevor* sie flohen, noch dazu im interstellaren All? Nein, so etwas klang sehr unglaubwürdig. Qavim brauchte eine Geschichte, die von seiner Crew bestätigt werden konnte und nicht im Widerspruch mit den aufgezeichneten Daten stand.

Qubo wartete zweifellos nur darauf, den Posten des Captains zu übernehmen. Bestimmt war er nicht bereit, für Qavim zu lügen – immerhin bot er sich selbst für eine Beförderung an, indem er die Wahrheit sagte. Dieser Gedanke brachte Qavim auf eine Idee. Angenommen, er machte seinen Ersten Offizier zu einem Kollaborateur der Lekk? Er begann damit, über ein Szenario nachzudenken, das den Admiral überzeugen konnte. Zuerst würde er Qubo etwas erzählen, das ihn dazu bringen sollte, sich selbst zu kompromittieren. Und dann wollte er abwarten, um zu sehen, wie sich die Dinge entwickelten. Mit ein wenig Glück würde er bald mit zehn Schiffen zurückkehren und die *Voyager* vernichten.

»Nehmen Sie Kurs auf die Heimatbasis«, sagte Qavim. »Geschwindigkeit Eins.«

»Captain«, sagte Fähnrich Kim, »das Qavok-Schiff hat den Warptransfer eingeleitet und kehrt in die Richtung zurück, aus der es kam.«

»Gibt Qavim auf oder will er Verstärkung holen?«, fragte Janeway. »Ich wette, Letzteres ist der Fall.«

»Das glaube ich auch«, sagte Paris.

»Die Yacht scheint bei der Verfolgungsjagd beschädigt worden zu sein«, meinte Chakotay. »Das Triebwerk muss überholt werden.«

Janeway nickte. »Ist sie klein genug, um mit dem

Traktorstrahl in den Shuttlehangar gezogen zu werden?«

Chakotay sah auf die Displays. »Ja«, antwortete er.

Janeway stand auf und griff nach der leeren Kaffeetasse. »Ich muss mit Mr. Neelix reden.«

Chakotay sah zu ihr auf und lächelte. »Keine Sorge. B'Elanna findet bestimmt eine Möglichkeit, die Bohnen zu replizieren.

»Das hoffe ich«, sagte Janeway und lachte. »Aber bis dahin will ich auf keinen Fall meine zweite Tasse versäumen.«

Tyla beobachtete ungläubig, wie sich das Qavok-Schiff zurückzog – so etwas hätte sie nicht für möglich gehalten. Aber sie hätte sich auch nicht vorstellen können, von den Qavok gefangen genommen zu werden und mit der königlichen Yacht zu fliehen.

Sie sank in einen der üppig gepolsterten Sessel und sah sich um. An Bord des luxuriösen kleinen Raumschiffs fühlte sie sich fehl am Platz. Allein die Tapisserien an den Wänden des Wohnbereichs kosteten sicher mehr, als sie in ihrem ganzen Leben verdient hatte. Selbst die einfachen Schatullen auf den Frisierkommoden waren mit Gold und glitzernden Edelsteinen geschmückt.

Unglücklicherweise gehörte keine Waffenkonsole zu den Ausstattungen der Yacht. Das Fehlen entsprechender Bordsysteme deutete Tylas Meinung nach darauf hin, dass dieses Schiff nicht dazu bestimmt gewesen war, größere Entfernungen ohne eine militärische Eskorte zurückzulegen. Offenbar diente es einzig und allein dazu, den Prinzen und seine Gäste mit jedem erdenklichen Luxus zu verwöhnen.

Tyla erinnerte sich daran, gelacht zu haben, als sie sich zum ersten Mal an Bord der Yacht umgesehen hatte. Der Geschmack des Prinzen in Hinsicht auf Frauen schien sehr allgemeiner Natur zu sein. Darauf deuteten die vielen Holo-Fotos von mehr oder weniger leicht bekleideten Qavok-Frauen hin. Sie fragte sich, wie viele von ihnen zu seinen Ehefrauen zählten. Oder waren sie Sklavinnen, so wie auch die Lekk Sklaven werden sollten?

Die Yacht erzitterte leicht, als sie vom Traktorstrahl der *Voyager* erfasst wurde.

Tyla sah Dr. Maalot an und nickte beruhigend. Captain Janeway schien Vertrauen zu verdienen, aber Tyla wusste, dass viel von ihrem eigenen Verhalten abhing. Wenn es ihr gelang, eine Vereinbarung mit der Kommandantin der *Voyager* zu treffen … Dann konnte sie vielleicht rechtzeitig genug zurückkehren, um ihre Heimatwelt zu warnen.

Tom Paris beobachtete, wie sich das Hangarschott hinter der schnittigen Yacht schloss. Er hatte viele hübsche Schiffe gesehen, aber diese beanspruchte auf der entsprechenden Liste einen Platz ganz oben. Am liebsten wäre er dicht an die Yacht herangetreten, um ihre golden und silbern glänzende Außenhülle zu berühren. Selbst als das kleine Schiff auf dem Shuttledeck ruhte, erweckte es den Eindruck, dahingleiten zu wollen, über einen blauen Himmel oder durch ein grünes Meer.

Aber es rührte sich nicht von der Stelle. Paris wartete und sah, wie sich in der einen Seite eine Luke öffnete. Lieutenant Tyla stieg aus, gefolgt von dem Lekk-Mann.

Paris hielt unwillkürlich den Atem an, als sich Tyla im Hangar umsah und dann auf ihn zuschritt. Sie sah wundervoll aus in ihrer roten Hemdbluse und der schwarzen, hautengen Hose. Die Bluse passte gut zu dem hellroten Haar. In Wirklichkeit, fand Paris, war die Lekk noch schöner als auf dem Bildschirm.

Hinter ihm öffnete sich die Tür des Hangars. Seven of Nine kam herein und blieb an seiner Seite stehen.

Er schluckte und lächelte, damit Tyla wenigstens ein freundliches Gesicht sah.

»Willkommen an Bord der *Voyager*«, sagte er, trat vor und streckte die Hand aus.

Tyla ergriff nicht etwa die dargebotene Hand, sondern Paris' Arm. Allem Anschein nach war bei den Lekk – oder zumindest bei ihrem Militär – ein Gruß üblich, der dem im alten Rom ähnelte.

»Ich bin Lieutenant Paris«, sagte er. »Nennen Sie mich Tom.«

»Zweiter Lieutenant Tyla von den Raumstreitkräften der Lekk«, antwortete die Frau. Sie musterte Paris zwei oder drei Sekunden lang und lächelte dann ebenfalls. »Es ist mir ein Vergnügen!«

Sie deutete auf ihren Begleiter. »Das ist der Astrophysiker Dr. Maalot.«

Paris atmete tief durch und musste sich fast dazu zwingen, auch seinen Teil der Vorstellung zu beenden. »Seven of Nine«, brachte er hervor.

»Eine Borg?«, fragte Maalot. Es klang fast schockiert.

»Einst gehörte ich zum Kollektiv«, sagte Seven. »Jetzt ist das nicht mehr der Fall.«

Paris schaffte es, diese Worte nicht mit einem Lächeln zu kommentieren. Er hatte Seven schon des öfteren in einer solchen Situation gesehen.

Maalot nickte. Er maß Seven of Nine mit einem letzten nachdenklichen Blick, bevor er wieder Paris ansah.

»Lieutenant Paris«, sagte Tyla förmlich und straffte die Schultern, »ich muss mit Ihrem Captain sprechen. Ich habe Informationen, die sehr wichtig sind für Ihr Schiff, falls Qavim mit einer Streitmacht zurückkehrt.«

»Kein Problem«, erwiderte Paris und lächelte erneut. »Aber der Captain hat mir aufgetragen, zuerst dafür zu sorgen, dass Sie medizinische Hilfe bekommen. Wenn Sie welche benötigen.«

»Danke, Lieutenant«, erwiderte Tyla. Sie entspannte

sich ein wenig und berührte noch einmal seinen Arm. »Uns fehlt nichts. Es ist wirklich von großer Bedeutung, dass wir so schnell wie möglich mit Ihrem Captain sprechen können.«

Paris bedauerte es, keinen Vorwand zu haben, um Tyla noch etwas länger aufzuhalten. Die Pflicht rief.

»Und wir müssen auch mit Ihrem wissenschaftlichen Offizier reden«, fügte Dr. Maalot hinzu. »Immerhin ist ein großer Teil meines Berichts astrophysikalischer Natur.«

»Ich glaube, Captain Janeway ist in beiden Fällen die geeignete Gesprächspartnerin für Sie.«

»Auch ich bin imstande, erforderliche Informationen zu liefern«, warf Seven ein.

»Gut«, sagte Maalot und bedachte die Borg mit einem weiteren von Unbehagen geprägten Blick. »Es bleibt nicht mehr viel Zeit.«

Paris sah zu Tyla, die kurz mit den Schultern zuckte. »Er hat Recht.«

»Ich glaube, die *Voyager* kann mit den Qavok-Schiffen fertig werden«, sagte Paris.

»Meine Sorge gilt nicht den Qavok-Schiffen, sondern den sterbenden Neutronensternen«, erwiderte Dr. Maalot.

Seven trat abrupt vor und ragte vor dem Lekk-Mann auf. »Erklären Sie das.«

Paris zog Seven vorsichtig am Arm zurück. »Ich glaube, wir sollten besser zum Captain gehen.«

Seven sah ihn an und nickte, schritt dann ohne ein weiteres Wort zur Tür.

Tyla und Maalot wirkten verblüfft.

Tom lächelte fast entschuldigend. »Sie wird ein wenig aufgeregt, wenn es um die Wissenschaft geht.«

»Das sollte bei uns allen der Fall sein, Mr. Paris«, entgegnete Maalot. Sein Tonfall erinnerte Tom an die verknöcherten Professoren der Starfleet-Akademie.

»Äh, ja. Bitte hier entlang.« Er bedeutete den beiden Lekk, ihm zu folgen. Sie setzten sich ebenfalls in Bewegung, wahrten aber einen gewissen Abstand. Paris seufzte innerlich. Vermutlich stand ihnen ein langer Tag bevor.

2

Janeway hatte gerade ihre zweite Tasse Kaffee getrunken, als Paris die beiden Gäste auf die Brücke führte.

Tyla sah sich um und nahm alle Einzelheiten in sich auf. Mit ihrem roten Haar und der roten Bluse wirkte sie sehr eindrucksvoll, doch Janeways Interesse galt sofort dem Mann an ihrer Seite. Sie vermutete, dass es sich um Dr. Maalot handelt. Er hatte ebenso dunkelgrüne Augen wie Tyla, doch ihm fehlte ihre Mischung aus Zuversicht und Selbstbewusstsein. Stattdessen wirkte er sehr besorgt. Was mochte dazu geführt haben, dass zwei so unterschiedliche Personen gemeinsam flohen?

Janeway stand auf und näherte sich den beiden Lekk. Tyla trat vor und Maalot wahrte einen gewissen Abstand.

»Captain, ich weiß gar nicht, wie wir Ihnen danken können«, sagte Tyla. »Wenn Sie uns bei der Reparatur unseres Schiffes helfen ... Dann fallen wir Ihnen nicht länger zur Last.«

Janeway winkte ab. »Sie brauchten Hilfe und wir befanden uns zufällig in der Nähe. Ich nehme an, das ist der von Ihnen erwähnte Dr. Maalot?«

Tyla nickte und ihr Begleiter trat ebenfalls vor. »Freut mich sehr, Sie kennen zu lernen, Captain. Ich danke Ihnen, im Namen unseres Volkes.«

»Es ist schön, Sie beide an Bord zu haben. Bitte folgen Sie mir. Wir suchen einen Ort auf, an dem wir miteinander sprechen können.«

Janeway führte die beiden Besucher ins Konferenzzimmer neben der Brücke. Dr. Maalot beunruhigte sie, aber es gelang ihr nicht, den Grund für dieses seltsame Empfinden zu erkennen.

Chakotay, Paris, Fähnrich Kim, Seven und B'Elanna gesellten sich ihnen hinzu. Janeway wartete, bis alle Platz genommen hatten, wandte sich dann an Tyla.

»Darf ich Sie darum bitten, uns zu erzählen, wie Sie in eine solche Situation geraten sind?«

»Captain«, warf Maalot ein, »ich fürchte, das Problem mit den Neutronensternen erreicht schon sehr bald die kritische Phase, und deshalb ...«

Janeway hob die Hand. »Eins nach dem anderen, Doktor. Ich habe es mit einem militärischen Konflikt zu tun und darum müssen wir uns zuerst kümmern. Es dauert bestimmt nicht lange.«

Maalot schluckte und nickte.

Tyla sah ihren Begleiter an und richtete den Blick dann wieder auf die Kommandantin der *Voyager*. Janeway sah ein kurzes zorniges Aufblitzen in ihren Augen. Derzeit schien sie alles andere als glücklich zu sein. Vielleicht lag es daran, dass sich Janeway nicht sofort bereit erklärt hatte, das Triebwerk der Yacht zu reparieren.

Tyla zögerte kurz und begann dann mit ihrem Bericht. »Schon seit Jahrzehnten versuchen die Qavoks, unser Sonnensystem zu annektieren, doch ihre erste direkte Aktion unternahmen sie vor einem Jahr, als sie unseren Heimatplaneten angriffen.«

»Sie haben die Angreifer abgewehrt«, vermutete Janeway.

Tyla lächelte, als sie sich an den errungenen Sieg erinnerte. »Ja«, bestätigte sie. »Die Qavoks mussten eine demütigende Niederlage hinnehmen.«

Janeway nickte. »Und was geschah dann?«

Das Lächeln verschwand von Tylas Lippen. »Wir

Lekk sind kein militaristisches Volk, Captain. Nach dem Sieg boten unsere politischen Oberhäupter Verhandlungen an. Viele waren dagegen, aber uns fehlten die Mittel zu einem Gegenangriff.«

Janeway nickte erneut, voller Anteilnahme. Eine der schwierigsten Aufgaben eines Starfleet-Captains bestand darin, das Gleichgewicht zwischen Frieden und Gewalt zu wahren. Die Menschheit hatte Jahrhunderte gebraucht, um diese Balance zu lernen.

»Während des ersten Treffens vor zwei Wochen wurden die Oberhäupter unseres Volkes getäuscht und entführt«, sagte Tyla. »Man brachte sie zu einem Qavok-Planeten und dort werden sie als Geiseln festgehalten. Dr. Maalot und ich befanden uns im Kongresssaal, um dort einen astrophysikalischen Bericht zu erstatten, und man nahm uns ebenfalls gefangen.«

Janeway verstand. »Nur Ihnen und Dr. Maalot gelang die Flucht?«

Tyla nickte. »Ja, soweit wir wissen. Ich möchte etwas klarstellen, Captain. Zwischen meinem Volk und den Qavoks herrscht Krieg und ich halte die Yacht für Kriegsbeute. Wir haben nicht die Absicht, sie zurückzugeben.«

Janeway hob erstaunt die Brauen, als sie diese forschen Worte vernahm. Es mangelte Tyla gewiss nicht an Mut, dafür aber an Diplomatie.

»Darum kümmern wir uns später«, sagte Janeway. »Bestimmt können wir eine Übereinkunft treffen. Wie lange waren Sie unterwegs?«

Tyla setzte zu einer Erwiderung an, überlegte es sich dann aber anders und schloss den Mund. Ihr Gesicht wurde fast so rot wie ihr Haar. Janeway begriff, dass diese Frau erhebliche Schwierigkeiten machen konnte.

Sie wahrte den Blickkontakt, bis Tyla schließlich antwortete: »Einen vollen Tag, mit Höchstgeschwindigkeit.«

»Es dauert also mindestens zwei Tage, bis Qavim mit Verstärkung zurückkehren kann.«

Tyla nickte. »Ja. Wenn man sein Versagen nicht mit einer Hinrichtung bestraft. Das ist eine Qavok-Tradition: Man richte alle hin, die keinen Erfolg erzielen.«

»Geschähe ihm ganz recht«, sagte Paris.

Chakotay sah ihn an und runzelte die Stirn. Janeway überhörte den Kommentar.

»Haben Sie weitere Informationen, die uns bei einem Kampf gegen die Qavoks helfen könnten?«

Tyla schüttelte den Kopf.

Janeway nickte kurz. »Na schön, Doktor, jetzt sind Sie an der Reihe. Ich schlage vor, Sie beginnen ganz von vorn, damit wir alles verstehen.«

Dr. Maalot schluckte einmal mehr. »Es könnte ein wenig fachspezifisch werden.«

»Keine Sorge«, sagte Janeway und sah kurz zu Seven, deren Blick dem Lekk galt.

Dr. Maalot musterte Seven kurz. »Vor zwei Wochen«, begann er dann, »befand ich mich auf einem mittelgroßen Asteroiden am Rand unseres Sonnensystems und probierte dort einen mit mehreren Radioteleskopen verbundenen Signalverstärker aus. Dabei entdeckte ich die schnell aufeinander folgenden periodischen Signale eines binären Pulsars.«

»Eines binären Pulsars?«, wiederholte Janeway und beugte sich interessiert vor. »Solche Sterne sind sehr selten.«

Dr. Maalot nickte. »Die extrem kurze Orbitalperiode von nur acht Sekunden erlaubte mir Rückschlüsse auf die Art dieses Neutronenstern-Paars. Die hohe relative Geschwindigkeit des Doppelsterns in Bezug auf die benachbarten Sterne deutet meiner Ansicht nach darauf hin, dass er durch ein kataklystisches Ereignis aus einem Tri-System geschleudert wurde.«

Maalot schien recht stolz auf seine Entdeckung zu

sein, was Janeway durchaus verstand: Er war auf eins der seltensten Phänomene im bekannten All gestoßen.

»Ein binärer Pulsar mit einer so kurzen Orbitalperiode?«, fragte Seven. »Sind Sie sicher?«

»Ja«, bestätigte Maalot. »Offenbar bewirkt Gravitationsstrahlung eine rasche Destabilisierung des Orbits.«

»Wenn man die Zeit berücksichtigt, die elektromagnetische Wellen brauchen, um Ihr Sonnensystem zu erreichen …«, sagte Janeway. »Es bedeutet, dass die *tatsächliche* Orbitalperiode des Doppelsterns noch kürzer ist.«

»Korrekt«, sagte Maalot. Ganz offensichtlich freute er sich über Janeways Bemerkung und sie verstand auch diese Reaktion. Viele Leute wussten nicht, dass sie in die Vergangenheit blickten, wenn sie durch ein Teleskop sahen. Wenn sie einen hundert Lichtjahre entfernten Stern beobachteten, so sahen sie ihn, wie er vor hundert Jahren beschaffen gewesen war.

»Bei den ersten Messungen vom Asteroiden aus habe ich eine Entfernung von etwas mehr als zehn Lichtjahren festgestellt«, sagte Maalot.

»Zehn Lichtjahre?«, fragte Janeway.

Maalot lächelte. »Ich verdanke die Entdeckung hauptsächlich dem neuen Signalverstärker.«

Janeway nickte. »Fahren Sie fort.«

»Im Laufe meiner Beobachtungen ist die Orbitalperiode auf nur noch etwa eine Sekunde geschrumpft. Diese Erkenntnis schockierte mich, Captain. Alles deutet darauf hin, dass wir es mit einer unmittelbar bevorstehenden kosmischen Katastrophe zu tun haben.«

Janeway sah zu Seven, die nicht recht zu wissen schien, was sie von der Besorgnis des Lekk halten sollte.

»Die Geschwindigkeit, mit der sich die Orbitalperiode verringert, hängt natürlich von den individuellen Massen ab«, sagte Seven. »Ich nehme an, Sie haben die Massen der beiden Sterne berechnet.«

Maalot erlaubte sich ein selbstgefälliges Schmunzeln, bevor er antwortete. »Ja, das habe ich. Angesichts der kurzen Periode kannte ich die Radialgeschwindigkeitskurven schon kurz nach der Entdeckung. Die orbitale Neigung ließ sich ebenfalls leicht feststellen. Als sich die beiden Sterne gegenseitig verdeckten, zeigten sie eine Umlaufbahn, deren ›Kante‹ genau auf unser Heimatsystem gerichtet ist. Anschließend war es leicht, die absoluten Massen zu berechnen. Der größere Stern hat eine Sonnenmasse – um in Ihren Maßeinheiten zu sprechen –, der kleinere ein Zehntel davon. Die Schrumpfung der Orbitalperiode dauert an und beschleunigt sich.«

Janeway nickte.

Paris wirkte verwirrt und auf Chakotays Stirn bildeten sich dünne Falten.

»Ich brauche weitere Daten«, sagte Seven, »aber offenbar deutet alles darauf hin, dass für die beiden Neutronensterne innerhalb weniger Tage das letzte Stadium beginnen könnte.«

»Stimmt«, ließ sich Maalot vernehmen. »Mir standen keine detaillierten Informationen zur Verfügung, als ich unseren politischen Oberhäuptern einen Bericht vorlegte, aber ich bin sicher, dass Sie den zeitlichen Rahmen richtig beschrieben haben. Vielleicht kommt das Ende sogar noch früher und die orbitale Neigung der beiden Neutronensterne gibt uns natürlich allen Grund zur Sorge.«

»Warum?«, fragte Chakotay.

Dr. Maalot richtete einen ernsten Blick auf ihn.

»Wenn alles nach dem üblichen Muster abläuft«, sagte Janeway, »so wird Folgendes geschehen: Der sekundäre Neutronenstern, der trotz seiner geringeren Masse größer ist als der primäre, wird seine äußere Hülle abstoßen. Vielleicht hat dieser Vorgang bereits begonnen. Habe ich Recht?«

»Ja«, sagte Maalot.

»Um ganz ehrlich zu sein: Auch ich verstehe nicht ganz, warum Sie sich Sorgen machen.«

Seven setzte zu einer Erwiderung an, aber Janeway kam ihr zuvor. »Ich möchte die Theorie des Doktors hören.«

Maalot nickte. »Der sekundäre Stern wird zu einer Mini-Supernova.«

»Genau«, bestätigte Seven.

»Das dachte ich mir«, sagte Janeway. »Bitte fahren Sie fort.«

»Wenn das passiert, wird der primäre Neutronenstern mit in die Richtung fortgeschleudert, in die er zum Zeitpunkt der Explosion flog.«

»Korrekt«, kommentierte Seven.

Maalot sprach so weiter, als hätte er sie überhaupt nicht gehört. »Der Neutronenstern wird alle Sonnensysteme in seiner Flugbahn zerstören. Bisher konnte ich seinen wahrscheinlichen Kurs noch nicht berechnen.«

»Dazu ist es noch zu früh«, sagte Seven.

»Es besteht die Möglichkeit, dass der Neutronenstern in Richtung Ihres Heimatsystems fliegt«, vermutete Chakotay.

»Ja, das stimmt leider«, entgegnete Dr. Maalot.

»Gibt es sonst noch etwas?«, fragte Janeway. Sie gewann den Eindruck, dass der Lekk ihnen nicht alles erzählt hatte.

Maalot warf der schweigenden Tyla einen kurzen Blick zu. »Ich fürchte, dass der Stern unser System erreicht. Ich mache mir große Sorgen um meine Familie und unser Volk, um alle Lekk.«

Was auch immer er verbarg – er wollte es nicht preisgeben. Janeways Blick glitt zu den Mitgliedern ihrer Crew. »Nun, dies ist eine gute Gelegenheit, neue Erkenntnisse zu gewinnen. Ich habe noch nie einen binären Neutronenstern in der letzten Phase seiner Existenz gesehen und mir ist kein Föderationsschiff bekannt, das entsprechende Beobachtungen gemacht hat. Wir könnten sicher viele aufschlussreiche Daten sammeln.«

Ihre Offiziere nickten.

»Mr. Paris, lassen Sie sich von Dr. Maalot die Koordinaten des Neutronensterns geben und programmieren Sie einen entsprechenden Kurs. Ich sehe kaum einen Sinn darin, hier zu sein, wenn die Qavoks zurückkehren.«

»Aye, Captain«, sagte er und lächelte. Er stand auf und bedeutete dem Lekk-Wissenschaftler, ihm zur Brücke zu folgen.

Janeway wartete, bis sie das Konferenzzimmer verlassen hatten, und wandte sich dann direkt an Tyla. »Es bedeutet, dass wir keine Zeit haben, Sie zuerst zu Ihrem Heimatsystem zu bringen. Ich verspreche Ihnen, das so bald wie möglich nachzuholen.«

»Wäre es möglich, dass Sie mein Schiff reparieren und mich damit losfliegen lassen?«

Janeway schüttelte den Kopf. »Nach einer ersten Bewertung der Schäden an Bord Ihrer Yacht dürfte es eine Weile dauern, das Warppotential wiederherzustellen. Wir werden uns alle Mühe geben, aber ich schätze, Ihnen bleibt zunächst nichts anderes übrig, als uns bei diesem Flug zu begleiten.«

Es ging Janeway auch darum, B'Elanna genug Zeit zu geben, die Yacht auseinander zu nehmen. Es konnte sicher nicht schaden, mehr über die Qavok-Technik herauszufinden – dann waren sie vorbereitet, wenn es zu einer weiteren Konfrontation kam.

Tyla wirkte fast zornig. In ihren grünen Augen zeigten sich Trotz und ein starker Wille. »Können wir wenigstens versuchen, meinem Volk eine Nachricht zu übermitteln, um es zu warnen?«

»Natürlich«, sagte Janeway. »Aber es würde mich sehr überraschen, wenn man in Ihrer Heimat noch nichts von der Entführung der politischen Oberhäupter weiß.«

Einmal mehr zeigte sich Unbehagen in Tylas Zügen. Janeway wartete einige Sekunden lang und fand sich dann damit ab, dass sie von Tyla nicht mehr erfahren würde als von Dr. Maalot. Zumindest jetzt noch nicht.

»Danke, Captain.«

»In der Zwischenzeit wäre ich für jeden Hinweis in Bezug auf die Qavoks dankbar, falls wir ihnen noch einmal begegnen«, sagte Janeway.

»Verstanden, Captain. Ich werde Ihre Sache so gut wie möglich unterstützen.«

»Und ich die Ihre«, sagte Janeway.

Tyla nickte nur.

Janeway sah, dass ihre Entscheidung der Lekk nicht gefiel. Sie runzelte die Stirn, als sie sich vorstellte, wie die hitzköpfige Tyla einen Shuttle der *Voyager* stahl – immerhin hatte sie auch die Yacht gestohlen.

»Kommen Sie«, sagte Janeway, stand auf und ging zur Brücke.

Als sie den Kontrollraum betrat, meldete Paris: »Kurs programmiert, Captain.«

»Dann los«, wies die Kommandantin den Piloten an. »Warp sieben.« Sie wandte sich an Dr. Maalot. »Könnten Sie meinen Leuten weitere Informationen über den Neutronenstern zur Verfügung stellen, während wir unterwegs sind?«

Aufregung zeigte sich in Maalots Gesicht. »Mit großem Vergnügen, Captain. Es ist mir eine Ehre, mit Ihrer Crew zusammenzuarbeiten.«

Janeway nickte Seven und B'Elanna zu. »Kümmern Sie sich darum.«

Sie sah Tuvok an. »Bitte begleiten Sie Tyla zum Gästequartier.«

»Captain, ich ...«

Janeway hob die Hand und unterbrach damit die

Lekk. »Wir haben genug Zeit. Sie sollten jetzt ein wenig ausruhen.«

Wieder verfärbte sich Tylas Gesicht. Aber sie widersprach nicht, nickte und folgte Tuvok, als er die Brücke verließ.

»Ich glaube, über den Befehl hat sie sich nicht sehr gefreut, Captain«, sagte Chakotay und lächelte, als Janeway in ihrem Kommandosessel Platz nahm und einen sehnsüchtigen Blick auf die leere Kaffeetasse richtete.

»Lassen Sie ihr Quartier bewachen«, wies sie den Ersten Offizier an. »Aber die Sicherheitswächter sollen einen diskreten Abstand waren, damit die Sache nicht zu offensichtlich ist.«

Chakotay drehte sich mit der Absicht um, die Anweisung sofort durchzuführen.

»Und noch etwas«, fügte Janeway hinzu, während sie zum Hauptschirm sah, der im Warptransit vorbeigleitende Sterne zeigte.

»Ja, Captain?«, fragte Chakotay.

»Ich glaube, wir könnten beide eine Tasse Kaffee vertragen.« Janeway lächelte.

Chakotay lachte leise. »Ich sehe nach, ob Neelix noch welchen übrig hat.«

»Danke«, sagte Janeway. Sie seufzte, stützte das Kinn auf die Hand und blickte erneut ins All hinaus.

3

Der Flug zum binären Neutronenstern würde über einen Tag dauern und deshalb schlug Neelix ein spätes Essen für die Offiziere und Gäste vor. Janeway erhob keine Einwände und hoffte auf eine Gelegenheit, mehr herauszufinden, vielleicht auch Aufschluss über das zu gewinnen, was Dr. Maalot verbarg.

Neelix kümmerte sich so um die beiden Lekk wie eine Glucke um ihre Küken. »Nur keine Hemmungen, Freunde«, sagte der Talaxianer und füllte Maalots Teller. »In der Küche gibt's noch viel mehr davon.«

Neelix hatte dafür gesorgt, dass sie alle am gleichen Tisch Platz nahmen. Tyla und Maalot saßen rechts von Janeway; Tuvok, B'Elanna und Paris vervollständigten die Gruppe. Andere Personen waren nicht zugegen. An der Mahlzeit gab es nichts auszusetzen, aber die Gespräche gingen kaum über höfliche Konversation hinaus. Es wurde Zeit, zur Sache zu kommen.

»Doktor Maalot«, sagte Janeway, »wären Sie bereit, einige Fragen über die Neutronensterne zu beantworten?«

Maalot hatte mit der Gabel in seinem Essen gestochert, sah nun auf und lächelte. »Natürlich, Captain.«

Der Astrophysiker freute sich ganz offensichtlich darüber, dass ihm Janeway Gelegenheit gab, über sein Lieblingsthema zu sprechen. »Lassen Sie mich zunächst erklären, wie ein solcher Stern beschaffen ist.

Die degenerierte Materie eines Neutronensterns ist so

dicht, dass Elektronen und Protonen zusammengepresst werden, wodurch sie sich in Neutronen verwandeln.« Maalot drückte die beiden Handflächen aneinander, um den Vorgang zu veranschaulichen. »Einen solchen Stern nennt man deshalb ›Neutronenstern‹, weil er nicht mehr aus vielen Arten von Atomen besteht, wie eine normale Sonne, sondern nur noch aus Neutronen. Die Dichte beträgt einige Milliarden Tonnen pro Kubikzentimeter, was etwa der Größe eines Zuckerwürfels entspricht. Interessanterweise ist ein Neutronenstern mit geringerer Masse größer als ein ›schwereres‹ Exemplar.«

Janeway stellte erstaunt fest, dass Maalot dies alles sagte, ohne zwischendurch einmal Atem zu holen. Sie sah kurz zu Paris, dessen Gesicht erneut Verwirrung zeigte. An der Starfleet-Akademie wurde natürlich Astrophysik gelehrt, aber bei Piloten nahm man die Sache nicht so genau.

»Ich weiß, dass sich die Masse eines Neutronensterns kaum von der gewöhnlicher Sterne unterscheidet«, sagte Kim. »Aber praktisch alle Artikel, die ich über Neutronensterne gelesen habe, weisen auf die zerstörerische Gravitation in ihrer Nähe hin. Können Sie das näher erklären?«

Janeway hätte fast laut gelacht, als Maalot wie ein Professor lächelte, der sich über die kluge Frage eines Studenten freute. »Ein ausgezeichneter Hinweis! Die Stärke des Gravitationsfelds ist proportional zur betreffenden Masse, aber auch umgekehrt – ich betone: umgekehrt – proportional zum Quadrat der Entfernung.«

Paris wirkte fast hilflos.

B'Elanna grinste und klopfte ihm auf die Hand, aber er schenkte ihr keine Beachtung.

Dr. Maalot lächelte auch weiterhin und fuhr fort: »Mit anderen Worten … Normalerweise hat ein Neutronenstern einen Radius von etwa zehn Kilometern – wohingegen der Radius eines gewöhnlichen Hauptreihensterns vom G-Typ eine Million Kilometer und mehr beträgt. Das bedeutet: Ein Raumschiff kann sich einem Neutronenstern weiter nähern als einer normalen Sonne.«

»Und dadurch wird das Gravitationsfeld zu einer echten Gefahr«, sagte Janeway.

»Ja«, bestätigte Maalot. »Die gravitationelle Kraft ist umgekehrt proportional zur dritten Potenz der Entfernung vom Zentrum der Masse. Gewöhnliche Materie, die sich einem Neutronenstern zu weit nähert, wird regelrecht zerfetzt.«

»Und zwar ohne jede Vorwarnung«, fügte B'Elanna hinzu.

Paris' Verwirrung wuchs immer mehr.

»Man könnte es auch so ausdrücken ...«, sagte Janeway. »Selbst ein Schiff, das aus dem mythischen unzerstörbaren *Unobtanium* besteht, wird mit allen Dingen und Personen an Bord auf einem molekularen Niveau auseinander gerissen, wenn es sich zu nahe an einen Neutronenstern heranwagt.«

Daraufhin zeigte auch Kims Gesicht Verwunderung.

»Können Sie nicht folgen, Fähnrich?«, fragte Janeway.

»Oh, ich verstehe, aber ... Wie ist ein binäres System möglich, das aus zwei Neutronensternen besteht? Eigentlich müssten die starken gravitationellen Wechselwirkungen beide Sterne auseinander reißen.«

»Ein weiterer guter Hinweis«, sagte Maalot und lächelte erneut. »Nach der bisherigen Theorie können sich zwei Neutronensterne umkreisen, weil sie von ihrer eigenen enormen Schwerkraft zusammengehalten werden.«

»Ihre individuellen Gravitationsfelder verhindern, dass sie der Gravitation des Partners zum Opfer fallen«, meinte Janeway.

»Genau«, bestätigte Maalot.

Kim nickte.

»Das gilt natürlich nur, solange eine gewisse Entfernung gewahrt bleibt«, gab Maalot zu bedenken. »Wenn sich zwei Neutronensterne zu nahe kommen, ist die Hölle los.«

»Wie bei zwei kollidierenden Sonnen«, sagte Paris.

»Nein«, widersprach Maalot. »Es dürfte weitaus schlimmer sein.«

»Chaos auf einem viel höheren Niveau«, murmelte B'Elanna.

Janeway nickte. »Man muss dabei berücksichtigen, auf welche Weise Neutronensterne entstehen. Sie sind das letzte Stadium in der Entwicklung von massereichen Sternen. Normalerweise bilden sie sich durch den Kernkollaps eines Superriesen, der seinen nuklearen Brennstoff verbraucht hat. Wenn der Kern kollabiert, werden gewaltige Energiemengen freigesetzt: Eine kolossale Explosion schleudert die äußeren Bereiche des Sterns fort.«

»Also praktisch eine Supernova«, warf Chakotay ein.

Janeway nickte erneut.

»Und dann bleibt ein Neutronenstern übrig?«, fragte Paris.

»Ja«, sagte Janeway.

»Verstehe.«

Janeway sah sich am Tisch um. Dr. Maalot forderte sie mit einer knappen Geste auf fortzufahren.

»Ein Neutronenstern entsteht auch, wenn ein Weißer Zwerg zu massiv wird, weil er Materie von einem Begleiter aufnimmt und dadurch die obere Massegrenze für einen Weißen Zwerg erreicht«, erläuterte die Kommandantin der *Voyager*. »Dann bricht er unter seinem Gewicht zusammen und wird zu einem Neutronenstern.«

»Entstand das binäre System auf diese Weise?«, fragte Paris.

Der Lekk-Wissenschaftler zuckte mit den Schultern.

»Wir wissen nicht genau, wie sich dieser Doppelstern gebildet hat. Wir wissen nicht einmal, wie überhaupt solche binären Systeme entstehen können.«

»Sie sind eines der seltensten Phänomene im Universum«, sagte Janeway.

»Und warum könnte bald ›die Hölle los sein‹, wie Sie es ausdrückten?«, fragte Kim.

Dr. Maalot lachte, und Janeway beobachtete, wie Tyla nur die Stirn runzelte. Sie hatte dies alles schon einmal gehört und vielleicht langweilte sie sich.

Neelix füllte Janeways Kaffeetasse und sie belohnte ihn mit einem dankbaren Lächeln.

»Der starke gravitationelle Einfluss eines anderen Neutronensterns kann dafür sorgen, dass ein Neutronenstern Masse von seiner Oberfläche verliert«, sagte Dr. Maalot.

Kim nickte. »Das verstehe ich.«

»Gut. Wenn zwei Neutronensterne einander sehr nahe kommen, so könnte einer von ihnen genug Masse verlieren, um nicht mehr imstande zu sein, seine Materie in der degenerierten hoch verdichteten Form zu bewahren. In dem Fall kommt es zu einer gravitationellen Destabilisierung, die schließlich zu einer Explosion führt, die man mit einer kleinen Supernova vergleichen kann.«

»Wie viel Energie wird bei einer Supernova freigesetzt?«, fragte Kim.

»Eine typische Supernova strahlt so hell wie Milliarden Sonnen«, erwiderte Janeway. »Die Energiemenge ist so unvorstellbar, dass selbst ein kleiner Teil davon – wie bei der Explosion eines kleinen Neutronensterns – einem kosmischen Kataklysmus gleichkäme.«

»Bedeutet das das Ende von Dr. Maalots und Lieutenant Tylas Heimatsystem?«, fragte Paris.

Janeway sah zu Maalot, der den Kopf schüttelte.

»Nicht unbedingt«, sagte er. »So etwas ist nicht einmal wahrscheinlich, wenn man dabei nur an die erste Explosion denkt. Etwa ein Lichtjahr von der Mini-Supernova entfernte Sonnensysteme wären in großer Gefahr. Die intensive, hochenergetische Strahlung schädigt das Zellgewebe von Flora und Fauna. Eventuell vorhandene technisch orientierte Kulturen bekämen es mit starken elektromagnetischen Impulsen zu tun, hervorgerufen von harter Gammastrahlung, die auf die Atmosphäre trifft. Jene Impulse würden alle nicht abgeschirmten elektronischen Anlagen lahm legen.«

Das stimmte, aber Janeway wusste, dass noch mehr geschehen würde. »Hochenergetisches Plasma träfe ein Lichtjahr entfernte Planeten und so etwas wäre im wahrsten Sinne des Wortes verheerend.«

»Zum Glück ist unser Heimatsystem gut zehn Lichtjahre entfernt«, sagte Maalot. »Wenn uns die Schockwelle der Supernova erreicht, hat sie sich bereits abgeschwächt. Schäden in unserem ökologischen System sind allerdings nicht auszuschließen.«

»Die größte Gefahr für Ihre Heimat geht also von dem fortgeschleuderten Neutronenstern aus«, vermutete Janeway.

»Da haben Sie völlig Recht, Captain. Die Wahrscheinlichkeit dafür, dass der mit relativistischer Geschwindigkeit fliegende Neutronenstern ein Sonnensystem im Umkreis von zehn Lichtjahren trifft und zerstört, ist sehr gering.«

»Aber er braucht gar nicht mitten durch ein Sonnensystem zu fliegen, um es zu zerstören«, sagte B'Elanna.

»Ein Vorbeiflug genügt«, erklärte Maalot. »Der massereiche Neutronenstern würde die Umlaufbahnen der Planeten so sehr verändern, dass das Sonnensystem praktisch unbewohnbar wird. Doch selbst wenn man dies berücksichtigt: Die Chancen dafür, dass unserem Heimatsystem eine Katastrophe droht, wäre weniger als eins zu tausend.«

»Aber ich schätze, Ihr Volk ist trotzdem besorgt«, sagte Paris.

»Und ob«, bestätigte Tyla. Sie sprach damit zum ersten Mal und streckte ihre langen Arme. »Doktor, wird es nicht Zeit, dass Sie diesen Leuten das wahre Problem nennen? Sagen Sie ihnen, warum wir nach Hause zurückkehren und unser Volk warnen müssen.«

Janeway sah erst Tyla an und dann Maalot. Es erfüllte sie mit einer gewissen Erleichterung, dass die junge Frau weniger als ihr Begleiter zu Geheimniskrämerei neigte. Es wurde tatsächlich Zeit, dass die beiden Gäste an Bord der *Voyager* ihre Karten offen auf den Tisch legten.

Maalot wirkte fast verlegen, als er auf seine Kaffeetasse hinabblickte. Nach einigen Sekunden sprach er, ohne dabei aufzusehen. »Wir haben von einem Plan gehört, der vorsieht, den einen Neutronenstern zur Explosion zu bringen und den anderen in Richtung unseres Sonnensystems fliegen zu lassen.«

»Was?«, entfuhr es Janeway.

»Unmöglich«, meinte B'Elanna.

»Da bin ich ganz Ihrer Meinung«, sagte Maalot. »Ich halte es ebenfalls für unmöglich.«

»Aber das ist der Plan der Qavoks«, betonte Tyla.

Verblüfftes Schweigen folgte. Janeway suchte vergeblich nach geeigneten Worten, um ihr Erstaunen zum Ausdruck zu bringen. Es schien tatsächlich unmöglich zu sein, einen solchen Plan zu verwirklichen.

Aber die Qavoks glaubten offenbar, das Unmögliche schaffen zu können.

Ausgeschlossen.

Und doch ...

4

Nach dem Essen ging Janeway mit B'Elanna und Dr. Maalot zum Laboratorium. Ihre Absicht bestand darin, wissenschaftliche Instrumente für die bevorstehende Expedition in der Nähe des binären Neutronensterns vorzubereiten. Die Umstände erforderten spezielle Apparate und Janeway wollte möglichst viele Daten gewinnen, auch wenn sich eine neuerliche Konfrontation mit Qavok-Schiffen nicht ganz ausschließen ließ.

Es fiel ihr noch immer schwer zu glauben, dass es die Qavoks wirklich für möglich hielten, die Explosion eines Neutronensterns zu kontrollieren. Die Föderation wäre nicht imstande gewesen, eine solche Kontrolle auszuüben, und sie bezweifelte, dass den Qavoks bessere technische Möglichkeiten zur Verfügung standen. Aber selbst wenn sie entsprechende Mittel besaßen: Sie zu benutzen, um das ganze Heimatsystem eines Feindes zu vernichten … Eine solche Barbarei konnte sich Janeway kaum vorstellen.

Im Laboratorium war Seven of Nine bereits bei der Arbeit. Sie sah nicht einmal von den Anzeigen einer Konsole auf, als sich die Tür öffnete. Typisch für Seven, dachte Janeway und lächelte.

Sie machte Dr. Maalot mit der Einrichtung vertraut, zeigte ihm die astrophysikalischen Instrumente, die bereits an Bord der *Voyager* verwendet wurden. Beim ersten Gerät handelte es sich um ein Röntgen-Bildspektrometer, dessen wichtigster Bestandteil – der Detektor für die Röntgenstrahlen – an der Außenhülle des Schiffes montiert war. Innerhalb weniger Minuten begriff Maalot, wie das Gerät arbeitete. Und damit nicht genug: Er schlug sogar eine Möglichkeit vor, das temporale Auflösungsvermögen sowie die dynamische Reichweite zu erhöhen, wodurch es sich noch besser dafür eignete, die sich schnell verändernden Emissionen der beiden Neutronensterne zu empfangen.

Nach einer Stunde Arbeit im Laboratorium hatten Janeway, Maalot, Seven und Torres eine realisierbare Beobachtungs- und Messstrategie entwickelt.

»Fassen wir noch einmal alles zusammen«, sagte Janeway und strich sich das Haar aus der Stirn. »Wenn wir den Doppelstern erreichen, verfügen wir über die notwendigen Instrumente, um Messungen in allen elektromagnetischen Wellenlängen vorzunehmen.«

Torres nickte.

»Von Gammastrahlen bis hin zu Radiofrequenzen. In allen Fällen ist es notwendig, die temporäre Auflösung der Detektoren zu verbessern.«

»Korrekt«, sagte Seven.

»Der Gravitationswellendetektor dürfte eine Herausforderung sein«, meinte B'Elanna und runzelte die Stirn.

»Ich bin sicher, dass wir der Aufgabe gewachsen sind«, sagte Seven.

»Können Sie es in der kurzen Zeit schaffen?«, fragte Janeway. Sie bezweifelte, dass alle Vorbereitungen rechtzeitig abgeschlossen werden konnten.

Seven sah sie an. »Die knappe Zeit wird Schwierigkeiten verursachen, aber ich bin sicher, alle erforderlichen Modifikationen vornehmen zu können.«

»Gut«, sagte Janeway, lächelte und nickte. Sie wusste aus Erfahrung, dass sie sich auf das Wort von Seven verlassen durfte.

»Ich bereite das Beobachtungsprogramm vor«, sagte Torres. »Spätestens in einigen Stunden sind wir in der

Lage, mit ersten Messungen zu beginnen. Wenn wir den Doppelstern erreichen, sollten alle Detektoren getestet und betriebsbereit sein.«

Dr. Maalot deutete B'Elanna gegenüber eine Verbeugung an. »Es wäre mir eine große Freude, Ihnen helfen zu können, Lieutenant Torres«, sagte er und wirkte dabei sehr förmlich. »Wenn Sie mir diese Bemerkung gestatten: Ich bin recht geschickt, wenn es um solche Aufgaben geht.«

Angesichts der plötzlichen Förmlichkeit hätte Janeway fast gelacht.

B'Elanna warf ihr einen kurzen Blick zu, bevor sie erwiderte: »Danke, Dr. Maalot. Ich komme gern auf Ihr Angebot zurück.«

»Geben Sie Chakotay Bescheid, wenn Sie noch mehr Hilfe brauchen«, sagte Janeway. »Er wird dafür sorgen, dass Sie alles Notwendige bekommen.«

»Gut«, erwiderte B'Elanna.

»Bitte melden Sie sich in meinem Bereitschaftsraum, wenn alles bereit ist. Ich möchte dort etwas mit Ihnen besprechen.«

B'Elanna nickte.

»Sie erwarte ich ebenfalls, Seven.«

Seven of Nine sah nicht einmal von der Konsole auf, an der sie arbeitete. B'Elanna nickte erneut und wirkte verwundert.

»Ich erkläre Ihnen alles, wenn Sie zu mir kommen«, sagte Janeway. Dann drehte sie sich um und verließ das Laboratorium, um zur Brücke zurückzukehren. Ihre Gedanken eilten dem Schiff voraus zum binären Neutronenstern und seiner möglichen Bedeutung für die *Voyager*.

»Der Doppelstern könnte die Chance sein, nach der wir schon lange suchen«, sagte Janeway, während sie hinter dem Schreibtisch im Bereitschaftsraum auf und ab ging.

Ihre Worte galten Torres und Seven. »Vielleicht bieten uns die beiden Neutronensterne eine Möglichkeit, schneller zur Föderation zurückzukehren.«

»Wie, Captain?«, fragte B'Elanna.

»Während der beiden vergangenen Stunden habe ich noch einmal einige Artikel über relativistische Astrophysik gelesen, darunter auch theoretische Abhandlungen über Gravitationsstrahlung von binären Neutronensternen.«

Seven und B'Elanna schwiegen.

»In einer davon«, fuhr Janeway fort, »wird ein Apparat beschrieben, mit dem es möglich sein soll, die von einem binären Neutronenstern freigesetzte Energie zu speichern – eine Energie, die sich in Form von Gravitationswellen manifestiert und tiefgreifende Störungen im Raum-Zeit-Kontinuum bewirkt. Der Autor der entsprechenden Abhandlung hielt es für möglich, aber auch für extrem unwahrscheinlich, den Apparat irgendwann einmal zu testen.«

»Jetzt bietet sich uns eine solche Gelegenheit, nicht wahr, Captain?«, fragte B'Elanna und schüttelte den Kopf. »Um ganz ehrlich zu sein: Ich glaube, wir haben bereits genug am Hals. Wir ...«

Janeway unterbrach Torres, indem sie die Hand hob. »Sie verstehen nicht, worauf ich hinauswill.«

»Auch mir ist es nicht ganz klar«, sagte Seven. »Orbitalenergie und Winkelgeschwindigkeit von zwei Objekten, die etwa eine Sonnenmasse haben und sich mit relativistischer Geschwindigkeit umkreisen, werden in Form von Gravitationswellen abgestrahlt. Korrekt?«

»Ja«, sagte Janeway. »So sieht es die Theorie vor.«

»Nun, wenn die Entfernung zwischen den beiden Neutronensternen weiter schrumpft, nimmt die abgestrahlte Energie umgekehrt proportional zur fünften Potenz der Distanz zwischen den beiden Sternen zu«, stellte Seven fest. »Ist das ebenfalls korrekt?«

»So scheint es«, erwiderte Janeway und unterdrückte ein Lächeln.

»Schlagen Sie vor, einen Apparat zu bauen, der einen Teil der vom binären Neutronenstern freigesetzten Gravitationsenergie speichern kann?«

»Um damit schneller nach Hause zu kommen, ja«, sagte Janeway.

B'Elanna runzelte die Stirn.

»Um eine so gewaltige Energiemenge aufzunehmen, müsste das Raum-Zeit-Kontinuum im Innern des Apparats extrem verzerrt sein«, gab Seven zu bedenken.

»Rein theoretisch«, entgegnete Janeway. »Die technischen Daten können sie der Abhandlung entnehmen, die in der Bordbibliothek gespeichert ist.«

»Um ganz ehrlich zu sein, Captain ...«, sagte B'Elanna. »Es klingt alles ziemlich weit hergeholt.«

Inzwischen war Sevens Interesse erwacht und sie überhörte B'Elannas Einwand. »Mit einem praktisch unbegrenzten Energievorrat und gewissen Modifikationen wären wir in der Lage, auf Dauer mit einer höheren Warpgeschwindigkeit zu fliegen, was den Rückflug um einige Jahre verkürzen würde.«

Janeway nickte. »Außerdem hätten wir dadurch genug Replikatorenergie.«

B'Elanna blieb skeptisch. »Ich weiß nicht, wie wir die Energie ins Warptriebwerk oder die Bordsysteme leiten sollen.«

»Das ist ein sekundäres Problem«, sagte Seven. Torres runzelte die Stirn,und Janeway hätte fast eine Grimasse geschnitten. Leider war Sevens Taktgefühl nicht annähernd so gut ausgeprägt wie ihr wissenschaftlicher Scharfsinn. »Zuerst muss es uns gelingen, die Energie zu speichern. Anschließend können wir uns der Frage zuwenden, auf welche Weise sie sich verwenden lässt.«

B'Elanna schnaufte leise, widersprach aber nicht.

Seven sah Janeway an. »Sie möchten vermutlich, dass wir sofort beginnen.«

»Ja«, bestätigte die Kommandantin der *Voyager*. »Ich möchte, dass wir möglichst bald nach der Ankunft bei den Neutronensternen in der Lage sind, Energie aufzunehmen und zu speichern. Der Apparat sollte spätestens am letzten ›Lebenstag‹ des Doppelsterns einsatzfähig sein. Der größte Teil der Gravitationsenergie wird zwar während der letzten Stunden abgestrahlt, aber wir brauchen Zeit, um die Funktionsfähigkeit des Apparats zu testen. Dafür müssen wir mindestens einige Stunden einplanen.«

»Einige Tage oder Wochen wären besser«, sagte Torres.

»So viel Zeit bleibt uns sicher nicht«, erwiderte Janeway.

B'Elanna und Seven schwiegen, dachten beide über die vor ihnen liegende Aufgabe nach. Schließlich seufzte Torres. »Ich schätze, es ist einen Versuch wert.«

»Allerdings«, sagte Seven.

»Ich möchte, dass die Lekk nichts von diesem Projekt erfahren.«

»Verstanden, Captain«, sagte B'Elanna.

Seven runzelte nur die Stirn, Hinweis darauf, dass es ihr gar nicht in den Sinn gekommen wäre, jemandem von dieser Angelegenheit zu erzählen.

»Halten Sie mich auf dem Laufenden«, sagte Janeway. Sie nahm an ihrem Schreibtisch Platz und blickte auf den Bildschirm, als B'Elanna und Seven den Bereitschaftsraum verließen. Hoffnung regte sich in ihr, aber sie wagte es nicht, diesem Empfinden zu viel Platz einzuräumen. Bisher war alles nur eine Idee, weiter nichts.

»Bericht«, sagte Janeway, als sie die Brücke betrat und zum Kommandosessel ging.

Chakotay stand auf und näherte sich. »Lieutenant

Tyla befindet sich nach wie vor in ihrem Quartier. Sie hat noch keinen Versuch unternommen, es zu verlassen und andere Bereiche des Schiffes aufzusuchen.«

Janeway nickte. »Falls die junge Dame doch noch beschließt, eine Tour durchs Schiff zu unternehmen ... Halten Sie sie nicht auf. Aber sorgen Sie dafür, dass ihr jemand folgt. Außerdem sollten wir sie irgendwie beschäftigen. Wir könnten ihr Gelegenheit geben, bei der Reparatur des kleinen Raumschiffs zu helfen. Unter strenger Beobachtung.«

Chakotay lächelte. »Verstanden.« Er öffnete einen internen Kom-Kanal, um entsprechende Anweisungen zu erteilen.

Janeway wandte sich an Kim.

»Wann erreichen wir die beiden Neutronensterne, Fähnrich?«

»In zwei Stunden, Captain«, antwortete Kim.

Die Kommandantin nickte. »Nehmen Sie auch weiterhin Sondierungen mit den Fernbereichsensoren vor. Ich möchte wissen, ob sich Qavok-Schiffe in der Nähe des Doppelsterns befinden.«

»Ja, Captain«, bestätigte Kim.

Janeway trat neben den Piloten. »Wenn wir das Ziel erreichen, Tom ... Wahren Sie zunächst einen Abstand von einer Million Kilometer. Später haben wir immer noch Gelegenheit, uns den Neutronensternen weiter zu nähern.«

»Kein Problem«, erwiderte Paris.

Sie klopfte ihm auf die Schulter, nahm dann in ihrem Sessel Platz, blickte zum Hauptschirm und dachte darüber nach, was sie erwartete. Bald würde sie die Chance bekommen, eines der seltensten Naturschauspiele überhaupt zu beobachten. Und mit ein wenig Glück fanden sie dabei auch noch die Möglichkeit, Energie für den langen Flug zurück zur Föderation zu speichern.

Wenn es gelang, den Apparat zu bauen.

Wenn ihnen die Qavoks keine Probleme bereiteten.

Wenn die Explosion des einen Neutronensterns nicht auch ihr Ende bedeutete.

So viele Wenns …

Janeway sah auf die Stelle hinab, an der normalerweise ihre Kaffeetasse stand. Einige Sekunden lang rang sie mit sich selbst und entschied dann, nicht länger zu warten. Sie stand auf und ging zur Tür. »Sie haben das Kommando, Chakotay.«

Er lächelte, nickte und wusste genau, wohin Janeway unterwegs war.

»Captain …«, sagte Fähnrich Kim, als sie die Tür erreichte.

Janeway blieb stehen und drehte sich um. Chakotay lächelte nicht mehr und blickte auf die Anzeigen von Kims Konsole.

»Lieutenant Tyla ist geflohen«, sagte der Erste Offizier. »Sie hat beide Sicherheitswächter niedergeschlagen, die vor ihrem Quartier postiert waren.«

»Ist alles in Ordnung mit ihnen?«

Chakotay nickte. »Der Doktor behandelt sie gerade.«

»Lokalisieren Sie Tyla mit Hilfe der internen Sensoren und leiten Sie ihren Transfer ein«, sagte Janeway. »Suchen Sie zuerst im Bereich des Shuttlehangars.«

Chakotay nickte und sah wieder auf die Anzeigen.

»Ich habe sie, Captain«, meldete Fähnrich Kim kurze Zeit später.

»Gut«, sagte Janeway. »Behalten Sie Tyla im Strukturspeicher des Transporters, bis ich zur Stelle bin.«

Sie ging mit langen Schritten zum Turbolift. Alles deutete darauf hin, dass ihre Tasse Kaffee noch ein wenig warten musste.

5

Tylas Plan war ganz einfach. Sie wollte den vor ihrer Unterkunft postierten Wächtern entkommen, einen Shuttle der Menschen unter Kontrolle bringen und damit aufbrechen, um ihr Volk zu warnen. Es war ihr gelungen, die Qavok-Yacht zu fliegen; bestimmt kam sie auch mit den Kontrollen eines Shuttles zurecht. Zwar hatten die Menschen einen leichten Sieg über die Qavoks errungen, aber ihr technischer Vorsprung schien sich in Grenzen zu halten. Und ganz offensichtlich waren sie nicht annähernd so militaristisch wie die Qavoks.

Tyla näherte sich der Tür und lauschte, um festzustellen, ob sich jemand im Korridor befand. Sie wusste von den Wächtern, obgleich Captain Janeway sicher nicht gewollt hatte, dass sie etwas merkte. Und deshalb konnte sie sich vorbereiten.

Sie griff nach einer kleinen Statue, die ein fremdartiges Geschöpf zeigte. Das Objekt hatte genau das richtige Gewicht und erfüllte bestimmt seinen Zweck. Tyla schob es sich unter den einen Arm und trat in den Korridor.

Nur ein Wächter weilte in der Nähe: Er gab vor, ein Techniker zu sein, der an einer Verkleidungsplatte hantierte. Tyla ging in seine Richtung, und zwar so, als wüsste sie ganz genau, wohin sie wollte. Was auch der Fall war: Sie wollte das Schiff verlassen.

Lächelnd nickte sie dem Wächter zu.

Der Narr erwiderte das Lächeln, konzentrierte sich dann wieder auf seine angebliche Arbeit.

Tyla trat an ihm vorbei, drehte sich um und schlug mit der Statue zu.

Mit einem dumpfen Pochen fiel der Wächter zu Boden.

Die Lekk hoffte, nicht zu fest zugeschlagen zu haben. Ihr lag nichts daran, jemanden zu töten. Mit einer raschen Untersuchung stellte sie fest, dass der Mann noch atmete. Aber bestimmt würde er nach dem Erwachen über starke Kopfschmerzen klagen.

Tyla wich hinter eine Ecke zurück, als sich der andere Wächter näherte. Er bemerkte seinen auf dem Boden liegenden Kollegen und reagierte so, wie es die Lekk von ihm erwartete: Er bückte sich, um nach dem Bewusstlosen zu sehen.

Tyla schlug erneut zu, nicht so fest wie beim ersten Mal. Der zweite Wächter ging mit einem leisen Ächzen zu Boden.

Auch ihm würden Kopfschmerzen nicht erspart bleiben.

Noch vor dem Verlassen ihres Quartiers hatte die junge Lekk den Weg geplant, was sie in die Lage versetzte, den Shuttlehangar in weniger als einer Minute zu erreichen. Im Vergleich mit der Yacht des Prinzen wirkte der Shuttle der Menschen klein und schlicht. Die Luke war geöffnet und Tyla zögerte nicht, betrat das kleine Raumschiff. In seinem Innern sah sie sich um und versuchte, einen Eindruck von den Instrumenten zu gewinnen. Sie hoffte, dass ihr einige Minuten blieben, bis die Wächter entdeckt wurden. Diese Zeit musste ihr genügen, sich mit der Technik des Shuttles vertraut zu machen – sie wollte sich nicht umbringen bei dem Versuch, die *Voyager* zu verlassen.

Tyla blickte auf die Anzeigen, als etwas Seltsames geschah.

Um sie herum erschimmerte alles und dann verschwand die Umgebung so, als sei sie nur ein Traum gewesen.

Von einem Augenblick zum anderen sah sich Tyla einer zornigen Janeway gegenüber.

Neben ihr standen die beiden Wächter, die sie vor einer Minute niedergeschlagen hatte. Sie richteten ihre Waffen auf Tyla und wirkten alles andere als freundlich.

Die junge Lekk blinzelte fassungslos. Dies war einfach unmöglich! Wie kam sie hierher? Eben hatte sie noch an den Kontrollen des Shuttles gesessen und jetzt stand sie vor dem Captain. Und wie konnten sich die Wächter so schnell erholt haben?

Tyla sah sich mit einer völlig absurden Situation konfrontiert, aber für die Kommandantin schien alles normal zu sein.

»Ich warte auf eine Erklärung«, sagte Janeway.

Tyla sah sich um, bevor sie dem Captain und den beiden Wächtern entgegentrat. Sie versuchte, nicht mehr daran zu denken, wie dies alles möglich sein konnte, sah der Menschenfrau in die Augen. »Ich muss mein Volk warnen, Captain.«

»Warum?« Ärger erklang in Janeways Stimme. »Kann es die Flugbahn eines Neutronensterns verändern, wozu die Qavoks angeblich imstande sind?«

»Nein, nein«, erwiderte Tyla. »Aber es kann versuchen, den Plan der Qavoks zu vereiteln. Es kann kämpfen. Die Oberhäupter meines Volkes werden als Geiseln festgehalten. Wir befinden uns im Krieg.« Warum verstand die Kommandantin sie nicht? Oder *wollte* sie nicht verstehen?

»Sie haben zwei meiner Leute niedergeschlagen und versucht, einen Shuttle zu stehlen. Obgleich wir Ihnen Hilfe gewährten. Und obgleich wir zu den Neutronensternen fliegen, um dort zu versuchen, die Qavoks aufzuhalten.«

Tyla brachte es nicht länger fertig, Captain Janeway in die Augen zu sehen. Die Wahrheit ihrer Worte schmerzte, aber sie fühlte sich nach wie vor im Recht.

»Ich muss tun, was ich für richtig halte, um meinem Volk zu helfen, Captain.«

Janeway schnaubte. »Sie müssen noch viel lernen, wenn es darum geht, jemand anders zu helfen. Ganz zu schweigen davon, was ›richtig‹ ist.«

»Aber ...«

Janeway winkte ab. »Bringen Sie Lieutenant Tyla in ihr Quartier zurück und sorgen Sie dafür, dass sie dort bleibt. Verstanden?«

»Ja, Captain«, bestätigte einer der beiden Wächter.

Janeway ging zur Tür.

»Captain ...« Tyla trachtete danach, das Zittern aus ihrer Stimme zu verbannen und selbstbewusster zu klingen. »Wie hätten Sie sich an meiner Stelle verhalten? Sie beschlagnahmen mein Schiff, sperren mich ein. Wie hätten Sie darauf reagiert?«

Janeway blieb stehen und drehte sich um. »Ich hätte mir mehr Zeit genommen, um darüber nachzudenken, wer mein Freund ist und wer nicht, bevor ich bereit gewesen wäre, mir neue Feinde zu machen.«

Tyla straffte die Gestalt und begegnete erneut Janeways Blick. »Sie behaupten, ein Freund meines Volkes zu sein. Trotzdem erlauben Sie mir nicht, die *Voyager* zu verlassen. Warum?«

»Derzeit besteht der Grund darin, dass Sie die beiden neben Ihnen stehenden Männer niedergeschlagen haben, obwohl Sie überhaupt keinen Anlass dazu hatten – Ihre Bewegungsfreiheit war unbeschränkt.« Janeway trat wieder auf Tyla zu. »Was den vorherigen Grund betrifft ... Ihr Schiff war beschädigt und nicht raumtüchtig und ich konnte nicht genug Leute erübrigen, um es sofort zu reparieren – immerhin wäre es denkbar, dass es bei dem Versuch, Ihr Heimatsystem zu retten, zu einem Konflikt mit den Qavoks kommt.«

»Das hört sich so an, als sei ich undankbar, Captain«, sagte Tyla. Ihre Worte klangen hohl in dem kleinen

Raum, und am liebsten hätte sie sie sofort zurückgenommen. Zum ersten Mal begriff sie, dass sie *tatsächlich* undankbar gewesen war.

Aber die Worte ließen sich nicht zurücknehmen. Captain Janeway hatte sie gehört und musterte Tyla ernst.

Nach einigen Sekunden schüttelte sie den Kopf, kehrte der Lekk den Rücken und ging.

Einer der beiden Wächter stieß Tyla sanft mit seiner Waffe an. »Gehen wir.«

Sie sah zu ihm auf, blickte ihm direkt in die braunen Augen.

»Es tut mir Leid, dass ich Sie niedergeschlagen habe.« Sie wandte sich an den zweiten Wächter. »Das gilt auch für Sie.«

Der zweite Wächter nickte. »Ich akzeptiere die Entschuldigung. Bitte gehen Sie jetzt durch die Tür dort und dann nach links.«

Tyla kam der Aufforderung nach, hielt den Blick dabei gesenkt und dachte über das Gesagte nach. Tief in ihrem Innern wusste sie, dass sie sich erneut auf die gleiche Weise verhalten würde, wenn sie eine entsprechende Chance bekam.

Janeway brauchte einen Moment, um sich abzukühlen. Aus Erfahrung wusste sie, dass Undankbarkeit nach geleisteter Hilfe sie mehr ärgerte, als es eigentlich der Fall sein sollte. Sie half nicht, um anschließend den Lohn in Form von Dankbarkeit einzustreichen, sondern weil es ihr richtig erschien, Hilfe zu leisten.

Doch bei jemandem wie Tyla fiel es ihr nicht leicht, an jenem Prinzip festzuhalten.

Vor dem Zugang zum Laboratorium blieb sie stehen und trank einen großen Schluck warmen Kaffee, um sich zu beruhigen und ihre Gedanken auf die wichtigen Aspekte der vor ihnen liegenden Mission zu richten. Es ging darum, einen sterbenden binären Neutronenstern zu beobachten, Energie für einen schnelleren Flug in die Heimt zu speichern und die Qavoks am Völkermord zu hindern. Tylas Sorgen fehlten auf dieser Liste.

Janeway trat vor und die Tür des Laboratoriums öffnete sich. Torres und Seven waren bei der Arbeit, standen Seite an Seite und beugten sich über die gleiche Instrumententafel. Vor ihnen wurde gerade ein Teil repliziert – schimmernd gewann es an Substanz.

B'Elanna hörte das leise Zischen, mit dem die Tür aufglitt, und drehte sich um. »Wir sind fast fertig, Captain.«

»Ich bezweifle, ob dies den gewünschten Zweck erfüllt«, sagte Seven. Sie wandte sich ebenfalls von der Konsole ab und sah die Kommandantin an.

»Was veranlasst Sie zu einer solchen Annahme?«, fragte Janeway. Sie trat an die Konsole heran und sah sich das Ergebnis der geleisteten Arbeit an. Auf den ersten Blick schien alles in Ordnung zu sein. Der für die Speicherung der Gravitationsenergie bestimmte Apparat sah genauso aus, wie sie ihn sich vorgestellt hatte.

»Die aufgenommene Energie führt im Innern des Apparats zu einem beständigen Wellenmuster«, sagte Seven. »Dadurch kommt es innerhalb von drei Tagen zu einer Destabilisierung des Behälters.«

Janeway warf ihr einen kurzen Blick zu und sah dann auf die angezeigten Parameter des Speicherapparats.

»Nicht unbedingt«, widersprach Torres. Ihr Tonfall wies darauf hin, dass die beiden Frauen schon seit einer ganzen Weile über diesen Punkt stritten. »Es entstehen tatsächlich negative Wellenstrukturen, aber sie können neutralisiert werden.«

»Verändern Sie die Form des Behälters.« Janeway betätigte Schaltelemente und gab neue Daten ein. Wenige Sekunden später projizierte der Computer ein dreidimensionales Bild des neuen Speicherapparats. Eine Simulation fügte dem holographischen Modell Bewegung hinzu und füllte es mit Energie. Janeway beobachtete den Vorgang und nickte. »Sehen Sie? Die Wellenmuster heben sich gegenseitig auf.«

Torres und Seven sahen auf die Displays.

»Dafür brauchen wir zusätzliche Zeit«, sagte Seven.

»Es könnte klappen«, erwiderte B'Elanna und starrte auch weiterhin auf die Daten hinab.

»Wie lange?«, fragte Janeway.

»Zehn Stunden«, antwortete Seven.

»In Ordnung«, sagte die Kommandantin. »Ich glaube, so viel Zeit haben wir. Teilen Sie mir in regelmäßigen Abständen mit, wie Sie vorankommen.«

»Verstanden«, sagte Seven.

B'Elanna nickte nur. In Gedanken war sie bereits bei der Restrukturierung des Apparats, der zur Speicherung der Energie dienen sollte.

Janeway ging zur Tür, blieb aber noch einmal stehen und drehte sich um. »Wo ist Dr. Maalot?«

»Im Maschinenraum«, erwiderte Torres. »Wir brauchen das Laboratorium für dieses Projekt und deshalb habe ich ihn damit beauftragt, bei der Kalibrierung der Sensoren zu helfen.«

»Gab es irgendwelche Probleme mit ihm?«

Die Frage schien B'Elanna zu überraschen. »Nein. Er verhält sich wie ein Kind mit einem neuen Spielzeug.«

»Er ist übereifrig«, sagte Seven. »Eine solche Eigenschaft kann gefährlich sein.«

Janeway lächelte. »Zur Kenntnis genommen.«

Sie verließ das Laboratorium und wartete, bis sich die Tür hinter ihr geschlossen hatte. Erst dann trank sie den Rest des Kaffees. Zwar war er kalt, trotzdem schmeckte er wundervoll.

6

»Bringen Sie uns in eine kreisförmige Umlaufbahn, Mr. Paris«, sagte Janeway. Sie ließ sich in den Kommandosessel sinken und sah zum Hauptschirm. »Wahren Sie eine Distanz von einer Million Kilometern.«

»Ja, Captain.« Paris' Finger huschten über die Schaltflächen der Navigationskonsole.

Die beiden Neutronensterne waren nur schemenhaft zu sehen, während sie sich mit rasender Geschwindigkeit umkreisten. Nie zuvor hatte Janeway so schnelle Himmelskörper so dicht beieinander beobachtet. Die enormen Kräfte, die dabei am Werk waren, gingen über das menschliche Vorstellungsvermögen hinaus. Und die *Voyager* näherte sich dem Phänomen, obwohl es ein großes Gefahrenpotential in sich barg.

»Sind alle Aufzeichnungsgeräte aktiviert?«, fragte die Kommandantin.

»Ja und sie funktionieren einwandfrei«, antwortete Chakotay.

Janeway nickte, lehnte sich zurück und beobachtete die beiden Neutronensterne. »Gut. Ich möchte nicht eine einzige Sekunde hiervon versäumen.«

»Captain«, sagte Fähnrich Kim, »Dr. Maalot möchte Sie sprechen.«

Janeway klopfte auf ihren Insignienkommunikator. »Ja, Doktor?«

»Alles deutet darauf hin, dass die beiden Sterne fast den kritischen Punkt erreicht haben. Ich schätze, in einem Tag ist es so weit. Wir sind gerade noch rechtzeitig eingetroffen.«

»Perfekt«, sagte Janeway. »Ist bei Ihnen alles vorbereitet?«

»Wir sind fertig«, erwiderte Dr. Maalot. Er versuchte nicht einmal, seine Aufregung zu verbergen.

Janeway lächelte. »Gut. Halten Sie sich in Bereitschaft.«

Sie klopfte erneut auf ihren Insignienkommunikator. »Seven, wie sieht's bei Ihnen aus?«

»In sechs Stunden können wir den Behälter testen.«

»Verstanden«, sagte Janeway, sah zu Chakotay und lächelte erneut. Sie fühlte sich von Dr. Maalots Aufregung angesteckt. Es stand etwas bevor, das noch nie jemand beobachtet hatte. Janeway und die Crew der *Voyager* wurden unmittelbare Zeugen eines wahrhaft einzigartigen Ereignisses – hoffentlich gelang es ihnen, die dabei aufgezeichneten Daten nach Hause zu bringen.

»Es befinden sich zwei andere Raumschiffe in der Nähe des binären Neutronensterns, Captain«, meldete Fähnrich Kim. »Unsere Sensoren haben sie gerade erfasst.«

»Wo?«, fragte Janeway sofort. »Und um wen handelt es sich?«

»Die Identität der Fremden lässt sich nicht feststellen«, sagte Kim. »Beide Schiffe fliegen in einem kreisförmigen Orbit, hundertfünfzigtausend Kilometer vom Doppelstern entfernt.«

»Hundertfünfzigtausend«, wiederholte Janeway leise. Es klang beeindruckt. »Das ist ziemlich nahe. Und die Neigung ihrer Umlaufbahnen, Mr. Kim?«

»Ihr Orbit liegt auf einer Höhe mit der Bahnebene der beiden Neutronensterne.«

Janeway nahm mit Hilfe ihrer Konsole einige schnelle Berechnungen vor, um festzustellen, ob eine so niedrige Umlaufbahn Sicherheit gewährte oder zu riskant war.

Nach einer Minute gelangte sie zu dem Ergebnis, dass es sich um den niedrigsten sicheren Orbit handelte. Aber wenn es zur Explosion kam, mussten die beiden Schiffe sehr schnell verschwinden – oder sie bekamen keine Gelegenheit mehr dazu.

»Bringen Sie uns näher heran, Mr. Paris«, sagte Janeway. »Kreisförmiger Orbit mit einer Entfernung von hundertfünfzigtausend Kilometern. Passen Sie unsere Orbitalneigung den Umlaufbahnen der beiden anderen Schiffe an. Ich möchte, dass die Distanz zu ihnen nicht über unsere Transporterreichweite hinausgeht.«

»Ja, Captain«, bestätigte Paris, wirkte aber nicht sonderlich glücklich über die Anweisungen. Er atmete tief durch und konzentrierte sich auf die Navigationskontrollen.

Janeway beobachtete ihn eine Zeit lang und wandte sich dann an Tuvok. »Schilde hoch. Ich möchte hier keine Überraschungen erleben.«

Tuvok nickte. »Schilde sind aktiviert, Captain.«

Paris' Haltung brachte zunehmende Anspannung zum Ausdruck, als er die Kontrollen bediente. Es erforderte großes navigatorisches Fingerspitzengefühl, ein Raumschiff so nahe an zwei sich gegenseitig umkreisende Neutronensterne heranzusteuern. Der kleinste Fehler konnte zu einer Katastrophe führen.

»Fähnrich Kim«, sagte Janeway, »setzen Sie sich mit den beiden anderen Raumschiffen in Verbindung. Kündigen Sie uns an und weisen Sie auf unsere friedlichen Absichten hin.«

»Verstanden«, erwiderte Kim. »Öffne externen Kom-Kanal.«

»Eindrucksvoll, nicht wahr?«, wandte sich Janeway an Chakotay, als die Neutronensterne auf dem Hauptschirm größer wurden. Sie umkreisten sich wie zwei Hunde, die dem Schwanz des jeweils anderen nachjagten.

»Ja«, entgegnete der Erste Offizier. »Wie zwei uralte Götter, die im Ballsaal des Himmels tanzen.«

»Da spricht der Poet aus Ihnen«, sagte Janeway, sah Chakotay an und lächelte.

Er zuckte nur mit den Schultern, ohne den Blick vom Hauptschirm abzuwenden.

Janeway versuchte, nicht den Atem anzuhalten, als Paris die *Voyager* dem Doppelstern entgegengleiten ließ, Geschwindigkeit und Distanz den beiden anderen Raumschiffen anpasste. Auf keinen Fall durften sie den Neutronensternen zu nahe kommen – die enormen gravitationellen Wechselwirkungen hätten das Föderationsschiff trotz der Schilde einfach zerfetzt.

Der Anflug nahm nicht einmal eine Minute in Anspruch, schien aber viel länger zu dauern.

»Wir sind da«, sagte Paris schließlich.

Als Janeway seine Stimme hörte, begriff sie plötzlich, dass ungewöhnlich lange Stille auf der Brücke geherrscht hatte.

Der Pilot seufzte erleichtert und Janeway bemerkte kleine Schweißperlen auf seiner Stirn.

»Gute Arbeit«, lobte sie. »Seien Sie für einen raschen Rückzug bereit. Ich möchte, dass wir praktisch sofort den Warptransfer einleiten können.«

Paris nickte. »In Ordnung.«

Der Hauptschirm bot einen unglaublichen Anblick. Während all ihrer Jahre im All hatte Janeway nie etwas Vergleichbares gesehen. In der gegenwärtigen Entfernung umkreiste die *Voyager* den Doppelstern einmal in siebzehn Minuten, mit der atemberaubenden Geschwindigkeit von fast tausend Kilometern pro Sekunde. Nur dadurch konnte das Schiff dem Gravitationsschlund der Neutronensterne entkommen. Eine so hohe Orbitalgeschwindigkeit hätte es sofort aus der Umlaufbahn eines normalen Planeten oder einer gewöhnlichen Sonne geschleudert. Hier aber war sie nötig, um einen

Ausgleich für die enorm hohe Anziehungskraft des Doppelsterns zu schaffen.

Die beiden anderen Raumschiffe waren ebenso schnell, obgleich sie auf dem Hauptschirm ihre relativen Positionen hielten. Alle drei Schiffe flogen mit praktisch identischen orbitalen Daten: weit genug von den beiden Neutronensternen entfernt, um nicht in ihren gravitationellen Strudel zu geraten, aber nahe genug, um präzise Messungen vorzunehmen und den kritischen Zeitpunkt genau zu bestimmen.

Wenn es soweit war, wenn der kleine Stern explodierte und den größeren fortschleuderte ... Dann wollte Janeway möglichst weit weg sein.

»Sind die beiden Schiffe inzwischen identifiziert?«, fragte die Kommandantin. Sie lehnte sich zurück und atmete tief durch. »Werden unsere Kom-Signale beantwortet?«

»Nein, Captain«, sagte Fähnrich Kim. »Bei dem einen Raumer scheint es sich um ein Qavok-Schiff zu handeln, aber ich bin nicht ganz sicher. Das andere ist unbekannt.«

»Das stimmt, Captain«, fügte Tuvok hinzu. »Konfiguration und Bewaffnung des zweiten Raumschiffs sind unbekannt. Ich rate zu Vorsicht.«

»Die Schilde sind bereits aktiviert, Mr. Tuvok«, erwiderte Janeway. »Aber ich nehme Ihren Rat zur Kenntnis.«

»Vergrößerte Darstellung«, sagte Chakotay.

Die beiden Neutronensterne verschwanden vom Hauptschirm und wichen den fremden Raumschiffen. Janeway beobachtete sie. Das eine erweckte den gleichen Eindruck plumper Primitivität wie die Qavok-Fregatte, die Tyla und Dr. Maalot verfolgt hatte, war aber wesentlich größer. Die Form entsprach im Großen und Ganzen der eines Eis und es wies zahlreiche Auswüchse aller Art auf. Janeway fühlte sich an ein zum Angriff bereites Rhinozeros erinnert. Ein hässliches Schiff, fand sie.

»Was ist mit Waffenpotential und Schildkapazität des größeren Schiffes, Tuvok?«, fragte die Kommandantin.

»Es stellt ebenso wenig eine Gefahr für uns dar wie die Fregatte«, sagte Tuvok nach wenigen Sekunden.

»Gut«, sagte Janeway. »Wie verhält es sich mit dem anderen Schiff?«

Das zweite Raumschiff wirkte neben dem ersten fast gespenstisch elegant. Die äußere Struktur schien von einem Rousseau oder einem Chagall geschaffen worden zu sein. Zwar gab es keine Ähnlichkeit in dem Sinne, aber der Anblick des zweiten Schiffes ließ vor Janeways innerem Auge ein Bild des Taj Mahal* im Licht des Mondes entstehen. Der Designer schien die Dinge aus einer sehr sonderbaren Perspektive gesehen zu haben. Wo Janeway Kanten erwartete, erstreckten sich sanfte Wölbungen. Es gab Falten, wo keine nötig waren, und Portale dort, wo sie eigentlich gar keinen Zweck erfüllen konnten. Sehr seltsam – und gleichzeitig auf eine surrealistische Weise reizvoll.

Beide Schiffe waren etwa gleich groß und konnten sich in dieser Hinsicht mit der *Voyager* messen. Die Nähe zu den beiden Neutronensternen wies darauf hin, dass sie über gute Schilde und ein ausreichend hohes energetisches Potential verfügten.

»Beide Schiffe setzen sich mit uns in Verbindung, Captain«, meldete Kim.

Janeway sah sich auf der Brücke um. Derzeit schien soweit alles in Ordnung zu sein.

»Konferenzschaltung, Mr. Kim. Sorgen Sie dafür, dass wir drei uns gegenseitig sehen können.«

»Aye, Captain.«

Janeway war nicht überrascht, als im ersten Bild-

---

* Grabanlage in Agra (Indien), benannt nach Mumtaz-Mahal, der 1631 verstorbenen Lieblingsfrau des Mogulkaisers Shah Jahan; etwa 1648 vollendet. – *Anmerkung des Übersetzers*

schirmfenster ein Qavok erschien. Er zeigte seine Reptilienzähne – ein Lächeln?

Das zweite Fenster zeigte das Gesicht eines sehr menschlich wirkenden Mannes. Vielleicht handelte es sich um entfernte Verwandte der Lekk. Große grüne Augen dominierten in einem schmalen Gesicht, das fast puppenhaft anmutete.

Der Qavok ergriff als erster das Wort. »Ich bin Qados, Captain der *Unbesiegbar,* eines Kriegsschiffs Seiner Kaiserlichen Majestät.«

Qados erwies sich als ebenso schroff wie Captain Qavim und wollte offenbar nicht viele Worte verlieren. Janeway fragte sich sofort nach dem Grund für die Präsenz eines Kriegsschiffs in unmittelbarer Nähe des binären Neutronensterns. Nun, vielleicht bekam sie später eine Antwort.

»Ich grüße Sie«, sagte sie.

»Ich bin Captain Fedr von der *Gravitation,* einem astrophysikalischen Forschungsschiff der Xorm«, stellte sich der Mann mit den großen grünen Augen vor.

»Ich grüße auch Sie, Captain«, sagte Janeway. »Ich bin Captain Janeway vom Föderationsschiff *Voyager.*«

Captain Fedr deutete eine Verbeugung an.

Captain Qados rührte sich nicht und schwieg.

»Ich wusste nichts von der Existenz Ihres Volkes in diesem Teil des Alls, Captain Janeway«, sagte Fedr.

»Ich auch nicht«, fügte Qados hinzu.

Allem Anschein nach hatte Qados keine Mitteilungen in Hinsicht auf die beiden geflohenen Lekk erhalten. Janeway zweifelte kaum daran, dass er schon bald eine entsprechende Nachricht bekommen würde.

»Wir durchqueren nur diesen Raumbereich«, erwiderte Janeway und lächelte. »Es geht uns vor allem darum, weitere wissenschaftliche Erkenntnisse zu gewinnen, und die beiden Neutronensterne weckten sofort unser Interesse.«

»Sie sind sehr ungewöhnlich, nicht wahr?« Captain Fedr lächelte ebenfalls. »Dies ist eine einzigartige Gelegenheit, für uns alle.«

Captain Qados schwieg. Wenn die Lekk die Qavoks richtig beschrieben hatten ... Vermutlich scherte sich Qados überhaupt nicht um die wissenschaftlichen Aspekte der aktuellen Ereignisse. Janeway hielt es für weitaus wahrscheinlicher, dass er vor allem eine Waffe in dem Phänomen des binären Neutronensterns sah.

»Da wir alle hier sind, um astrophysikalische Forschungen zu betreiben ...«, sagte Janeway und warf Chakotay einen kurzen Blick zu, damit er verstand, worauf sie hinauswollte. »Ich schlage vor, wir beteiligen unsere wissenschaftlichen Offiziere an diesem Gespräch, damit es bei technischen Fragen nicht zu Missverständnissen kommt.«

»Gute Idee«, entgegnete Captain Fedr sofort und lächelte erneut. Er sah zur Seite. »Dr. Janss, bitte kommen Sie, um an dieser Besprechung teilzunehmen.«

Qados schüttelte den Kopf und brachte dadurch so etwas wie Abscheu zum Ausdruck. »Na schön, wenn Sie unbedingt wollen ... Geben Sie mir etwas Zeit. Ich verständige unseren wissenschaftlichen Offizier Dr. Qentor.«

»Ich brauche ebenfalls eine Minute«, sagte Janeway.

Sie bedeutete Kim, die Verbindung zu unterbrechen, wandte sich dann an Tuvok. »Sind Sie bereit, den wissenschaftlichen Offizier zu spielen?«

Der Vulkanier nickte. »Ich weiß, was mit den beiden Neutronensternen geschieht. Daher sollte ich in der Lage sein, Ihren Erfordernissen zu genügen.«

»Gut«, sagte Janeway. »Derzeit kann ich weder B'Elanna noch Seven erübrigen. Und unseren Kollegen dort draußen würde es bestimmt nicht gefallen, wenn ich beide Rollen übernehme.«

»Vermutlich haben Sie einen guten Grund für Ihren Vorschlag«, sagte Chakotay.

»Ich wollte feststellen, wie sie darauf reagieren«, erwiderte Janeway. »Es überrascht mich, dass zur Crew des Qavok-Schiffes ein wissenschaftlicher Offizier gehört, der sich mit astrophysikalischen Forschungen befasst. Nach dem, was uns die Lekk über die Qavoks erzählt haben, hätte ich nicht damit gerechnet.«

Chakotay nickte.

»Vielleicht gibt sich auch dort jemand als wissenschaftlicher Offizier aus, Captain«, spekulierte Tuvok.

»Ja, das wäre möglich. Sind Sie soweit?«

»Ja, das bin ich.« Tuvok verließ das obere Brückendeck und trat neben den Kommandosessel.

Janeway forderte Kim mit einem Wink auf, die Verbindung wiederherzustellen.

Ein anderer Qavok stand neben Captain Qados. »Ich bin Dr. Qentor«, sagte er.

»Dr. Janss«, stellte sich der Xorm neben Captain Fedr vor.

»Tuvok«, sagte Tuvok und neigte kurz den Kopf. »Die Analysen unserer ersten Daten deuten darauf hin, dass die beiden Neutronensterne in etwa einem Tag die kritische Phase erreichen. Entspricht das auch Ihrer Einschätzung der Situation?«

Janeway hätte fast geschmunzelt. Tuvok ging ganz offensichtlich nach der Devise »Angriff ist die beste Verteidigung« vor.

»Es stimmt mit den Ergebnissen unserer Beobachtungen überein«, sagte Dr. Janss und nickte.

»Wir sind zu den gleichen Vorhersagen gelangt«, brummte Dr. Qentor. »Offenbar haben Sie die Daten richtig ausgewertet.«

»Das freut mich«, sagte Janeway und lächelte.

»Eines steht fest: Wir alle sind aus wissenschaftlichen Gründen hier«, sagte Captain Fedr. »Wir haben das gleiche Ziel: Wir möchten wissenschaftliche Informationen sammeln. Vielleicht geht es Ihnen so wie uns: Wir können nicht alle Messungen vornehmen, die wir gern vornehmen würden, weil es uns an Personal und Geräten fehlt. Daher schlage ich vor, dass wir uns gegenseitig helfen.«

»Auf welche Weise?«, fragte Janeway.

Ein Schatten von Unbehagen fiel auf das Gesicht des Qavok-Captains.

»Was halten Sie davon, wenn wir einen technischen Offizier austauschen?«, fragte Fedr. »Für einige Stunden. Es würde die Kommunikation zwischen unseren drei Schiffen erleichtern. Und die Zusammenarbeit ermöglicht es uns bestimmt, mehr Daten zu gewinnen.«

Der Vorschlag überraschte Janeway. Sie wollte herausfinden, ob es den beiden anderen Schiffen wirklich nur um die Wissenschaft ging. Dieses Ziel ließ sich leicht erreichen, wenn sie einen Beobachter zur *Unbesiegbar* und zur *Gravitation* schickte.

»Ich bin einverstanden«, sagte sie. »Eine hervorragende Idee – wenn die entsandten Personen jederzeit kommen und gehen können.«

Der Qavok stimmte widerstrebend zu und Janeway ahnte, dass er sich in einer schwierigen Position befand. Wenn seine wahre Mission tatsächlich darin bestand, den bei der bevorstehenden Explosion fortgeschleuderten Neutronenstern als Waffe zu verwenden, so konnte er das kaum vor einem aufmerksamen Beobachter verbergen. Aber durch eine Ablehnung des Vorschlags hätte er sich verdächtig gemacht.

»Wir sind durchaus imstande, unser Forschungsprogramm ohne Hilfe von Ihnen durchzuführen«, verkündete Captain Qados. »Aber wenn Sie glauben, Ihrerseits Hilfe zu benötigen, so möchte ich sie Ihnen nicht vorenthalten. Ich bin ebenfalls einverstanden. Um Ihnen einen Gefallen zu erweisen.«

Janeway sah die beiden Kommandanten an und lächelte. »Ich bin sicher, dass Dr. Janss' Team ebenfalls imstande ist, der wissenschaftlichen Herausforderung gerecht zu werden. Was das astrophysikalische Programm der *Voyager* betrifft ... Ich bin von der Kompetenz unserer wissenschaftlichen Gruppe überzeugt. Dem Vorschlag stimme ich vor allem deshalb zu, weil ich vermeiden möchte, irgendetwas Wichtiges zu übersehen.«

»Da bin ich ganz Ihrer Meinung, Captain«, erwiderte Fedr. »Eine solche Chance bekommt man nur einmal im Leben. Es darf nichts übersehen werden.«

Janeway stellte fest, dass sich der Xorm-Captain durch großes diplomatisches Geschick auszeichnete. Sie durfte ihn nicht unterschätzen und hoffte, ihn auf ihrer Seite zu haben.

»Ich habe bereits meine Einwilligung erklärt, nicht wahr?«, brummte Captain Qados. »Lassen Sie uns fortfahren.«

»Ich brauche eine Stunde, um die beiden Techniker zu instruieren«, sagte Janeway.

»Eine Stunde, einverstanden.« Captain Fedr deutete erneut eine Verbeugung an.

Captain Qados unterbrach einfach die Verbindung. Die beiden anderen Kommandanten wechselten ein neuerliches Lächeln, bevor Kim auf Janeways Zeichen hin den externen Kom-Kanal schloss.

»Gut gemacht, Tuvok.«

»Ich habe nur einige wenige Worte gesprochen«, sagte der Vulkanier und kehrte an seinen Posten zurück.

»Aber es waren genau die richtigen.« Janeway nahm wieder im Kommandosessel Platz und beobachtete erneut die beiden Neutronensterne, die sich rasend schnell umkreisten. Sie wünschte sich, einmal ein solches Phänomen beobachten zu können, ohne dass sie ihre Aufmerksamkeit auch politischen Dingen widmen musste. Nur ein einziges Mal. War das zu viel verlangt?

Sie seufzte. In diesem Fall schon.

Kurze Zeit später stand sie auf und wandte sich an Chakotay.

»Teilen Sie Neelix mit, dass ich ihn in fünf Minuten in meinem Bereitschaftsraum erwarte.«

»Verstanden«, sagte Chakotay.

Als sie Anstalten machte, die Brücke zu verlassen, fiel ihr noch etwas ein. Sie blieb stehen und drehte sich um.

Chakotay sah sie an und lächelte wissend. »Ich bitte ihn, eine Tasse Kaffee für Sie mitzubringen.«

»Danke«, erwiderte Janeway. Sie lachte kurz, bevor sie den Bereitschaftsraum betrat. Fünf Tassen? Oder sechs? Wer zählte mit?

»Bitte entschuldigen Sie die Verspätung, Captain«, sagte Neelix sieben Minuten später. »Ich musste erst neuen Kaffee kochen.«

Er stellte die Tasse auf den Schreibtisch; ein wundervoller Duft ging von ihr aus. Janeway hatte plötzlich das Gefühl, in einer gemütlichen Küche zu sitzen, geschützt vor allen Gefahren des Universums. Dampf stieg von der Tasse auf und lud sie ein, einen Schluck zu trinken.

Sie griff nach der Tasse, hob sie und schnupperte daran. Allein der herrliche Geruch schien ihr neue Kraft zu geben.

»Wie viel ist von den Bohnen noch übrig?«, fragte sie.

Neelix zuckte kurz mit den Schultern. »Sie dürften genügen, bis Lieutenant Torres Gelegenheit findet, weitere zu replizieren.«

Janeway nickte und hoffte sehr, dass Neelix Recht behielt. Sie trank einen weiteren Schluck. »Danke.«

»Gern geschehen, Captain«, erwiderte er und lächelte.

»Ich möchte von Ihnen erfahren, was Sie über das Qavok-Reich und die Xorm wissen.«

»Die Xorm?«, wiederholte Neelix. »Wir sind Xorm begegnet?«

»Ja«, bestätigte Janeway. »Ist das schlimm?«

»Ich bin mir nicht sicher«, sagte Neelix. »Mein Volk ist nie bis in dieses Raumgebiet vorgestoßen und deshalb sind mir nur Legenden zu Ohren gekommen. Die Xorm beschäftigen sich mit Wissenschaft, Kunst und anderen Freuden des Lebens.«

»Sind sie höher entwickelt als die Qavoks?«

»In manchen Bereichen. Zweifellos sind die Xorm zivilisierter. In ihrer Geschichte gibt es keine militärischen Eroberungen und dergleichen. Aber sie sind sehr wohl imstande, sich zu verteidigen.«

»Glauben Sie, dass wir ihnen vertrauen können?«, fragte Janeway.

»Nach dem, was ich gehört habe ... Ich denke schon, im Rahmen ihrer eigenen Regeln.«

»Was haben wir Ihrer Meinung nach von den Qavoks zu erwarten?« Erneut setzte sie die Tasse an die Lippen. Die Temperatur des Kaffees war jetzt perfekt.

»Die Qavoks sind sehr kriegerisch, was sich auch auf ihre kulturelle Tradition auswirkt. Man darf ihnen nicht trauen.«

Janeway nickte. Das wusste sie bereits.

»Für Qavoks ist eine Niederlage völlig inakzeptabel, zumindest offiziell. Sie vermeiden einen Kampf, wenn das Risiko besteht, ihn zu verlieren. Und sie können recht verschlagen sein.«

»Aus irgendeinem Grund überrascht mich das nicht, Neelix«, sagte Janeway und lächelte.

»Gibt es sonst noch etwas, Captain? Ich habe gerade einige Kräuter und Wurzeln aufgesetzt, für einen wundervollen Gemüseeintopf.«

»Nur noch eine Sache. Was ist mit den Lekk? Wissen Sie etwas über sie?«

»Nur wenig«, erwiderte Neelix. »Bei dem Essen bin ich zum erstenmal Repräsentanten dieses Volkes begegnet.«

»Haben Sie allgemeine Informationen?«, erkundigte sich Janeway.

Neelix überlegte kurz. »Die Lekk erscheinen mir ein wenig seltsam. Offenbar sind sie nicht sehr hoch entwickelt und haben keine besonders starken Seiten. Als raumfahrende Kultur existieren sie vermutlich noch nicht sehr lange. Ich nehme an, sie stießen ins All vor, als die Qavok-Xorm-Allianz ein Ende fand.«

»Eine Allianz?«, brachte Janeway hervor. Sie stellte die Kaffeetasse ab und sah Neelix groß an. Manchmal konnte es ziemlich schwer sein, die gewünschten Informationen von ihm zu bekommen.

»Oh, bitte entschuldigen Sie, Captain«, sagte der Talaxianer. »Die Allianz brach vor Jahrhunderten auseinander. Ich habe angenommen, dass es keine Rolle mehr spielt.«

»Was ist damals geschehen?«

Erneut hob und senkte Neelix die Schultern. »Nun, die kriegerischen Qavoks beendeten das Bündnis, weil sie ein galaktisches Reich errichten wollten. Seit damals kommt es zwischen den beiden Völkern immer wieder zu Konflikten. Aber inzwischen haben die Xorm gelernt, sich zu verteidigen, und deshalb können sich die Qavoks nicht gegen sie durchsetzen. Was sie bestimmt sehr ärgert.« Neelix lächelte.

»Also ist das Heimatsystem der Lekk vielleicht eine Art Trophäe, um die Qavoks und Xorm streiten.«

»Das könnte erklären, warum die Qavoks so versessen darauf sind, es unter ihre Kontrolle zu bringen«, erwiderte Neelix. »Eigentlich gibt es dort gar nichts, das für sie irgendeinen Nutzen hätte.«

»Es ist nur ein Sonnensystem, über das man herrschen kann«, sagte Janeway. »Und manchen Leuten geht es einzig und allein darum – um Macht.«

Neelix nickte traurig und seufzte. »Das ist leider wahr.«

7

»Wir haben ein Problem, Captain«, sagte Fähnrich Kim.

Janeway wandte den Blick von den beiden Neutronensternen ab, deren rasende Rotation fast hypnotisch wirkte. Das Gesicht des jungen Fähnrich zeigte eine Art von Sorge, die sie kannte – so sah er immer aus, wenn die *Voyager* in Schwierigkeiten geriet.

»Sechs Kriegsschiffe der Qavoks sind mit Höchstgeschwindigkeit im Anflug.«

»Bestätigung«, sagte Tuvok. »Sie treffen in zwei Minuten und siebenunddreißig Sekunden ein.«

»So viel zu unserem kleinen wissenschaftlichen Austauschprogramm«, kommentierte Janeway. »Mr. Paris, steuern Sie uns in eine höhere Umlaufbahn. Bringen Sie den Doppelstern zwischen uns und die Qavok-Schiffe. Halten Sie anschließend die Position. Wenn wir kämpfen müssen, möchte ich ein wenig Bewegungsspielraum haben.«

»Verstanden«, sagte Paris und seine Finger flogen über die Schaltflächen.

Die beiden Neutronensterne auf dem Hauptschirm schrumpften, als sich die *Voyager* von ihnen entfernte. Janeway spürte sonderbaren Kummer, als hätte sie den Befehl erhalten, einen Freund zu verlassen. Doch derzeit blieb ihr keine Wahl. Sie durften nicht in einer niedrigen Umlaufbahn bleiben, solange ein Gefecht mit sechs Gegnern drohte – die Gefahr eines fatalen Navigationsfehlers war viel zu groß. Aber Janeway versprach sich, rechtzeitig genug zurückzukehren, um die kritische Phase zu beobachten.

Sie blickte noch einige Sekunden lang auf den großen Bildschirm, wandte sich dann an Tuvok.

»Überwachen Sie Qados' Schiff?«

»Ja«, erwiderte der Vulkanier. »An Bord der *Unbesiegbar* wurde ein Alarm ausgelöst und das energetische Niveau der Waffensysteme steigt. Allerdings wahrt das Schiff seine gegenwärtige Position.«

»Was ist mit der *Gravitation*?«

»Der Xorm-Raumer hat die Schilde aktiviert. Andere Reaktionen lassen sich nicht feststellen.«

Janeway nickte. »Die *Unbesiegbar* wird sich den sechs Kriegsschiffen anschließen und dann steht es sieben zu eins. Wie sind unsere Chancen?«

»Gegen alle sieben Schiffe gleichzeitig beliefe sich die Wahrscheinlichkeit dafür, einen Sieg zu erringen, auf nur null Komma fünf Prozent«, sagte Tuvok. »Der Grund dafür ist der synergetische Effekt der Waffen.«

»Wie sähe es aus, wenn wir es nur mit zwei oder drei Gegnern zu tun hätten?«

Tuvok sah die Kommandantin an. »Dann wären unsere Chancen weitaus besser.«

Janeway blickte erneut zum Hauptschirm. Der binäre Neutronenstern befand sich noch immer im Zentrum des Projektionsfelds – die beiden Sterne umkreisten sich in einem Abstand von nur wenigen hundert Kilometern. Noch berührten sie sich nicht, aber wenn das geschah, sollte die *Voyager* besser sehr weit entfernt sein.

Sie öffnete einen internen Kom-Kanal zum Maschinenraum. »Dr. Maalot?«

»Ja, Captain?«, meldete sich der Lekk-Wissenschaftler nach einigen Sekunden.

»Wann kommt es nach Ihren neuesten Schätzungen zur Explosion?«

»In ziemlich genau zwölf Stunden«, antwortete Maalot. »Warum haben wir uns entfernt?«

»Das erkläre ich Ihnen bald«, sagte Janeway. »Danke.«

Sie unterbrach die Verbindung und sah zu Chakotay. »Lassen Sie Lieutenant Tyla unverzüglich zur Brücke bringen.«

Der Erste Offizier wirkte verwirrt.

»Vielleicht kann sie uns gegen die Qavoks helfen. Ihr Volk hat bereits gegen sie gekämpft.«

»Gute Idee.« Chakotay wandte sich den Kom-Kontrollen zu.

Janeway stand auf, trat neben Paris und beobachtete die Neutronensterne. Sie legte dem Piloten die Hand auf die Schulter, fühlte Kraft unter dem Stoff der Uniform. »Bleiben Sie in einer eine Million Kilometer hohen Umlaufbahn, Tom. Weichen Sie aus, wenn sich die Qavok-Flotte nähert, aber halten Sie dabei diesen Abstand zum Doppelstern.«

»Verstanden, Captain«, sagte Paris. »Und wenn sich die Qavoks aufteilen?«

Janeway klopfte ihm auf die Schulter und kehrte dann zum Kommandosessel zurück. »Genau darum geht es. Der Gegner soll sich teilen.«

»Ich verstehe«, sagte Kim. »Wenn er von links und rechts kommt, fliegen wir nach unten. Wenn er uns nach unten folgt, weichen wir nach oben aus. Die Qavoks müssen ebenfalls einen sicheren Abstand zum binären Neutronenstern wahren und das können wir zu unserem Vorteil nutzen.«

»Genau«, bestätigte Janeway. »Dadurch verbessern wir unsere Chancen ein wenig.«

»Auf eine solche Taktik wäre selbst Captain Proton stolz«, meinte Paris.

»Danke«, sagte Janeway und lächelte. »Falls es ein Kompliment ist. Fähnrich Kim, versuchen Sie, eine Verbindung mit den Qavoks herzustellen.«

Einige Sekunden verstrichen.

»Keine Antwort, Captain«, meldete Kim.

»Bei allen Schiffen sind die Waffensysteme einsatzbereit«, sagte Tuvok.

»Offenbar wollen sie kämpfen«, sagte Janeway. »Ich schätze, Captain Qavim hat seine Lektion nicht gelernt.«

»Oder er hat nicht davon berichtet«, vermutete Chakotay.

»Was ich für wahrscheinlicher halte«, erwiderte Janeway.

»In dreißig Sekunden kommt die Qavok-Flotte in Gefechtsreichweite«, sagte Tuvok. »Die *Unbesiegbar* hat sich ihr angeschlossen.«

»Fliegen Sie um den Doppelstern herum, Tom«, wies Janeway den Piloten an. »Sorgen Sie dafür, dass er zwischen der Flotte und uns bleibt.«

Auf dem Hauptschirm gerieten die Sterne hinter dem binären Neutronenstern in Bewegung, glitten von links nach rechts. Die Qavok-Flotte war nicht zu sehen, denn Paris leistete ausgezeichnete Arbeit – der Gegner blieb auf der anderen Seite des Doppelsterns.

»Drei Schiffe beschleunigen und nähern sich auf einem Abfangkurs«, meldete Kim.

»Nach unten«, sagte Janeway. »Soll sich der Gegner erneut teilen.«

Stille folgte ihren Worten und dauerte an, schien sich zu dehnen.

Alle Brückenoffiziere kamen ihren Aufgaben nach.

Janeway verabscheute diesen Teil des Kampfes. Dabei spürte sie die eigene Anspannung wie eine Last, die ihr das Atmen erschwerte und sie tiefer in den Kommandosessel zu drücken schien. Sie blickte zum Hauptschirm und aus den Augenwinkeln sah sie, wie Paris immer wieder die Schaltflächen der Navigationsstation berührte, als er die *Voyager* um den Doppelstern herumsteuerte. Das Projektionsfeld zeigte nur die beiden Neutronensterne. Die Qavok-Schiffe blieben auch weiterhin verborgen.

Aber es war nur noch eine Frage der Zeit, bis sie nahe genug herankamen, um auf dem Bildschirm sichtbar zu werden.

»Captain Qados setzt sich mit uns in Verbindung«, sagte Kim.

»Auf den Schirm.« Janeway erhob sich.

Das spöttische Reptiliengesicht von Captain Qados ersetzte die Darstellung des Doppelsterns.

»Sie laufen weg, Captain«, sagte er. »Wenn Sie sich jetzt sofort ergeben, wird Ihnen kein Leid geschehen.«

»Warum sollte ich mich ergeben?«, erwiderte Janeway. »Ich habe dem Qavok-Reich keinen Schaden zugefügt. Uns liegt nichts an einem Kampf.«

Qados lachte – zumindest hielt Janeway das Geräusch für ein Lachen. »An Bord Ihres Schiffes befinden sich zwei Lekk-Diebe und die Yacht des Prinzen. Ergeben Sie sich.«

»Nach der Explosion des sekundären Sterns sind wir gern bereit, Ihnen die Yacht zurückzugeben. Was die Lekk betrifft … Sie baten um politisches Asyl und das habe ich ihnen gewährt. Wir sind aus wissenschaftlichen Gründen hier.« Janeway sah zum Hauptschirm. »Wir werden uns nicht ergeben.«

»Dann bereiten Sie sich auf den Tod vor«, sagte Qados und schloss den Kom-Kanal.

Janeway sank wieder in den Kommandosessel und seufzte.

»Der Bursche ist ein einziges Klischee«, meinte Tom Paris.

»Drei Kriegsschiffe nähern sich«, sagte Tuvok.

»Na schön.« Janeway atmete tief durch. »Fähnrich Kim, zeigen Sie auf einer Gefechtsgrafik die Positionen der sieben Qavok-Schiffe, unsere eigene und die des binären Neutronensterns.«

»Ja, Captain.«

Janeway wartete, während Kim die notwendigen Berechnungen vornahm und den Computer programmierte. Einige lange Sekunden verstrichen.

»Auf den Schirm«, sagte er, ohne aufzusehen.

Janeway betrachtete die grafische Darstellung. Rote Punkte symbolisierten die Kriegsschiffe der Qavoks, ein blauer die *Voyager*. In der Mitte kreisten zwei kleine Neutronensterne umeinander und ein grüner Punkt in unmittelbarer Nähe kennzeichnete die Position des Xorm-Schiffes.

Zwei Qavok-Raumer kamen von rechts, zwei von hinten und einer von links. Die letzten beiden blieben auf der anderen Seite des Doppelsterns, um jenen Fluchtweg abzuschneiden.

»Bescheren wir ihnen eine kleine Überraschung«, sagte Janeway. »Tom, abrupte Kursumkehr. Fliegen Sie an den beiden Schiffen hinter uns vorbei. Volle Energie in die Bugschilde. Feuern Sie, wenn wir in Reichweite sind.«

»Aye, Captain.«

»Bildschirmfenster«, fügte Janeway hinzu. »In der einen Hälfte die Gefechtsgrafik, in der anderen Bugsicht.«

»Verstanden«, sagte Kim.

Das zentrale Projektionsfeld zeigte zwei verschiedene Darstellungen: links eine Grafik, rechts die Kriegsschiffe der Qavoks.

»Feuer«, sagte Chakotay.

Janeways Hände schlossen sich fester um die Armlehnen des Kommandosessels, als die Phaserstrahlen der *Voyager* die beiden Qavok-Schiffe trafen.

Es kam nicht einmal zu einem Kampf.

Die Phaser schnitten die beiden Raumer wie Kinderspielzeuge auf.

Es geschah alles so schnell, dass die Qavoks nicht einmal Gelegenheit bekamen, das Feuer zu erwidern.

»Die beiden Kriegsschiffe sind zerstört«, meldete Tuvok.

»Haben sich unsere Chancen dadurch verbessert?«, fragte Janeway.

»Erheblich«, bestätigte Tuvok.

»Gut.« Die Kommandantin nickte zufrieden. »Fähnrich, stellen Sie eine Verbindung mit Captain Qados her.«

»Aye, Captain.« Nach einigen Sekunden fügte Kim hinzu: »Keine Antwort, Captain.«

»Idioten«, murmelte Janeway und betrachtete die Gefechtsgrafik. Drei Kriegsschiffe hatten sich zu einer Gruppe formiert und die Verfolgung aufgenommen. Die anderen beiden Qavok-Raumer versuchten, der *Voyager* den Fluchtweg abzuschneiden.

Janeway verabscheute diese Situation. Die Qavoks hatten ganz offensichtlich keine Chance gegen die *Voyager*. Doch sie waren nicht bereit, ihre Niederlage einzugestehen; eher wollten sie ihre Schiffe zerstören und hilflose Krieger sterben lassen.

Wie dumm, wie dumm.

Qados ließ Janeway keine Wahl.

»Mr. Paris, halten Sie genau auf die beiden Schiffe zu, die uns den Weg versperren sollen. Wenn wir sie ebenfalls zerstören ... Vielleicht ziehen sich die anderen dann zurück.«

»Wir sind fast in Waffenreichweite«, meldete Chakotay.

»Feuern Sie, sobald die Ziele erfasst sind«, sagte Janeway.

Sie lehnte sich zurück und beobachtete, wie der blaue Punkt – die *Voyager* – den beiden roten entgegenglitt.

»Feuer«, sagte Chakotay.

Auf der rechten Seite des Hauptschirms explodierten zwei Qavok-Kriegsschiffe, als die *Voyager* an ihnen vorbeiflog. Im linken Bildschirmfenster verschwanden zwei rote Punkte und damit blieben nur noch drei übrig.

»Die beiden Schiffe sind zerstört, Captain«, sagte Tuvok, obwohl sich ein solcher Hinweis erübrigte. »Keine Schäden an der *Voyager*.«

»Mr. Paris, sorgen Sie dafür, dass wir vor den drei anderen Schiffen bleiben.«

»Kein Problem«, erwiderte der Pilot.

Die Tür des Turbolifts öffnete sich. Janeway drehte den Kopf und sah Lieutenant Tyla, die vor zwei Sicherheitswächtern stand und zum Hauptschirm blickte. Die rothaarige Lekk wirkte so eindrucksvoll wie immer. Sie trug ihr rotes Offizierscape und schien in eine Aura aus Trotz gehüllt zu sein. An Ego mangelte es der jungen Dame gewiss nicht.

»Bitte kommen Sie«, sagte Janeway und forderte Tyla mit einem Wink auf, sich ihr hinzuzugesellen. Den beiden Sicherheitswächtern bedeutete sie, bei der Tür zu bleiben.

Sie wartete, bis Tyla neben ihr stand, deutete dann auf das linke Bildschirmfenster. »Die drei roten Punkte sind Kriegsschiffe der Qavoks.«

Tylas ohnehin blasses Gesicht schien noch mehr an Farbe zu verlieren. »Sie sollten diesen Raumbereich sofort verlassen, Captain. Bringen Sie mich zu meiner Heimatwelt. Vielleicht bekommen wir dort genug Verstärkung, um den Gegner zu besiegen.«

Es gelang Janeway, nicht zu lächeln. Tom Paris war nicht so taktvoll.

»Warum?«, fragte er mit einem kurzen Blick zu Tyla.

»Das sind Qavok-Kriegsschiffe«, sagte die Lekk. »Sie werden die *Voyager* und damit meine Hoffnungen zerstören, die bevorstehende Katastrophe zu verhindern.«

Tom lachte. »Vor zwei Minuten waren es noch sieben.«

»Behalten Sie die Anzeigen im Auge, Mr. Paris«, sagte Janeway.

Sofort wandte sich der Pilot wieder der Navigationskonsole zu.

»Sieben?«, wiederholte Tyla. »Sie haben vier Kriegsschiffe der Qavoks zerstört?«

Offenbar hielt sie so etwas für unmöglich.

»Ja, das haben wir«, bestätigte Janeway. »Ich fürchte, Qavok-Kriegsschiffe sind keine ebenbürtigen Gegner für die *Voyager*.«

Tyla wandte den Blick vom Hauptschirm ab und sah Janeway in die Augen. Zum ersten Mal, seit sie sich an Bord befand, brachten ihre großen grünen Augen Respekt zum Ausdruck.

Außerdem zeigte sich in ihnen auch ein wenig Furcht.

8

Als Lieutenant Tyla die Brücke betreten hatte, war sie recht zornig gewesen. Die beiden Sicherheitswächter boten ihr keine Erklärung an, wiesen nur darauf hin, dass Captain Janeway sie sprechen wollte. Gefangene der Menschen zu sein … Tyla empfand es als ebenso schlimm wie die Gefangenschaft bei den Qavoks. Nur das Essen der Menschen war besser.

Zum zweiten Mal betrat sie den Kontrollraum der *Voyager* und fand ihn ebenso eindrucksvoll wie bei ihrem ersten Besuch. Er war sauber und hell erleuchtet. Die Brücken von Lekk-Schiffen hingegen wirkten immer eng und düster. Meistens herrschte dort eine bedrückte Atmosphäre und häufig lag der Geruch von Furcht in der Luft.

Lieutenant Paris – der Mann, der sie im Shuttlehangar begrüßt hatte – bediente die Kontrollen einer Konsole vor der Kommandantin. Neben Janeway saß Commander Chakotay und betrachtete ein Display links von ihm. Es gab noch weitere Stationen. Der große Bildschirm war in zwei Fenster geteilt: Die eine Seite zeigte ein Bild des binären Neutronensterns, die andere eine schematische Darstellung.

Die Tür schloss sich hinter Tyla und dadurch verstärkte sich ihr Gefühl, gefangen zu sein. Captain Janeway drehte den Kopf und musterte sie kurz, forderte sie dann mit einem Wink auf, zu ihr zu kommen. Die Lekk kam der Aufforderung nach und erfuhr wenig später, dass drei Qavok-Kriegsschiffe der *Voyager* folgten. Angeblich war es den Menschen gelungen, vier andere Schiffe zu vernichten.

Zuerst hielt Tyla so etwas für völlig ausgeschlossen. Aber dann meldete sich ihre innere Stimme – eine Stimme, der sie ihr ganzes Leben lang vertraut hatte, die ihr immer wieder die richtige Richtung zeigte – und wies sie darauf hin, dass Captain Janeway und Lieutenant Paris die Wahrheit sagten. Die *Voyager* war viel mächtiger als ein Kriegsschiff der Qavoks.

»Aber warum verfolgt uns der Gegner auch weiterhin?«, fragte Captain Janeway. »Sie meinten, eine Niederlage käme für die Qavoks nicht in Frage, doch Captain Qavim zog sich zurück. Haben Sie eine Erklärung dafür?«

Tyla sah erneut zum Bildschirm und wandte sich dann der Kommandantin zu. »Vermutlich lebt Captain Qavim nicht mehr. Oder er hat jemand anders die Schuld gegeben. So etwas ist typisch für die Qavoks.«

»Die Schuld an dem Rückzug?«, fragte Janeway.

»Dafür, keinen Sieg errungen zu haben«, erwiderte Tyla.

Die Kommandantin wirkte noch immer verwirrt und Tyla überlegte, wie sie Janeway überzeugen konnte. »Lassen Sie es mich so ausdrücken«, fügte sie hinzu. »In der Sprache der Qavoks gibt es kein Wort für ›Niederlage‹. Sie siegen oder sterben.«

Janeway nickte langsam. »Wir müssen den drei Schiffen also einen Ausweg zeigen.«

Daraufhin war Tyla verwirrt. »Einen Ausweg, Captain? Wenn Sie dazu in der Lage sind, die Schiffe zu zerstören, so sollten Sie von der Möglichkeit Gebrauch machen. Immerhin sind es Qavoks.«

Janeway sah sie an, lächelte traurig und gleichzeitig freundlich. »Offenbar fehlen auch in Ihrer Sprache einige Worte, zum Beispiel ›Anteilnahme‹ und ›Kompromiss‹.«

Zorn entstand in Tyla und sie spürte, wie ihre Wangen brannten. Sie gab sich alle Mühe, ruhig zu bleiben.

»Ich möchte Sie bitten, mir zu helfen«, sagte Janeway.

Tyla holte tief Luft und verdrängte ihren Zorn. »Wenn ich kann ...«

»Geben Sie Ihren Anspruch auf die Yacht auf, damit ich sie den Qavoks zurückgeben kann.«

»Was?«, entfuhr es Tyla und erneut musste sie sich sehr beherrschen, um den Zorn zurückzuhalten. Aus den Augenwinkeln sah sie die beiden Sicherheitswächter. Sicher genügte eine falsche Bewegung, um sie aktiv werden zu lassen. »Vermutlich möchten Sie, dass auch ich zu den Qavoks zurückkehre.«

»Nein, natürlich nicht«, sagte Janeway. »Aber wenn wir ihnen das kleine Raumschiff überlassen, so können wir vielleicht verhindern, dass weitere Personen zu Schaden kommen. Nach der Explosion des Neutronensterns setzen wir Sie und Dr. Maalot auf Ihrer Heimatwelt ab. Zunächst bleiben wir hier, um sicherzustellen, dass die Qavoks den primären Stern nicht in Richtung Ihres Heimatsystems lenken.«

Tyla zwang sich, erneut tief durchzuatmen. Der Hauptschirm zeigte noch immer die drei Qavok-Schiffe, die der *Voyager* um die beiden Neutronensterne herum folgten. Zwölf Schiffe ihres Volkes waren nötig gewesen, um den Sieg über drei Qavok-Gegner zu erringen. Die *Voyager* war imstande, die Qavoks mühelos zu vernichten, aber sie wollte diese Möglichkeit nicht nutzen. Gleichzeitig waren die Menschen bestrebt, eine Vernichtung des Lekk-Systems durch die Qavoks zu verhindern. Ein sonderbares Volk, fand Tyla.

»Hiermit gebe ich die Yacht auf«, sagte sie förmlich.

»Danke.« Janeway nickte und der Schatten eines Lächelns lag auf ihren Lippen. Sie schien zu ahnen, was Tyla durch den Kopf ging. Konnten Menschen vielleicht Gedanken lesen?

»Eine Kom-Verbindung mit den Qavoks herstellen«, sagte Janeway. »Teilen Sie ihnen mit, dass wir ihnen geben, was sie wollen.«

»Eine Antwort trifft ein, Captain«, sagte der Mann, den die anderen Fähnrich Kim nannten.

»Auf den Schirm.« Janeway erhob sich. »Tyla, bitte treten Sie zwei Schritte zur Seite, damit Sie nicht ins Bild geraten. Wir sollten kein Salz in die Wunden der Qavoks streuen.«

Tyla wich zur Seite.

Eine Sekunde später erschien das Gesicht eines Qavoks im zentralen Projektionsfeld.

»Ergeben Sie sich?«, fragte er.

Tyla wäre am liebsten zum Bildschirm gesprungen, um dem Qavok die Augen auszukratzen und ihm hundertmal in die zwölf kleinen Herzen zu stechen. Die Menschen um sie herum reagierten überhaupt nicht auf den grässlichen Anblick.

Captain Janeway lachte, als sie die Worte des Qavoks hörte. »Natürlich nicht. Aber ich bin zu einem Waffenstillstand bereit. Um meine guten Absichten zu zeigen, gebe ich Ihnen die Yacht des Prinzen zurück.«

»Und die Lekk-Flüchtlinge?«, fragte der Qavok.

»Sie bleiben an Bord meines Schiffes«, sagte Janeway. »Wir bringen sie nach Hause.«

Tyla hörte feste Entschlossenheit in Janeways Stimme. Die gleiche Bestimmtheit hatte sie nach ihrem Fluchtversuch darin vernommen.

»Ich werde über Ihr Angebot nachdenken«, sagte der Qavok und unterbrach die Verbindung.

Tyla hatte noch nie erlebt, dass ein Qavok Bereitschaft zeigte, ein Friedensangebot in Erwägung zu ziehen. Die menschliche Frau schien in der Lage zu sein, Wunder zu wirken.

»Achten Sie auch weiterhin darauf, dass wir vor den drei Schiffen bleiben, Tom«, sagte die Kommandantin.

»Kein Problem«, erwiderte Paris. »Solange sie uns gemeinsam verfolgen.«

»Derzeit dürfte ihnen nichts daran liegen, sich erneut zu teilen«, sagte Janeway.

»Bestätigung«, meldete Tuvok. »Die drei Schiffe bilden auch weiterhin eine Formation.«

Die Kommandantin wandte sich an Tyla. »Irgendwelche Vorschläge?«

»Nein.« Tyla sah noch immer staunend zum großen Bildschirm.

»Die Qavoks hatten eine Allianz mit den Xorm.«

»Es war kein Bündnis in dem Sinne, eher eine Art Patt.«

»Und eine solche Situation blieb über Jahrtausende hinweg von Bestand?«, fragte Captain Janeway verwundert.

»Das lehrt uns die Geschichte«, entgegnete Tyla. »Mehr weiß ich nicht.«

Janeway nickte. »Wenn die Qavoks mein Angebot ablehnen ... Offenbar steht dann ein neuerlicher Kampf bevor.«

Plötzlich begriff Tyla, warum sich der Qavok-Captain so und nicht anders verhielt. »Unter normalen Umständen würden die Qavoks Ihr Angebot sicher zurückweisen. Aber der Qavok-Kommandant befindet sich in einer sehr schwierigen Position.«

»Wie meinen Sie das?«, fragte Janeway.

»Sie bieten die Yacht des Prinzen an«, erklärte Tyla. »Wenn der Qavok-Captain Ihr Angebot ablehnt und dann Ihr Schiff zerstört, so vernichtet er auch die Yacht und müsste damit rechnen, dafür vom Prinzen getötet zu werden.«

»Andererseits kann er eigentlich nicht auf mein Angebot eingehen, weil er dadurch Schwäche zeigen würde.«

»Genau«, sagte Tyla. »Vermutlich werden die Qavoks

Ihr Angebot nur scheinbar annehmen – um Sie zu zerstören, sobald sie die Yacht haben.«

»Sie könnten höchstens *versuchen*, uns zu zerstören«, schränkte Janeway ein. »Die Qavoks haben bereits vier Schiffe verloren.«

»Ja, das stimmt.« Tyla lächelte.

Captain Janeway erwiderte das Lächeln und zum ersten Mal entspannte sich Tyla. Ein wenig.

»Das Flaggschiff der Qavoks setzt sich mit uns in Verbindung«, meldete Fähnrich Kim.

»Auf den Schirm.« Mit einer knappen Geste forderte Janeway Tyla erneut auf, zur Seite zu treten.

Die Lekk kam der Aufforderung rasch nach, als der Bildschirm wieder das hässliche Gesicht von Captain Qados zeigte.

»Ich nehme Ihr Angebot an, Captain«, sagte er.

»Gut«, erwiderte Janeway. »Hier sind meine Bedingungen ...«

»Bedingungen?« Der Qavok brüllte fast. »Von Bedingungen war nicht die Rede.«

»Wenn Sie die Yacht des Prinzen wollen, bleibt Ihnen nichts anderes übrig, als meine Bedingungen zu akzeptieren«, sagte Janeway und lächelte.

Tyla hätte am liebsten laut gelacht, als Captain Janeway Qados einige Sekunden lang schmoren ließ, bevor sie fortfuhr:

»Erstens: Zwei Ihrer Schiffe ziehen sich mindestens eine Astronomische Einheit weit zurück und halten ihre Position, bis der sekundäre Stern explodiert.«

Tyla musterte den schweigenden Qavok-Captain.

»Zweitens: Exakt eine Stunde nach der Explosion des sekundären Sterns lassen wir die Yacht an einem Ort meiner Wahl zurück, in sicherer Entfernung zu dem bevorstehenden Kataklysmus. Sie können sie dort abholen.«

»Nein!«, rief Qados.

Tyla hatte noch nie einen nervösen Qavok gesehen. Er wirkte fast lächerlich, als sich seine Schuppen wölbten und bestrebt zu sein schienen, sich von der Haut zu lösen. Der Mund öffnete und schloss sich mehrmals. Die Augen tränten.

»Schade«, sagte Janeway und nahm wieder im Kommandosessel Platz.

Tyla stellte erstaunt fest, dass die Kommandantin völlig entspannt zu sein schien.

»Wenn Sie mein Schiff zerstören, vernichten Sie auch die Yacht«, sagte Janeway. »Das dürfte dem Prinzen ganz und gar nicht gefallen, oder? Erst recht nicht, wenn er erfährt, dass Sie nur zwölf Stunden hätten warten müssen, um sie ihm zurückzubringen.«

Wieder beobachtete Tyla, wie sich der Mund des Qavoks öffnete und schloss. Seine Schuppen bewegten sich wie in einem heftigen Wind.

»Einverstanden«, sagte er schließlich. »Zwei Schiffe ziehen sich zurück. Nur die *Unbesiegbar* bleibt in der Nähe.«

»Gut«, erwiderte Janeway. »Jetzt können wir uns wieder der Erforschung des binären Neutronensterns widmen.«

Tyla glaubte zu hören, wie der Qavok-Captain voller Abscheu schnaufte, bevor der externe Kom-Kanal geschlossen wurde.

»Dies ist einmalig«, kommentierte sie.

»Zwei Kriegsschiffe drehen ab und entfernen sich«, meldete Fähnrich Kim.

»Behalten Sie sie im Auge, Mr. Tuvok«, sagte die Kommandantin.

»Ja, Captain.«

Tyla konnte es kaum fassen. Sie hätte nicht einmal davon zu träumen gewagt, dass ein einzelnes Schiff in der Lage sein mochte, sich gegen drei Raumer der Qavoks durchzusetzen, doch genau das war geschehen.

Aber Janeway lächelte nicht einmal.

»Sie haben gewonnen, Captain.«

Die Kommandantin schüttelte den Kopf. »Ich glaube, wir haben es noch längst nicht überstanden. In einigen Stunden geschieht etwas wahrhaft Einmaliges und ich wette, Captain Qados und die *Unbesiegbar* werden irgendwelche Tricks versuchen.«

Tyla spürte, wie sich tief in ihrem Innern etwas verkrampfte. »Rechnen Sie mit dem Versuch, den primären Stern in Richtung meines Heimatsystems zu lenken?«

»Das ist nicht auszuschließen«, sagte Janeway und beobachtete den binären Neutronenstern auf dem Hauptschirm. »Aber es könnte auch etwas ganz anderes passieren. Ich weiß nicht, womit ich rechnen soll.«

Tyla sah zum Projektionsfeld, richtete den Blick dann wieder auf Janeway und begriff, dass sie gerade noch etwas zum ersten Mal erlebt hatte. Ein Captain, der Schwäche eingestand ... In der Lekk-Flotte geschah dies nicht und sie bezweifelte sehr, dass so etwas bei den Qavoks vorkam. Eines stand fest: Diese Menschen waren wirklich sehr sonderbare Wesen.

9

Dr. Maalot hätte sich nie vorstellen können, sich an Bord eines Schiffes wie der *Voyager* aufzuhalten und die letzten Stunden im Leben eines binären Neutronensterns zu beobachten – das ging weit über seine kühnsten Träume hinaus. Der ganze vergangene Tag wirkte irreal. Manchmal fragte er sich, ob er an Bord der kleinen Yacht gestorben war und sich jetzt im Jenseits befand, in einer Art Paradies.

Er beendete die Kalibrierung des Sensors und sah sich in der Abteilung des Schiffes um, die man Maschinenraum nannte. Mehr als zehn Menschen, sowohl Männer als auch Frauen, arbeiteten an Konsolen und Schalttafeln. Der Raum war groß und gut beleuchtet, fühlte sich irgendwie wissenschaftlich an. Als sehr erstaunlich empfand Maalot die allgemeine Sauberkeit – alles schien für eine Inspektion durch hochrangige Beamte vorbereitet zu sein. Aber in diesem Fall handelte es sich um den *normalen* Zustand. Alles befand sich an seinem Platz und für alles *gab* es einen Platz. Ein solches Laboratorium hatte der Lekk-Wissenschaftler noch nie zuvor gesehen.

In der Mitte des Maschinenraums ragte eine blaue Säule auf, deren Licht leicht pulsierte, ohne dass dabei irgendwelche Geräusche erklangen. Alles schien reibungslos zu funktionieren.

Maalot blickte auf ein Display, das ihm Details des Doppelsterns zeigte, und zwar mit verblüffender Genauigkeit. Die Daten deuteten darauf hin, dass nicht mehr viel Zeit blieb bis zum fatalen Kontakt der beiden Neutronensterne, der zur Explosion des sekundären Sterns führen und den primären fortschleudern würde, wodurch er sich in das gefährlichste Geschoss im Universum verwandelte. Noch etwa zehn Stunden.

Er berührte einige Schaltflächen und eine grafische Darstellung zeigte ihm die Ebene der beiden Umlaufbahnen. Maalot betrachtete sie einige Sekunden lang und erweiterte sie dann, verwandelte sie in eine Scheibe, die durch nahe Sonnensysteme schnitt, auch durch das der Lekk. Wenn es den Qavoks gelang, den primären Neutronenstern in jene Richtung zu lenken ... Dann gab es bald keine Heimat mehr, in die Maalot zurückkehren konnte. Wenn das geschah, wollte er darum bitten, an Bord der *Voyager* bleiben zu dürfen.

Hinter ihm öffnete sich die Tür. Maalot drehte sich um und lächelte, als Captain Janeway eintrat. Sie erwiderte das Lächeln und wirkte entspannt, was den Lekk überraschte. Sie hatte gerade eine Konfrontation mit den Qavoks hinter sich, doch ihre Gelassenheit schien darauf hinzudeuten, dass es sich dabei um ein alltägliches Ereignis handelte. Nun, vielleicht waren derartige Dinge für dieses Schiff tatsächlich an der Tagesordnung.

»Sind Sie soweit, Dr. Maalot?«, fragte die Kommandantin.

»Ich habe gerade den letzten Sensor kalibriert«, antwortete er. »Wir können Messungen in allen Frequenzbereichen vornehmen, vom Spektrum des Lichts bis hin zur Gravitationsstrahlung. Wir werden so viele Informationen bekommen, dass wir fast in der Lage sind, den binären Neutronenstern zu rekonstruieren.«

»Wundervoll«, sagte Janeway und lachte. »Aber ich glaube, einer genügt mir.«

»Ja, mir auch«, erwiderte Maalot und lachte ebenfalls. »Wir haben jetzt fast wieder die ursprüngliche Position erreicht.« Janeway blickte erst aufs Display und sah dann den Lekk an.

Er bemerkte Anteilnahme und Verständnis in ihren Augen. »Wir lassen nicht zu, dass die Qavoks Ihr Heimatsystem zerstören«, fügte die Kommandantin mit fester Stimme hinzu.

»Danke«, sagte Maalot. Eine bessere Antwort fiel ihm nicht ein.

Janeway trat noch etwas näher an das Display heran und ihre Hände blieben unbewegt, als sie auf die Darstellung hinabsah. Nach einigen Sekunden ließ sie plötzlich die Schultern hängen und drehte sich um. Das Lächeln verschwand aus ihrem Gesicht, wich Sorge.

»Dr. Maalot ... Bitte kommen Sie in zehn Minuten ins Konferenzzimmer.«

Er nickte verwundert und fragte sich nach dem Grund für den abrupten Stimmungswandel.

Allem Anschein nach war Janeway daran gewöhnt, dass man ihren Anweisungen Folge leistete. Ohne ein weiteres Wort drehte sie sich um und ging zur Tür. Maalot sah ihr nach, richtete seine Aufmerksamkeit dann wieder auf das Display.

Was mochte die Reaktion der Kommandantin bewirkt haben? War ihm irgendein Fehler unterlaufen?

Der Lekk-Wissenschaftler verbrachte die nächsten fünf Minuten damit, die grafische Darstellung zu überprüfen. Anschließend ließ er sich von einem Besatzungsmitglied den Weg erklären und brach zum Konferenzzimmer auf. Er brauchte nur zwei Minuten um es zu erreichen, aber sie erschienen ihm wie zwei Stunden.

Janeway erreichte das Konferenzzimmer als erste und nahm nachdenklich Platz. Nur eine Minute war nötig gewesen, um die benötigten Informationen vom Bordcomputer der Yacht zu bekommen – sie hatte damit gerechnet, dass es länger dauerte. Sie lehnte sich zurück und versuchte, sich ein wenig zu entspannen. Dieser Tag wurde immer länger. Vier Tassen Kaffee hatte sie bereits getrunken. Oder waren es fünf? Sie verlor allmählich die Übersicht. Und sie erinnerte sich auch kaum mehr daran, wie lange sie schon auf den Beinen war.

Janeway atmete tief durch und versuchte, die Anspannung aus ihren Muskeln zu vertreiben. Sie hörte ein leises Knacken in den Gelenken, als sie die Schultern bewegte. Eine Ruhepause kam jetzt nicht in Frage. In einigen Stunden fand eines der seltensten Ereignisse im Universum statt und sie wollte Zeuge davon werden, vielleicht sogar aktiv in das Geschehen eingreifen.

Die Tür öffnete sich und Chakotay kam herein. Er lächelte und trat um den Tisch herum, während ihm andere Personen folgten.

»Was ist mit den Qavoks, Mr. Tuvok?«, fragte Janeway, als die Brückenoffiziere sowie Lieutenant Tyla und Dr. Maalot am Tisch Platz nahmen. Nur Paris und Neelix fehlten. Die beiden Lekk wirkten recht nervös. Dr. Maalots Hände zitterten und bei Tyla machte sich die Unruhe in einer besonders steifen Haltung bemerkbar. Sie blickte starr geradeaus.

»Die beiden Kriegsschiffe haben sich eine Astronomische Einheit vom Doppelstern entfernt«, sagte Tuvok. »Zwei weitere Schiffe sind hinzugekommen und es ist logisch anzunehmen, dass bald noch mehr eintreffen. Die *Unbesiegbar* befindet sich wieder an der ursprünglichen Position.«

Janeway nickte. »Captain Qados stellt eine neue Flotte zusammen.«

»So scheint es«, erwiderte Tuvok.

Janeway zuckte mit den Schultern. »Dagegen habe ich nichts einzuwenden, solange die Schiffe bis zur Explosion passiv bleiben. Sind wir wieder in unserem strategischen Orbit?«

»Ja«, bestätigte Chakotay. »Tom bedient auch weiterhin die Navigationskontrollen, um zu gewährleisten, dass nichts schief geht. Die Schilde sind aktiviert.«

»Gut.« Janeway nickte dem Ersten Offizier zu. Es beruhigte sie, dass Paris die *Voyager* flog. Er war der beste Pilot an Bord und durfte unter den gegenwärtigen Umständen von niemandem abgelöst werden.

Sie sah Torres und Seven an. »Wie steht es mit Ihrem Projekt?«

»Wir brauchen noch eine Stunde«, sagte Torres.

»Eigentlich sollten wir jetzt daran arbeiten.« Offenbar ärgerte sich Seven über die Störung.

»Keine Sorge, Seven, dies dauert nicht lange«, meinte Janeway.

Seven of Nine schwieg und Chakotay wirkte ein wenig verwirrt.

Janeway seufzte und nahm sich vor, ihm unmittelbar nach der Besprechung von dem speziellen Projekt zu erzählen. Bisher hatte sie einfach keine Zeit dazu gefunden.

Erneut öffnete sich die Tür und Neelix kam heran. »Bitte entschuldigen Sie die Verspätung, Captain«, sagte er und lächelte, als er eine Tasse Kaffee vor ihr auf den Tisch stellte.

»Danke, Neelix.« Janeway ließ die Tasse stehen. Das von ihr entdeckte Problem hatte Vorrang.

»Dr. Maalot«, begann sie, »im Maschinenraum haben Sie sich mit einer schematischen Darstellung befasst, die Ihnen die Orbitalebene des binären Neutronensterns zeigte. Die Scheibe wies auf die möglichen Flugbahnen des primären Sterns nach der Explosion hin.«

»Ja«, erwiderte der Lekk-Wissenschaftler.

»Bitte rufen Sie die entsprechenden Daten auf diesen Bildschirm, sodass wir alle die Darstellung sehen können. B'Elanna, bitte helfen Sie ihm dabei.«

Wenige Sekunden später erschien das betreffende Bild auf dem Schirm.

»Tyla und Maalot glauben, dass die Qavoks versuchen wollen, den primären Stern in Richtung ihres Heimatsystems zu lenken. Stimmt das?«

Die beiden Lekk nickten.

»Von einem solchen Plan haben wir gehört«, entgegnete Tyla. »Bei einer so wichtigen Angelegenheit würden wir uns keine Lüge erlauben.«

Janeway hob die Hand. »Ich wollte keineswegs andeuten, dass Sie lügen. Es geht mir nur darum, allen die Fakten zu präsentieren.«

Tyla schwieg und deshalb fuhr Janeway fort: »B'Elanna, bitte zeigen Sie uns in der Grafik den Bereich zu beiden Seiten des Heimatsystems der Lekk, den der primäre Stern passieren muss, damit die Qavoks ihr Ziel erreichen. Ich schlage vor, wir beschränken uns auf ein Maximum von jeweils tausend Astronomischen Einheiten.«

»Auch bei größeren Entfernungen besteht akute Gefahr für unser Sonnensystem«, gab Dr. Maalot zu bedenken.

»Ja«, räumte Janeway ein. »Aber irgendwo müssen wir die Grenze ziehen.«

Zwei Linien erschienen zu beiden Seiten des Lekk-Systems.

»Verlängern Sie die Linien über den Rand des bisherigen Darstellungsbereiches hinaus«, sagte Janeway.

B'Elanna betätigte Schaltelemente.

Ein Schatten von Kummer zeigte sich in Janeways Gesicht, als sie auf den Bildschirm sah.

»Vor dieser Besprechung habe ich dem Bordcomputer der Yacht Informationen über bewohnte Welten in diesem Raumgebiet entnommen.« Janeway beugte sich vor und berührte ihrerseits Schaltflächen. Grüne Punkte erschienen auf dem Schirm; sie stellten bewohnte Planeten dar.

»Auf den meisten dieser Welten gibt es nur primitive

Kulturen, die keine Gefahr für die Qavoks darstellen«, sagte Tyla.

Janeway musterte ihre Offiziere der Reihe nach. Sie alle schienen das zu sehen, was ihr im Maschinenraum aufgefallen war. »B'Elanna, bitte zeigen Sie die Orbitalebene als eine zweitausend Astronomische Einheiten dicke Scheibe.«

Die Chefingenieurin nickte, und wenige Sekunden später zeigte der Bildschirm einen runden Bereich möglicher Zerstörung.

»Meine Güte«, hauchte Neelix.

Janeway wusste genau, was er meinte. Sie befanden sich in einem Sternhaufen und der primäre Stern bedrohte mehrere Dutzend Sonnensysteme. Warum hatte sie nicht schon vorher daran gedacht? Und jetzt, da ihnen das volle Ausmaß der Gefahr bewusst geworden war ... Welche Maßnahmen galt es zu ergreifen?

»Es kommt noch viel schlimmer, Captain«, sagte Torres.

Janeway wandte sich der Halbklingonin zu, die sehr bestürzt wirkte.

»Ich habe diese mögliche Flugbahn verlängert«, sagte B'Elanna.

Im Konferenzzimmer wurde es plötzlich so still, als sei jemand gestorben. »Sie führt mitten durch die Föderation und den Alpha-Quadranten.«

»Was?«, entfuhr es Chakotay. »Sind Sie sicher?«

Die Chefingenieurin nickte. »Der primäre Neutronenstern könnte nicht nur das Heimatsystem der Lekk zerstören, sondern auch viele Sonnensysteme der Föderation. Natürlich dauert es eine Weile, bis er den Alpha-Quadranten erreicht, aber irgendwann trifft er dort ein. Es ist sehr schwer, den Kurs über eine so große Distanz hinweg zu berechnen – man müsste dabei die galaktische Rotation sowie den Gravitationseinfluss anderer Sterne berücksichtigen.«

Wieder folgte Stille, als alle über B'Elannas Worte nachdachten. Auch Janeway fiel es schwer, sich eine derartige Katastrophe vorzustellen. Inzwischen war sie an die große Entfernung gewöhnt, die sie alle von ihrer Heimat auf der anderen Seite der Galaxis trennte. Es schien unmöglich zu sein, dass ein von ihnen beobachtetes Ereignis fatale Folgen für Sonnensysteme im Alpha-Quadranten haben konnte.

Doch genau das war der Fall.

Janeway wagte nicht daran zu denken, wie vielen Personen der Tod drohte. Sie mussten unbedingt verhindern, dass der primäre Stern in jene Richtung flog.

»Na schön«, sagte sie. »Was sollen wir dagegen unternehmen?«

»Es ist nicht möglich, den zeitlichen Ablauf einer Neutronenstern-Explosion zu beeinflussen«, sagte Seven schlicht.

»Irgendwelche Vorschläge?«, fragte Janeway.

Alle schwiegen.

»B'Elanna, eliminieren Sie alle Flugbahnen aus der schematischen Darstellung, die bewohnte Sonnensysteme in diesem Teil der Galaxis und in anderen Quadranten bedrohen.«

Die Chefingenieurin nickte und berührte Schaltflächen. Auf dem Bildschirm verschwanden Teile der Grafik – es sah aus, als verschlänge jemand Teile einer dicken Torte. Schließlich blieb nur noch ein kleines, schmales Stück übrig.

»Wenn der primäre Neutronenstern diesen Kurs nimmt, bringt er kein Sonnensystem in Gefahr und verlässt schließlich die Galaxis«, sagte Torres.

Janeway betrachtete den schmalen Bereich. Wie sollten sie eines der seltensten und energiereichsten Ereignisse im Universum beeinflussen, damit der Neutronenstern in diese Richtung flog?

Es schien unmöglich zu sein.

Aber es *musste* eine Möglichkeit geben. Andernfalls drohte eine Katastrophe von unvorstellbaren Ausmaßen.

»Wie viel Zeit bleibt uns, Dr. Maalot?«, fragte Janeway.

Der Lekk-Wissenschaftler zuckte mit den Schultern. »Inzwischen sind die beiden Neutronensterne weniger als siebenhundert Kilometer voneinander entfernt und umkreisen sich in knapp einer halben Sekunde.« Er überlegte kurz und fügte hinzu: »Acht Stunden. Das halte ich für eine gute Schätzung.«

»In einer Stunde erwarte ich Vorschläge«, sagte Janeway mit einer besonderen Festigkeit in ihrer Stimme. »Sie können gehen.«

Sie lehnte sich zurück und betrachtete die Grafik, während die Teilnehmer an der Besprechung aufstanden und den Raum verließen. Als sich die Tür hinter ihnen schloss, griff sie nach der Tasse, genoss den herrlichen Geschmack des Kaffees und ließ sich von ihm dabei helfen, ihre Gedanken zu ordnen.

Es musste eine Möglichkeit geben, das Monstrum – den primären Neutronenstern – in die Leere zwischen den Galaxien zu lenken.

Janeway trank einen weiteren Schluck und erhob sich. Noch vor wenigen Stunden war sie aufgeregt gewesen wie ein Kind angesichts der Vorstellung, die Explosion des Neutronensterns zu beobachten. Jetzt hielt sie ihn für eine Art Ungeheuer.

Typisch für die Galaxis. Die schönsten Dinge waren oft auch die gefährlichsten. Man konnte nie wissen.

Mit der Tasse in der Hand ging Janeway zu ihrem Bereitschaftsraum. Arbeit wartete auf sie; es galt, eine Lösung zu finden.

Wenn es eine gab.

10

Seven stand an einer Konsole und blickte auf die Anzeigen, als Janeway hereinkam. Es war typisch für sie, dass sie weder aufsah noch eine andere Reaktion zeigte. Seven of Nine wusste sehr wohl, was um sie herum geschah – in vielen Fällen entschied sie einfach, nicht zu reagieren. Janeway bedauerte, dass ihr eine solche Möglichkeit nicht zur Verfügung stand.

Ein Projektionsfeld über der Konsole zeigte die beiden einander umkreisenden Neutronensterne. Inzwischen waren sie sich so nahe, dass sie miteinander zu verschmelzen schienen. Dünne Wolken aus heißem Plasma gingen vom äquatorialen Bereich aus. Während der letzten fünfundvierzig Minuten hatte sie sich gewünscht, den binären Neutronenstern nicht mehr sehen zu müssen, doch seine tödliche Schönheit faszinierte sie noch immer.

»Irgendwelche Ideen?« Sie wandte den Blick vom Projektionsfeld ab und trat neben Seven, um festzustellen, woran sie arbeitete.

»Wenn Ihre Frage einer Einflussnahme auf die Flugbahn des primären Neutronensterns gilt, so lautet die Antwort: Ich sehe keine Lösung für das Problem. Deshalb habe ich die Arbeit am Gravitationswellen-Akkumulator fortgesetzt. Der Apparat ist inzwischen fertiggestellt und getestet. Er funktioniert innerhalb akzeptabler Parameter.«

Zuerst fühlte sich Janeway versuchte, Seven mit scharfer Stimme dafür zu tadeln, dass sie ihren Befehl missachtete und nicht nach einer Lösung für das Problem suchte. Aber es gelang ihr, sich zu beherrschen und zu schweigen, als Sevens Aufmerksamkeit zur Konsole zurückkehrte. Sie *hatte* sich an die Anweisung gehalten und die Situation lange genug analysiert, um zu dem Schluss zu gelangen, dass es keine Lösung gab. Anschließend hatte sie sich wieder der ersten Aufgabe zugewandt und eine Art Behälter konzipiert, um die während der kritischen Phase des binären Neutronensterns abgestrahlte Gravitationsenergie zu speichern.

Janeway atmete tief durch und erinnerte sich daran, warum sie hierher gekommen war. Es ging um die Überprüfung gewisser Berechnungen.

»Seven ...«, sagte sie.

Seven of Nine drehte sich um.

Janeway begann mit einer langsamen Wanderung. »Nehmen wir einmal an, eine energetische Entladung zur richtigen Zeit und am richtigen Ort könnte den sekundären Neutronenstern etwas eher explodieren lassen. Wäre es möglich, den Zeitpunkt für die Entladung so zu bestimmen, dass die Flugbahn des primären Sterns beeinflusst wird?«

»Theoretisch ja«, erwiderte Seven.

Janeway nickte. »Ich bin zum gleichen Schluss gelangt. Und das dürfte auch bei den Qavoks der Fall sein. Aber wie stark müsste die Entladung sein? Da bin ich mit meinem Latein am Ende.«

»Im Gegensatz zu Ihnen bin ich nicht mit ›meinem Latein am Ende‹ gewesen, wie Sie es ausdrücken.« Seven betätigte einige Schaltelemente der Konsole und deutete aufs Display.

Janeway spürte, wie eine seltsame Leere in ihr entstand, als sie die Zahl sah – sie war noch größer als jene, die sie selbst errechnet hatte. Eine extrem starke energetische Entladung war nötig, um den Tod des sekundären Neutronensterns ein wenig früher eintreten zu lassen. Mehr Energie, als alle Phaser und Photonentorpedos der *Voyager* gemeinsam zur Verfügung stellen konnten. Mindestens zwanzigmal so viel.

Zum ersten Mal seit langer Zeit fühlte sich Janeway klein im Vergleich mit dem Universum um sie herum. Zu Beginn ihrer beruflichen Laufbahn hatte sie oft auf diese Weise empfunden, doch während der letzten Jahre war es ihr oft gelungen, scheinbar Unmögliches zu vollbringen – dadurch verlor sie einen Teil ihrer Ehrfurcht vor dem Universum.

Jetzt wurde ihr einmal mehr klar, wie wenig sie selbst bedeutete.

Draußen im All bahnte sich etwas an, das viele Sonnensysteme zerstören konnte und auf einen Schlag genug Energie freisetzte, um alle Raumschiffe der Föderation für Jahrtausende mit genug Antriebsenergie zu versorgen.

Wie kam sie darauf, ein solches Ereignis irgendwie beeinflussen zu können? Wie konnte sie so vermessen und arrogant sein?

»Ich habe in diesem Zusammenhang einen Warpkern-Kollaps simuliert«, sagte Seven. Ihre Finger flogen über die Schaltflächen, und das Display zeigte Berechnungen. »Selbst wenn der Warpkern der *Voyager* beim sekundären Neutronenstern kollabiert – die Energie würde kaum ausreichen, um die Explosion etwas eher stattfinden zu lassen.«

Janeway brauchte einige Sekunden, um die volle Bedeutung dieses Hinweises zu erfassen. Bei der Suche nach einer Lösung hatte Seven of Nine sogar eine Möglichkeit berücksichtigt, die praktisch das Ende der *Voyager* bedeutete. Und selbst das brachte sie nicht weiter.

»Da wir nicht in der Lage sind, die Explosion des sekundären Sterns zu beeinflussen, habe ich die Arbeit am energetischen Akkumulator fortgesetzt. Der Apparat funktioniert und sammelt Energie.«

Janeway sah wieder zum Projektionsfeld und beobachtete die beiden Neutronensterne, die sich rasend schnell umkreisten. »Es muss eine Möglichkeit geben«, sagte sie. »Wir können nicht zulassen, dass Dutzende von Sonnensystemen zerstört werden.«

»Uns bleibt keine Wahl«, sagte Seven und wandte sich wieder den Anzeigen zu.

Janeway schüttelte langsam den Kopf, schien Sevens Worte damit zurückweisen zu wollen. »Ich bin *nicht* bereit, mich einfach so mit der Katastrophe abzufinden. Es *muss* möglich sein, sie zu verhindern.«

Abrupt drehte sie sich um und ging mit langen, entschlossenen Schritten zur Tür. Sie würde eine Möglichkeit finden, selbst wenn sie dafür alle Naturgesetze außer Kraft setzen musste.

Tyla stand neben dem Vulkanier Tuvok, als die Kommandantin auf die Brücke zurückkehrte. Janeway hatte sie gefragt, ob sie einen weiteren Fluchtversuch unternehmen wollte. Als sie verneinte – wohin sollte sie sich auch wenden, solange Qavok-Schiffe in der Nähe waren? –, hatte Janeway die beiden Sicherheitswächter fortgeschickt und Tyla gebeten, Tuvok zu helfen.

Der Vulkanier schwieg die ganze Zeit über und bisher war Tyla noch nicht in der Lage gewesen, ihm bei irgendetwas Hilfe zu leisten. Trotzdem blieb sie entschlossen, seine Bemühungen zu unterstützen, sobald sich eine Gelegenheit ergeben sollte.

Dr. Maalot arbeitete an einer Konsole neben Fähnrich Kim und summte leise vor sich hin, während er Daten über den binären Neutronenstern sammelte, der fast den ganzen Hauptschirm füllte. Er schien überhaupt nicht zu bemerken, was um ihn herum geschah, blieb einzig und allein auf den Doppelstern konzentriert. Tyla beneidete ihn darum. Sie dachte in erster Linie daran, wie sie ihr Heimatsystem vor der Vernichtung bewahren konnte.

Das ungewohnte Gefühl der Hilflosigkeit wurde immer mehr zu einer schweren Last.

»Lieutenant Tyla ...«, sagte Janeway und lächelte. »Bitte begleiten Sie mich. Sie auch, Dr. Maalot.«

»Gern, Captain«, erwiderte Maalot.

Tyla blieb stumm, als sie sich von Tuvok abwandte und der Kommandantin folgte.

Mit einem knappen Nicken forderte Janeway auch Chakotay auf, sich ihr anzuschließen, trat dann durch eine Tür.

Wenige Sekunden später fand sich Tyla in einem Zimmer wieder, bei dem es sich um das Büro der Kommandantin zu handeln schien. Es vermittelte eine gewisse Wärme, war gleichzeitig sehr ordentlich und funktionell. Tyla vermutete, dass es Janeways Wesen widerspiegelte.

Janeway nahm am großen Schreibtisch Platz, als sich die Tür hinter Chakotay und Dr. Maalot schloss.

Sie sah erst Tyla und dann ihren Stellvertreter an. »Wir haben ein Problem«, begann sie. »Nach unseren Berechnungen ist eine zeitlich genau abgestimmte und sehr starke energetische Entladung nötig, um den sekundären Neutronenstern so explodieren zu lassen, damit der primäre Stern die gewünschte Flugbahn einschlägt.«

Tyla verstand und Maalot nickte. Sie beide wussten, dass die Qavoks beabsichtigten, ihr Heimatsystem zu vernichten.

»Unser Problem besteht darin, dass dieses Schiff nicht genug Energie für eine ausreichend starke energetische Entladung hat«, fügte Janeway hinzu. »Nicht einmal annähernd genug.«

»Was?«, brachte Tyla ungläubig hervor. Sie konnte nicht länger still bleiben. »Die *Voyager* ist viel mächtiger als ein Kriegsschiff der Qavoks. Das haben Sie bewiesen. Wie kann es sein, dass Sie nicht über genug Energie verfügen?«

»Genau das ist meine Frage«, sagte Janeway. »Entweder haben wir bei unseren Berechnungen etwas übersehen oder die Analysen der Qavoks sind fehlerhaft, was Sie an einem Erfolg hindern wird.«

»Darf ich Ihre Berechnungen einmal sehen, Captain?«, fragte Dr. Maalot.

»Natürlich.« Janeway betätigte einige Schaltelemente und drehte dann den kleinen Bildschirm auf dem Schreibtisch. Maalot betrachtete die Darstellungen.

Tyla sah zu Chakotay, der in der Nähe stand und stumm wartete. Janeway beobachtete, wie Dr. Maalot die Berechnungen mit einem kühlen, fast unbeteiligt wirkenden Gesichtsausdruck überprüfte. Tyla zwang sich, ebenfalls ruhig zu bleiben. Doch sie glaubte zu spüren, wie die Hoffnung für ihr Volk mit jeder verstreichenden Sekunde geringer wurde. Sie wusste natürlich, dass es sich nur um ein Gefühl handelte, das kaum etwas mit der Realität zu tun hatte, aber es fiel ihr sehr schwer, dieses Empfinden zu verdrängen. Sie war eine Kämpferin und alles in ihr sträubte sich dagegen, ruhig zuzusehen, wie jemand anders das Kämpfen übernahm.

Schließlich sah Dr. Maalot von dem Schirm auf. »Ich halte einige zusätzliche Berechnungen für notwendig«, sagte er. »Aber im Großen und Ganzen scheinen diese Daten korrekt zu sein.«

Janeway wandte sich an Tyla. »Ist es möglich, dass die Qavoks über eine spezielle Waffe oder ein explosives Potential verfügen, von dem wir nichts wissen?«

»Wie groß müsste es sein?«, fragte Tyla.

»Groß genug, um einen kleinen Planeten zu vernichten«, sagte Dr. Maalot.

Tyla lachte humorlos. »Wenn die Qavoks eine solche Waffe hätten … Warum sollten sie sie auf eine indirekte Weise verwenden?«

Sie sah Janeway in die Augen, um sicher zu sein, dass

sie verstand. »Wenn den Qavoks eine solche Waffe zur Verfügung stünde, so hätten sie längst davon Gebrauch gemacht, um meine Heimatwelt zu zerstören. Die Antwort auf Ihre Frage lautet also nein. Die Qavoks haben kein derart großes explosives Potential.«

Janeway nickte. »Also sind entweder ihre eigenen Berechnungen falsch oder sie haben eine andere Möglichkeit gefunden, die Flugbahn des primären Neutronensterns zu beeinflussen. Wir müssen es so schnell wie möglich herausfinden.«

Die Kommandantin wandte sich an den Ersten Offizier. »Sondieren und scannen Sie das Qavok-Kriegsschiff *Unbesiegbar* auf jede nur erdenkliche Weise. Wenn es dort irgendetwas Ungewöhnliches gibt, möchte ich darüber Bescheid wissen.«

»Verstanden«, bestätigte Chakotay.

»Dr. Maalot«, sagte Janeway, »bitte überprüfen Sie unsere Berechnungen durch eigene Analysen. Und suchen Sie anschließend nach einer Möglichkeit, den Kurs des sekundären Sterns mit weniger Energie zu beeinflussen.«

»Einverstanden, Captain.«

»Gut. Lieutenant Tyla, Sie begleiten Commander Chakotay. Sie kennen vermutlich die innere Struktur eines Qavok-Schiffes, nicht wahr?«

»Ja, Captain«, erwiderte Tyla.

»Geben Sie mir Bescheid, wenn Sie bei den Scans etwas finden, das von der normalen internen Konfiguration abweicht.«

Tyla nickte. Zum ersten Mal seit der Rettung durch die *Voyager* hatte sie das Gefühl, eine sinnvolle Aufgabe zu haben.

»Wir werden Captain Qados in den Wahnsinn treiben.« Chakotay lächelte. »Ich bezweifle, dass die Schilde des Qavok-Schiffes unsere Sondierungssignale blockieren können.«

»Gut«, sagte Janeway. »Soll er das Feuer auf uns eröffnen – dann bringen wir diese Sache schnell hinter uns.«

Tyla hätte am liebsten gejubelt. Jetzt zeigte Captain Janeway genau jene Einstellung, die sie sich erhofft hatte.

»In Ordnung«, sagte Chakotay.

»Sie können gehen.« Janeway drehte den kleinen Bildschirm wieder zu sich herum und sah auf die angezeigten Daten.

Tyla folgte Chakotay zur Brücke.

Dies war zu schön, um wahr zu sein. Sollte sich Dr. Maalot ruhig mit den Neutronensternen befassen. Sie hielt es für weitaus wichtiger, ein Kriegsschiff der Qavoks zu untersuchen.

Und anschließend lange genug zu überleben, um die Informationen nach Hause zu bringen.

11

Janeway ging die Berechnungen noch einmal durch, doch am Ergebnis änderte sich nichts: Um den sekundären Neutronenstern genau zum richtigen Zeitpunkt explodieren zu lassen, war eine unvorstellbare Energiemenge nötig. Einmal mehr gewann sie den Eindruck, dass sie irgendetwas übersahen.

Sie wandte sich vom Schreibtisch ab und warf einen Blick aufs Chronometer. Es dauerte noch etwa acht Stunden, bis der sekundäre Stern so viel Masse verloren hatte, dass er seine superdichte Struktur nicht mehr stabil halten konnte. Dann kam es zu einer gewaltigen Explosion, die den massereicheren primären Stern fortschleudern und ins tödlichste Geschoss verwandeln würde, das Mutter Natur je ersonnen hatte.

Janeway kam nicht weiter, aber vielleicht war es jemand anders gelungen, Fortschritte zu erzielen. Sie beschloss, sich einen Eindruck von der aktuellen Situation zu verschaffen.

Sie trank den letzten Schluck Kaffee und kehrte auf die Brücke zurück. Chakotay und Lieutenant Tyla bedienten die Sensorkontrollen. Dr. Maalot und Fähnrich Kim arbeiteten wortlos an der Kommunikationsstation. Tom Paris saß am Navigationspult und achtete auch weiterhin darauf, dass die *Voyager* nicht in den Gravitationsschlund der beiden Neutronensterne geriet.

»Hat sich etwas ergeben, Commander?«, fragte Janeway, als sie sich Chakotay und Tyla näherte.

»Nichts«, antwortete der Erste Offizier.

Tyla schüttelte den Kopf, und in ihrem blassen Gesicht zeigte sich Enttäuschung.

»Soweit sich das feststellen lässt, ist die *Unbesiegbar* ein ganz gewöhnliches Qavok-Kriegsschiff«, sagte Chakotay. »Die Crew ist ungewöhnlich groß, aber es befinden sich keine zusätzlichen Installationen an Bord. Es fehlt auch nichts.«

»Glauben die Qavoks wirklich, dass ein gewöhnlicher Phaserstrahl, der nicht einmal unsere Schilde durchdringen kann, ausreicht, um den primären Stern in die gewünschte Richtung zu lenken?«, fragte Janeway verwundert.

Chakotay nickte. »So scheint es. Oder sie haben die entsprechende Idee aufgegeben.«

»Dann wäre die *Unbesiegbar* nicht dort, wo sie ist«, sagte Tyla. »Die Qavoks scheren sich nicht um wissenschaftliche Daten. Es sei denn, sie lassen sich als Waffe verwenden.«

Janeway neigte dazu, Tylas Standpunkt zu teilen. »Na schön. Dann bleiben nur zwei Möglichkeiten. Entweder liegen die Qavoks mit ihren Berechnungen so sehr daneben, dass es geradezu lächerlich ist, oder sie haben einen anderen Weg gefunden.«

»Sie sind Krieger, Captain«, sagte Tyla. »Nicht besonders intelligent, aber auch nicht dumm. Bestimmt glauben sie, dass ihre Methode funktioniert. Und ich würde es nicht von vorneherein ausschließen.«

»Wir müssen also herausfinden, was die Qavoks entdeckt haben. Setzen Sie die Sondierungen fort.«

»Was Qados sehr verärgern dürfte«, kommentierte Chakotay und lächelte andeutungsweise.

Diese zusätzlichen Worte schienen Tyla Genugtuung zu bereiten.

»Gut«, sagte Janeway. »Bemühen Sie sich auch weiterhin.«

»In Ordnung«, erwiderte Chakotay.

Janeway drehte sich um und sah zu Tuvok. »Wie groß ist die Qavok-Flotte inzwischen?«

»Drei weitere Schiffe sind hinzugekommen und damit sind es sieben. Sie bleiben eine Astronomische Einheit entfernt.«

Janeway schüttelte den Kopf. Captain Qados' Absichten waren leicht zu durchschauen. »Behalten Sie sie im Auge.«

»Captain?«, fragte Dr. Maalot.

Janeway trat zwischen ihn und Fähnrich Kim. »Haben Sie etwas entdeckt?«

»Vielleicht«, sagte er und berührte Schaltflächen. Er hatte diese Geräte vor einigen Stunden zum ersten Mal gesehen, konnte aber bereits erstaunlich gut mit ihnen umgehen.

Ein einfaches Diagramm erschien im Display, zeigte das Verhältnis von Energie und Wirkung. Die X-Achse wies auf die eingesetzte Energiemenge hin, die Y-Achse auf das Bewegungsmoment.

Dr. Maalot deutete auf einen großen Bewegungswert. »Wir begannen mit dem gewünschten Ergebnis und von dort aus rechneten wir praktisch zurück«, sagte er. »Das Ergebnis bestand aus einer enorm großen Energiemenge.«

Er betätigte ein Schaltelement, woraufhin ein anderes Diagramm erschien. Es hatte die gleiche Struktur, zeigte aber eine andere Linie zwischen den beiden Achsen.

»Ich bin vom energetischen Output eines kontinuierlich feuernden Phasers der *Voyager* ausgegangen und habe berechnet, welche Auswirkungen sich dadurch für den binären Neutronenstern ergeben.«

»Und?«, fragte Janeway. Sie verstand noch immer nicht ganz die Bedeutung des zweiten Diagramms.

»Wenn Sie vor sechs Tagen mit einem Phaser dieses Schiffes auf den sekundären Stern geschossen hätten, drei Stunden lang und gegen die Rotationsrichtung, so hätte sich die Explosion um genau ein Zehntel einer Millisekunde verschoben.«

Janeway musterte den Lekk-Wissenschaftler. Er strahlte und schien seine Entdeckung für wichtig zu halten.

Verwirrungsfalten bildeten sich in der Stirn der Kommandantin.

»Vor sechs Tagen waren wir nicht hier, Doktor«, sagte sie. »Uns bleiben nur noch wenige Stunden. Was können wir ausrichten?«

»Ich weiß es nicht genau«, erwiderte Maalot. »Aber verstehen Sie denn nicht? Es läuft auf die Verwendung eines Hebels bei einem großen Felsen hinaus. Wenn man den Felsen direkt bewegen will, braucht man viel Kraft. Aber wenn man einen Hebel verwendet, wird es leichter. Ich habe einen Hebel gefunden, um den sekundären Neutronenstern zu bewegen. Bestimmt finden wir weitere, wenn wir nicht nur an das gewünschte Resultat denken und aufmerksam genug suchen.«

Janeway betrachtete das Diagramm und wusste plötzlich, was Maalot meinte. Sie waren zunächst von einem Ergebnis ausgegangen, um dann nach Möglichkeiten Ausschau zu halten, es zu erreichen. Eine andere, unter den gegenwärtigen Umständen vielleicht vielversprechendere Methode bestand darin, das eine oder andere auszuprobieren und festzustellen, was es bewirkte.

Sie klopfte auf ihren Insignienkommunikator. »Janeway an Torres und Seven.«

»Wir hören Sie, Captain«, sagte B'Elanna.

»In fünf Minuten erwarte ich Sie beide in meinem Bereitschaftsraum.«

»Verstanden«, bestätigte die Chefingenieurin.

»Jemand muss unser Experiment überwachen«, sagte Seven.

Janeway lächelte. »Können Sie einen Sensor so programmieren, dass Sie in der Lage sind, sich frei im Schiff zu bewegen und gleichzeitig das Experiment zu kontrollieren?«

»Das sollte möglich sein«, erwiderte Seven. »In fünf Minuten sind wir bei Ihnen.«

»Gut. Janeway Ende.«

»Doktor«, wandte sie sich an Maalot, »bitte kommen auch Sie in fünf Minuten in meinen Bereitschaftsraum.«

Der Lekk-Wissenschaftler nickte.

Janeway wollte die Brücke gerade verlassen, als Kims Stimme erklang.

»Captain, die Xorm setzen sich mit uns in Verbindung.«

Sie schüttelte den Kopf. Erst der Kampf gegen die Qavoks und dann die Suche nach einer Möglichkeit, die Flugbahn des primären Neutronensterns so zu beeinflussen, dass er keine Gefahr für bewohnte Sonnensysteme darstellte ... Dabei hatte Janeway das Xorm-Schiff ganz vergessen.

»Auf den Schirm«, sagte sie und trat wieder vor den Kommandosessel.

Das Gesicht von Captain Fedr erschien im Projektionsfeld. Er lächelte und trug die gleiche Kleidung wie beim ersten Kom-Kontakt.

»Guter Kampf, Captain«, sagte er und lachte fast. »Die Qavoks lassen sich nicht gern besiegen.«

»Davon habe ich gehört«, erwiderte Janeway. »Wenn sie uns in Ruhe gelassen hätten, wären ihre Schiffe nicht zerstört worden.«

»Ich weiß«, sagte der Xorm. »Ihr Volk scheint sehr ehrenhaft zu sein.«

»Wir geben uns alle Mühe«, entgegnete Janeway.

»Ich möchte Sie warnen«, sagte Fedr. »Es geht dabei um etwas, das uns zu Ohren gekommen ist.«

»Sehr freundlich von Ihnen.«

Der Xorm hob und senkte die Schultern. »Wer den

Qavoks einen Denkzettel verpassen kann, hat Hilfe verdient.«

»Nun, was haben Sie gehört?«, fragte Janeway und fühlte sich von Unruhe erfasst. Eigentlich hatte sie gar keine Zeit dafür, sich irgendwelche Gerüchte anzuhören. Es gab jede Menge Arbeit und die Zeit wurde immer knapper.

Captain Fedr holt tief Luft und kam gleich zur Sache. »Die Qavoks wollen die Flugbahn des primären Neutronensterns beeinflussen. Ich weiß, das klingt unmöglich, aber offenbar glauben sie, dazu imstande zu sein. Wir wissen nicht genau, in welche Richtung sie den Stern lenken wollen.«

Janeway nickte. »Wir haben ebenfalls davon gehört. Aber es ist uns ein Rätsel, wie sie so etwas bewerkstelligen wollen.«

»Uns ebenfalls.« Es schien Captain Fedr zu erleichtern, dass Janeway von dem Qavok-Plan wusste. »Sie dürften wohl kaum in der Lage sein, die nötige Energie freizusetzen.«

»Davon gehen auch wir aus«, sagte Janeway. »Aber mich besorgt der Umstand, dass die Qavoks trotzdem glauben, ihr Ziel erreichen zu können. Sicher haben sie die gleichen Berechnungen durchgeführt wie wir.«

»Bestimmt.« Fedr runzelte die Stirn. »Und so dumm sind die Qavoks nicht.«

»Meine Leute arbeiten derzeit an dem Problem«, sagte Janeway. »Ich benachrichtige Sie sofort, wenn wir etwas herausfinden.«

»Und wir geben Ihnen Bescheid, wenn wir etwas entdecken«, erwiderte Fedr. »Viel Glück.«

»Gleichfalls.«

Captain Fedrs Gesicht verschwand vom Schirm und wich den Neutronensternen. Janeway beobachtete sie eine Zeit lang, erneut beeindruckt von ihrer Schönheit. Und von ihrer Gefahr.

Die Besprechung im Bereitschaftsraum begann mit einer provokativen Frage Dr. Maalots.

»Was geschähe, wenn ein Warpkern in den Gravitationstrichter des Neutronensterns fiele, Seven?«, fragte er.

»Die gravitationellen Wechselwirkungen würden ihn zerfetzen und eine Warpkern-Explosion verursachen.«

»Hätte eine solche Explosion irgendwelche Auswirkungen auf den sekundären Stern?«

»Natürlich«, sagte Seven. »Aber die Energie würde nicht genügen, um die Explosion des zweiten Neutronensterns zu einem bestimmten Zeitpunkt auszulösen.«

»Sie meinen, die beide Explosionen – die des Warpkerns und des sekundären Neutronensterns – würden nicht unmittelbar aufeinander folgen«, korrigierte Dr. Maalot. »Aber es käme zu einer geringfügigen zeitlichen Verschiebung bei der kritischen Phase und somit zu einer Änderung der Flugbahn des primären Sterns, nicht wahr?«

Ein oder zwei Sekunden lang sah Seven ihn groß an. »Das ist korrekt«, sagte sie dann.

»Wenn uns der genaue Zeitpunkt der Explosion bekannt wäre ...«, überlegte B'Elanna laut. »Dann könnten wir gewissermaßen rückwärts rechnen, um einen Punkt zu finden, an dem der Einsatz einer bestimmten Energiemenge zur gewünschten Modifikation der Flugbahn des primären Sterns führt.«

»Genau«, bestätigte Maalot.

»Entsprechende Vorhersagen wären sehr problematisch«, sagte Seven.

Maalot überhörte ihren Einwand. »Derzeit dauert ein Umlauf der beiden Neutronensterne einige hundert Millisekunden. Selbst eine geringfügige Veränderung im energetischen Gleichgewicht des sekundären Sterns könnte bewirken, dass er früher explodiert.«

»In der Tat«, sagte Janeway. Sie sah B'Elanna an, deren Gesicht deutlich darauf hinwies, dass sie Dr. Maalot verstand und ihm beipflichtete.

»Es ist nicht möglich, den genauen Zeitpunkt der Explosion des sekundären Sterns zu bestimmen«, ließ sich Seven vernehmen.

»Wer behauptet das?«, fragte Janeway.

Überraschung zeigte sich in Sevens Gesicht, als sie die Kommandantin musterte. »Die Borg haben hunderte von Völkern assimiliert, die so etwas für unmöglich hielten.«

»Und wenn schon«, erwiderte Janeway. »Erstellen Sie entsprechende Computermodelle. Bisher sind wir davon ausgegangen, dass wir den Zeitpunkt der Explosion nicht voraussagen können. Nun, ich möchte es wenigstens versuchen.«

»Ich werde mir alle Mühe geben«, sagte Seven.

»Gut.« Janeway wusste: Niemand von ihnen konnte auch nur annähernd so viel leisten wie Seven, wenn sie sich alle Mühe gab.

12

»Sechs Stunden, siebenunddreißig Minuten, achtzehn Sekunden, einundzwanzig Millisekunden und zweihundertneun Mikrosekunden«, sagte B'Elanna. »Meiner Ansicht nach hat Seven richtig gerechnet.«

B'Elanna, Seven of Nine und Dr. Maalot standen zusammen mit Janeway im astrometrischen Laboratorium. Das Display zeigte einen Teil des Alls unweit der gegenwärtigen Position der *Voyager*. Hunderte von Sternen schwebten wie Leuchtkäfer vor ihnen. Die bewohnten Sonnensysteme hatte Seven grün markiert und dadurch sah das Ganze fast festlich aus – wenn nicht die Linie gewesen wäre, die durch den gesamten Bereich führte.

Es war eine Todeslinie. Ein roter Zylinder umgab sie und markierte einen Radius von tausend Astronomischen Einheiten. Janeway zweifelte kaum daran, dass der gravitationell vom Neutronenstern beeinflusste Bereich größer war, aber eine derartige Darstellung genügt für ihre Zwecke.

Die Katastrophe begann in sechs Stunden und siebenunddreißig Minuten.

Wenn Sevens Berechnungen stimmten, würde der primäre Stern auf seiner Flugbahn drei bewohnte Sonnensysteme zerstören – und vermutlich noch viele andere außerhalb des projizierten Bereichs. Drei grüne Punkte befanden sich im Innern des roten Zylinders.

Sobald der Flug des Neutronensterns begann, ließ er sich nicht mehr aufhalten.

»Wenn ich bei meinen Berechnungen eine Millisekunde zu wenig veranschlagt habe, wäre dies der Kurs«, sagte Seven. Sie betätigte Schaltelemente und der rote Zylinder verschob sich ein wenig nach rechts.

Janeway betrachtete ihn. Diese Flugbahn bedeutete, dass nur zwei bewohnte Sonnensysteme zerstört wurden. Eine Millisekunde, die über das Leben von Millionen oder gar Milliarden Personen entschied. Wie grausam.

»Wenn meine Berechnungen von einer Millisekunde zu viel ausgehen, wäre dies der Kurs.« Der Zylinder glitt nach links. Wieder gerieten drei bewohnte Sonnensysteme in Gefahr, drei andere diesmal.

»Ich habe unser Computermodell überprüft«, sagte B'Elanna. »Ich bin absolut sicher, dass wir den richtigen Zeitpunkt bestimmt haben, mit einer Toleranz von einer Millisekunde.«

Seven nickte stumm.

»Welche Verschiebung planen die Qavoks, wenn sie den Neutronenstern zum Sonnensystem der Lekk lenken wollen?«, fragte Janeway.

Dr. Maalot zuckte unwillkürlich zusammen und sie legte ihm entschuldigend die Hand auf den Arm. Bestimmt hatte er Verwandte und Freunde, die zu Hause auf ihn warteten. Wenn die Qavoks einen Erfolg erzielten, blieb Zeit genug, um das Sonnensystem zu evakuieren, aber es würde den Verlust seiner Heimatwelt bedeuten.

Seven nahm einige rasche Berechnungen vor und fügte die Ergebnisse dem astronomischen Modell hinzu. Die Linie sprang nach links und reichte durchs Zentrum des Lekk-Systems. »Die Explosion des sekundären Neutronensterns muss zwei Komma vier eins Millisekunden eher stattfinden, um dem primären Stern diesen Kurs zu geben.«

»Bei mir ergibt sich das gleiche Resultat«, sagte B'Elanna wenige Sekunden später.

Janeway nickte. Sie wollte kein Risiko eingehen und

deshalb ließ sie die Berechnungen von Seven *und* B'Elanna durchführen. Der kleinster Fehler konnte eine Katastrophe für Millionen nach sich ziehen.

»Wir dürfen nicht zulassen, dass die Qavoks ihre Absichten verwirklichen«, sagte Dr. Maalot.

»Keine Sorge«, erwiderte Janeway in einem beruhigenden Tonfall. »Wir werden sie aufhalten.«

Maalot nickte und atmete tief durch. Es hatte ihn ganz offensichtlich erschüttert zu sehen, wie die Linie der Vernichtung durch das Heimatsystem seines Volkes führte. Janeway wäre ebenfalls bestürzt gewesen, wenn sie beobachtet hätte, wie eine solche Linie die Erde erreichte. Sie fürchtete sich fast davor, die nächste Frage zu stellen, dachte voller Unbehagen an die Möglichkeit einer negativen Antwort.

Janeway betrachtete noch einmal das Display, bevor sie sich an Seven wandte. »Um welche Zeitspanne muss die Explosion des sekundären Neutronensterns verschoben werden, um den primären Stern in den intergalaktischen Leerraum zu lenken, ohne dass irgendwelche Sonnensysteme bedroht werden?«

Erneut betätigte Seven Schaltelemente und wieder veränderte sich die Darstellung. Diesmal enthielt der rote Zylinder keine grünen Punkte mehr.

»Die Explosion muss zwei Komma drei neun Millisekunden früher stattfinden«, sagte Seven. »Dazu ist eine Erhöhung des Masseverlusts beim sekundären Stern zu genau diesem Zeitpunkt notwendig.«

Janeway nickte. Eine gewaltige Zeitspanne, wenn man die beteiligten Kräfte berücksichtigte. Aber vielleicht ließ es sich tatsächlich bewerkstelligen.

»Bestätigung«, sagte B'Elanna.

Seven nickte ihr zu.

Neben ihnen rechnete Dr. Maalot. Nach einigen Sekunden sah er auf und strahlte. »Wenn der Masseverlust um null Komma null eins sechs Prozent erhöht wird, findet die Explosion genau drei Komma eins fünf Millisekunden eher statt.«

»Wie viel Energie wäre dafür erforderlich?«, fragte Janeway.

Dr. Maalot, B'Elanna und Seven nahmen eine neue Berechnung vor. Janeway betrachtete eine Linie, die in sicherem Abstand an allen bewohnten Sonnensystemen vorbeiführte. Wenn es eine Möglichkeit gab, dem primären Neutronenstern eine solche Flugbahn zu geben, so musste sie unbedingt genutzt werden.

Schließlich brach Dr. Maalot das Schweigen. »Die Energiemenge ist … gewaltig.«

»Es handelt sich um exakt die Energiemenge, die bei einem Warpkern-Kollaps freigesetzt wird«, sagte Seven. »Innerhalb von akzeptablen und kontrollierbaren Parametern.«

Janeway sah Seven of Nine groß an. Genau diese Antwort hatte sie befürchtet. Sie sah sich mit einer äußerst unangenehmen Situation konfrontiert, doch ihr blieb nichts anderes übrig, als sie hinzunehmen – Mathematik log nicht.

»Fast die gleiche Energie wäre notwendig, um den primären Stern zum Lekk-System fliegen zu lassen, nicht wahr?«, fragte B'Elanna.

»Ja«, antwortete Seven.

Dr. Maalot nickte nur.

»Wie wollen die Qavoks einen Warpkern-Kollaps zustande bringen?«

Stille folgte, als sie über B'Elannas Frage nachdachten. Janeway fand kaum Gefallen an den Gedanken, die ihr durch den Kopf gingen. Wenn Captain Qados plante, sein Schiff auf den sekundären Neutronenstern stürzen zu lassen, so musste sie erneut zum Mittel der Gewalt greifen, um ihn daran zu hindern. In dem Fall blieb ihr nichts anderes übrig, als die *Unbesiegbar* zu vernichten, und diese Vorstellung gefiel ihr ganz und gar nicht.

»Ich bin ziemlich sicher, dass Qavoks keinen Selbstmord begehen«, sagte Dr. Maalot. »Erst recht keine ganze Crew.«

»Ja, aber wären sie bereit, für ihre Sache zu sterben?«, fragte B'Elanna. »So wie gute Soldaten?«

Janeway sah erneut zum Display, betrachtete eine Flugbahn, die den Neutronenstern in die Leere zwischen den Galaxien führte, ohne dass bewohnte Sonnensysteme in Gefahr gerieten. Es war die einzige Möglichkeit und sie mussten irgendeinen Weg finden, sie Realität werden zu lassen. Wenn sie nichts unternahmen, drohte Millionen von ahnungslosen Personen der Tod.

»Wie viel Zeit bleibt uns, bis wir einen Warpkern einsetzen müssen, um dem primären Stern den hier dargestellten Kurs zu geben?«

Seven und B'Elanna begannen sofort zu rechnen. Nach weniger als zehn Sekunden sah Seven of Nine auf. »Fünf Stunden, dreiundzwanzig Minuten, zehn Sekunden und neunundfünfzig Millisekunden.«

Torres hob ebenfalls den Kopf und nickte.

»Na schön«, sagte Janeway. »Ich möchte einen Countdown. Sorgen Sie dafür, dass uns der Computer alle dreißig Minuten daran erinnert, wie viel Zeit noch bleibt, um den Warpkern-Kollaps auszulösen. Und die Qavoks daran zu hindern, ihren Plan zu verwirklichen. Machen wir uns an die Arbeit.«

Janeway drehte sich um, verließ das Laboratorium und kehrte zur Brücke zurück. Wenn es eine Antwort gab, so würden Maalot, Seven und B'Elanna sie finden.

Später wollte sie noch einmal das astrometrische Labor aufsuchen, um festzustellen, wie das Trio vorankam. Doch bevor sie ihre nächsten Entscheidungen traf, wollte sie zwei Dinge überprüfen. Es ging dabei um etwas, das sie von Chakotay gehört hatte.

Und um einen Hinweis von Tuvok.

»Noch fünf Stunden und zwanzig Minuten«, ertönte die Sprachprozessorstimme des Computers überall an Bord aus den Lautsprechern, als Janeway die Brücke betrat. Die Offiziere wirkten verwirrt und vermutlich teilte der größte Teil der Crew ihre Verwunderung. Nun, sie würden bald erfahren, worum es ging.

»So viel Zeit bleibt uns, einen Weg zu finden, um den primären Neutronenstern auf einer sicheren Route in den intergalaktischen Leerraum zu lenken«, sagte Janeway, als sie neben dem Kommandosessel stehen blieb. »Eine Millisekunde plus oder minus bedeutet das Ende vieler bewohnter Sonnensysteme.«

Bedrücktes Schweigen herrschte auf der Brücke.

Chakotay sah die Kommandantin nur stumm an.

Fähnrich Kims Mund stand offen.

Tom Paris schüttelte langsam den Kopf und schien es nicht fassen zu können.

»Wir sollten es also nicht an Aufmerksamkeit mangeln lassen«, fügte Janeway hinzu. »Bei dieser Sache bekommen wir keine zweite Chance.«

Sie trat zu Chakotay und Lieutenant Tyla. »Irgendetwas Neues?«

»Nein, Captain«, sagte der Erste Offizier.

Der besondere Glanz in Tylas großen grünen Augen wies darauf hin, dass sie enttäuscht war.

»Hat die *Unbesiegbar* einen zweiten Warpkern an Bord?«, fragte Janeway. »Vielleicht einen Shuttle oder eine experimentelle Vorrichtung?«

»Nein«, erwiderte Tyla. »Die Shuttles von Qavok-Kriegsschiffen sind nicht mit Warpkernen ausgestattet. Man verwendet sie nur für kurze Flüge von einem Raumschiff zum Planeten. Oder zwischen Raumschiffen. Solche Shuttles verfügen nur über ein Ionentriebwerk.«

»Bei den Sondierungen haben wir keinen zusätzlichen Warpkern entdeckt«, sagte Chakotay.

Janeway nickte – sie hatte es nicht anders erwartet. »Sie erwähnten zusätzliche Besatzungsmitglieder an Bord der *Unbesiegbar*, nicht wahr?«

»Ja«, bestätigte Tyla. »Normalerweise besteht die Crew eines Kriegsschiffes aus hundertsechzehn Personen, aber an Bord der *Unbesiegbar* befinden sich hundertsechsundvierzig Qavoks, dreißig mehr.«

»Warum?«, fragte Janeway. »Gibt es dafür irgendeinen Grund?«

»Nein, keinen ersichtlichen«, entgegnete Chakotay. »Offenbar sind sie nicht mit irgendwelchen Aufgaben betraut.«

Tyla nickte. »Sie befinden sich in einem Hangar, so als seien sie nichts weiter als Passagiere.«

Plötzlich erblasste die junge Lekk und kniff die Augen zu schmalen Schlitzen zusammen. »Natürlich. Eine Angriffsgruppe!«

»Wie bitte?«, fragte Janeway.

Tyla sah sie an. »Die Eliteeinheiten der Qavok-Truppen bestehen aus jeweils dreißig Personen. Dreißig ist eine wichtige Zahl für die Qavoks – sie hat irgendeine religiöse Bedeutung. Warum fällt mir das erst jetzt ein?«

»Nun, das erklärt eine ganze Menge«, sagte Janeway.

»Wieso?«, erkundigte sich Chakotay.

Janeway hob die Hand. »Bevor ich es Ihnen erklären kann, brauche ich Antworten auf zwei weitere Fragen.«

Chakotay nickte und die Kommandantin wandte sich wieder an Tyla. »Wären die Qavoks bereit, ein ganzes Schiff zu opfern, um ein bestimmtes Ziel zu erreichen?«

Tyla schüttelte den Kopf. »Nicht wenn sie die Wahl hätten. Qavoks neigen nicht unbedingt zur Selbstaufopferung, Captain.«

»Na schön«, sagte Janeway. »Diese Möglichkeit können wir also ausklammern.«

Sie sah Tuvok an. »Haben sich weitere Schiffe der Flotte hinzugesellt?«

»Nein. Es sind noch immer sieben.«

»Finden Sie nicht, dass sie recht schnell hierher kamen?«

»Offenbar befanden sie sich in der Nähe, Captain«, sagte Tuvok.

»Und halten Sie so viele Kriegsschiffe in der Nähe für logisch?«

»Ganz und gar nicht.« Tuvok erwiderte den Blick der Kommandantin. »Ganz offensichtlich beabsichtigten sie, in diesem Raumbereich präsent zu sein, und zwar aus einem Grund, der ursprünglich nichts mit der *Voyager* zu tun hatte.«

»Genau das denke ich auch«, sagte Janeway. »Um welchen Plan auch immer es sich handelte – unsere Anwesenheit hat ihn durchkreuzt.«

Janeway wandte sich wieder an Chakotay, zögerte kurz und beschloss dann, ihre Worte an die ganze Brückencrew zu richten. »Na schön, Leute, Folgendes spielt sich ab.«

Sie wartete, bis alle zu ihr sahen. »Wir haben herausgefunden, dass die Energie eines Warpkern-Kollapses nötig ist, um den sekundären Neutronenstern ein wenig früher explodieren zu lassen. Die betreffende Energie muss zu einem ganz bestimmten Zeitpunkt freigesetzt werden.«

Die Brückenoffiziere nickten. Lieutenant Tyla wirkte sehr ernst.

»Wir haben auch die Flugbahn des primären Sterns nach der Explosion des sekundären berechnet«, fuhr Janeway fort. »Während der nächsten Jahrhunderte wird er drei bewohnte Sonnensysteme vernichten. Wir werden versuchen, die Flugbahn zu verändern. Deshalb der Countdown.«

Paris nickte. Tuvok wölbte eine Braue.

»Wir glauben auch, dass die Qavoks den Kurs des primären Sterns so beeinflussen wollen, dass er durchs

Heimatsystem der Lekk fliegt. Wir wissen nicht, woher sie einen zusätzlichen Warpkern nehmen wollen, aber wir müssen davon ausgehen, dass sie eine Lösung für dieses Problem gefunden haben.«

»Die Angriffsgruppe«, sagte Tyla plötzlich. »Die Qavoks wollen das Xorm-Schiff übernehmen und für ihre Zwecke nutzen.«

»Vielleicht«, räumte Janeway ein. »Aber das ist nur eine von mehreren Möglichkeiten. Wir müssen von zwei Seiten an diese Sache herangehen. Erstens: Wir hindern die Qavoks daran, ihre Absichten zu verwirklichen. Zweitens: Wir versuchen selbst, Einfluss auf die Flugbahn des primären Neutronensterns zu nehmen, um eine Katastrophe zu verhindern. Ist so weit alles klar?«

»Ich glaube, ich habe alles verstanden, Captain«, sagte Paris. »Allerdings frage ich mich, woher wir einen zusätzlichen Warpkern nehmen wollen.«

Janeway zögerte und ahnte, wie Paris auf ihre Antwort reagieren würde. Er hatte Herz und Seele in den neuen Shuttle investiert. »Uns bleibt nichts anderes übrig, als den Shuttle zu verwenden.«

Tom sah sich um und sein Gesicht zeigte deutliche Betroffenheit.

»Wir bauen ein anderes«, versprach ihm Janeway.

Paris nickte nur und wandte sich wieder den Kontrollen zu. Doch dann, bevor die Kommandantin ein weiteres Wort sagen konnte, drehte er noch einmal den Kopf.

»He, was ist mit der Yacht des Prinzen?«

Janeway sah seine Miene und lachte. »Ich habe versprochen, sie den Qavoks zurückzugeben.«

»Wenn sie bis nach der Explosion des Neutronensterns darauf verzichten, sich in die Ereignisse einzumischen«, sagte Kim. »Alles deutet darauf hin, dass das nicht der Fall sein wird.«

»Guter Hinweis«, erwiderte Janeway. »Wenn sie auf

irgendeine Art angreifen, uns oder die Xorm, oder wenn sie versuchen, die Explosion des sekundären Sterns zu beeinflussen … Dann verwenden wir die Yacht. In Ordnung?«

»Ja.« Paris nickte und schien noch mehr mit sich zufrieden zu sein, als es normalerweise der Fall war.

»Ihre Kontrollen, Mister«, mahnte Janeway.

Paris lächelte nach wie vor, als er sich wieder der Navigationskonsole zuwandte.

»Tuvok, sondieren Sie mit den Fernbereichsensoren den uns umgebenden Raumbereich.«

»Verstanden, Captain«, bestätigte der Vulkanier.

Janeway sah Tyla an. »Lieutenant, bitte helfen Sie B'Elanna dabei, die Qavok-Yacht vorzubereiten.«

»Mit Vergnügen«, entgegnete die Lekk und lächelte. Ihre großen grünen Augen schienen fast zu leuchten.

»Ich gebe Torres Bescheid«, sagte Janeway, verließ die Brücke und betrat ihren Bereitschaftsraum. Sie schmunzelte, als sie daran dachte, dass sie nicht auf den neuen Shuttle zurückgreifen mussten. Es fühlte sich gut an, den Qavok-Shuttle zu verwenden.

Es war so etwas wie ausgleichende Gerechtigkeit.

13

Tyla blickte sich im luxuriösen Innern der Yacht um. Die mit Aromastoffen angereicherte Luft schien dicker zu sein als die saubere, geruchlose Atmosphäre an Bord der *Voyager*. Der Teppich ließ den Boden schwammig wirken und das gedämpfte Licht war viel zu matt, als dass man vernünftig hätte arbeiten können.

Es schien ein ganzes Jahrzehnt vergangen zu sein, seit Dr. Maalot und sie hastig an Bord dieses kleinen Raumschiffs geklettert waren. Fünf Minuten hatte Tyla gebraucht, um sich mit den Kontrollen vertraut zu machen – die längsten fünf Minuten ihres Lebens. Aber zum Glück hatte kein Qavok beobachtet, wie sie an Bord geklettert waren. Dadurch bekamen sie die benötigten fünf Minuten.

Reines Glück, mehr nicht.

Und das Glück erwies sich erneut als wichtiger Verbündeter, als sie der *Voyager* begegneten. Voller Verlegenheit dachte Tyla an ihren dummen Fluchtversuch zurück. Erstaunlicherweise war nach der Konfrontation mit Captain Janeway niemand mehr darauf zu sprechen gekommen. Jetzt hatte sie das Gefühl, dass man ihr vertraute. Die Menschen verziehen leicht und Tyla musste zugeben: An Janeways Stelle wäre sie misstrauisch geblieben.

»Fassen Sie mit an«, sagte B'Elanna.

Tyla konzentrierte sich wieder auf die Arbeit. B'Elanna und sie mussten die Yacht so herrichten, dass sie tief genug in den Gravitationsschacht des sekundären Neutronensterns fliegen konnte, und zwar genau zum richtigen Zeitpunkt.

Zusammen mit der Chefingenieurin griff sie nach der Verkleidungsplatte und hob sie an. B'Elanna sah in die Sektion dahinter. Jenseits der Öffnung erstreckte sich der Maschinenraum der Yacht. Eine Tür in dem Sinne gab es nicht, nur diese Luke.

»Bringen Sie mir die Werkzeuge«, sagte B'Elanna und deutete auf einige Instrumente, die auf dem Boden lagen. Dann kroch sie durch die Öffnung und erhob sich auf der anderen Seite.

Tyla nahm die Werkzeuge, folgte der Chefingenieurin und richtete sich ebenfalls auf.

Der Maschinenraum unterschied sich völlig von den prunkvollen Kabinen der Yacht. Offenbar war er deshalb verborgen, um das Feingefühl des Prinzen nicht zu beleidigen. Falls es bei den Qavoks überhaupt so etwas wie Feingefühl gab.

Der Boden bestand aus unverkleidetem Metall, ebenso wie die Wände. Ein schwacher Geruch wie von verbrannten Schaltkreisen hing in der Luft. Kein gutes Omen, befürchtete Tyla.

B'Elanna aktivierte ein Sondierungsgerät und blickte auf die Anzeigen. Nach einigen Sekunden schüttelte sie den Kopf. »Der Warpkern ist noch aktiv, aber es dürfte schwer genug werden, dieses Ding mit dem Manövriertriebwerk zu lenken.«

»Wie kann ich helfen?«, fragte Tyla.

»Haben Sie technische Erfahrung?«

»Nicht sehr viel«, erwiderte Tyla. »Aber ich kenne mich mit Raumschiffen aus.«

B'Elanna nickte. »Versuchen Sie, Diagnoseprogramme zu starten, um den Zustand der Bordsysteme zu überprüfen. Ich versuche unterdessen, das Manövriertriebwerk in Ordnung zu bringen.«

»Ich bin an den Kontrollen«, sagte Tyla. »Rufen Sie, wenn Sie mich brauchen.«

»In Ordnung.« B'Elanna klang geistesabwesend; in Gedanken war sie schon bei den Reparaturen.

Tyla verließ den Maschinenraum und kehrte in den luxuriösen Bereich der Yacht zurück. Kurze Zeit später nahm sie den Platz des Piloten ein, in einem separierten Bereich vor der Hauptkabine. Der Sessel erwies sich als bequem.

Trotzdem schauderte Tyla plötzlich, als sie sich erinnerte.

Der Flug aus dem Qavok-System schien endlos gewesen zu sein und praktisch jede Minute davon hatte sie in diesem Sessel verbracht. Sie war bereit gewesen, in ihm zu sterben.

Sie betätigte die vertraut gewordenen Kontrollen und startete Diagnoseprogramme, die den Zustand von Warpkern, Triebwerk und Schilden überprüften. Es würde nicht lange dauern, bis die Ergebnisse vorlagen.

Tyla lehnte sich zurück und ließ die Gedanken treiben. Auch während der langen Stunden der Flucht hatte sie so gesessen, allein, während Dr. Maalot in der Hauptkabine auf und ab ging. Jederzeit konnte die Yacht von einem Energiestrahl getroffen werden, der sie in Fetzen riss.

Das Warten …

Und die Furcht …

Tyla hatte den Eindruck gewonnen, dass die Pilotenkanzel kleiner wurde, dass sich die Wände immer näher schoben.

Sie *musste* entkommen, und deshalb hatte sie dem Triebwerk alles abverlangt.

Durchhalten. Darauf kam es an.

Die Wände kamen noch näher.

»Entspann dich«, sagte Tyla laut und ihre Worte hallten in dem kleinen Raum wider. Durchs Fenster sah sie den Shuttlehangar der *Voyager*.

»Du bist in Sicherheit«, sagte sie, um die eigene Stimme zu hören und die schrecklichen Bilder aus sich zu vertreiben. »Atme.« Sie zwang sich, tief Luft zu holen.

Das half. Die Wände näherten sich nicht weiter.

Sie atmete noch einmal tief durch und die Panik versiegte allmählich. Zurück blieb das vage Gefühl, dass irgendetwas nicht stimmte.

Aber derzeit schien alles in Ordnung zu sein.

Bestimmt war es angenehm zu beobachten, wie die Yacht in einen Neutronenstern stürzte und explodierte.

Dann brauchte sie dieses kleine Raumschiff nie wieder zu sehen, nie wieder in diesem Sessel zu sitzen und sich an die schrecklichen Stunden der Flucht zu erinnern.

Eigentlich hätte sie sich freuen sollen.

Dr. Maalot blickte zu der Frau, die eine Mischung aus Mensch und Borg war und Seven hieß. Sie stand an einer Konsole und arbeitete konzentriert. Der Lekk-Wissenschaftler fand sie sehr seltsam: logisch, äußerst intelligent, so kalt wie die Außenhülle eines interstellaren Frachters. Maalot hatte viele fremde Wesen kennen gelernt, aber nie eins wie Seven.

Er näherte sich ihr und blickte auf die Anzeigen. Offenbar überprüfte sie eine Art Behälter, der zur Speicherung von Gravitationsenergie diente. Bevor er mehr erkennen konnte, deaktivierte Seven das Kontrollprogramm und wandte sich ihm zu.

»Haben Sie Ihre Berechnungen beendet?«

»Ja«, sagte er. »Sie stimmen mit Ihren bis zur zehnten Dezimalstelle überein.«

»Gut«, erwiderte Seven. »Helfen Sie mir.«

»Wobei?«, fragte er.

»Wir müssen herausfinden, wie lange die Yacht intakt bleibt, während sie in den Gravitationstrichter des sekundären Neutronensterns fällt.«

Maalot deutete auf die Displays, die eben noch Werte angezeigt hatten. »Wären Sie bereit, mir zur erklären, welcher Apparat von dem Kontrollprogramm überprüft wurde?«

»Nein, dazu bin ich nicht bereit«, erwiderte Seven mit einer Stimme, der jedes Gefühl fehlte. »Wir müssen unsere Berechnungen vervollständigen.«

»Sie sind ein regelrechter Sklaventreiber«, sagte Maalot und schüttelte den Kopf.

»Ich halte Sie nicht für einen Sklaven«, entgegnete Seven. »Und ich treibe sie nicht in dem Sinne an. Ich erinnere Sie nur an die Anweisungen, die wir bekamen.«

Dr. Maalot hob die Hand, um weiteren Erklärungen zuvorzukommen. »Sagen Sie mir, was ich tun soll.«

Seven nickte und ließ in einem Anzeigefeld die Werte erscheinen, mit denen sie beginnen würden. Sie betrafen unter anderem die grundlegende strukturelle Integrität sowie die Schildkapazität der Yacht. Maalot blickte darauf hinab und fragte sich, ob es anderen Besatzungsmitgliedern der *Voyager* gelang, jemals ein richtiges Gespräch mit Seven zu führen. Hatte sie Freunde an Bord? Angesichts seiner bisherigen Erfahrungen mit ihr zweifelte er daran.

Vermutlich vermisste sie nicht einmal welche.

»Noch vier Stunden und zwanzig Minuten«, meldete der Computer, als Janeway in den Kommandosessel sank. Der Hauptschirm zeigte nach wie vor die beiden Neutronensterne: Sie umkreisten sich so schnell, dass sie mit bloßem Auge nicht mehr voneinander zu unterscheiden waren. Faserige Plasmawolken entkamen den ungeheuer starken Gravitationsfeldern, mit denen die beiden Sterne aneinander zerrten wie zwei Kämpfer, die versuchten, den jeweiligen Gegner zu Boden zu reißen. In diesem Fall würde der primäre Stern den Sieg erringen, obwohl er kleiner war als der sekundäre. Und zwar bald.

Ihnen blieben nur noch vier Stunden und zwanzig Minuten bis zum Versuch, die Explosion des sekundären Neutronensterns zwei Komma drei neun Millisekunden eher auszulösen und den primären dadurch in eine ganz bestimmte Richtung zu schleudern.

Vier Stunden und zwanzig Minuten. Nicht viel Zeit, um etwas Unmögliches zu bewerkstelligen.

Janeway fragte sich, was man bei Starfleet Command von dieser Sache gehalten hätte. Mit einer Änderung der Flugbahn des primären Sterns verstießen sie vermutlich gegen die Erste Direktive. Wenn sie einen Erfolg erzielten, würden Völker überleben, die normalerweise ausgelöscht worden wären. Und der Umstand, dass die Qavoks die Yacht des Prinzen nicht zurückbekamen ... So etwas konnte man ebenfalls als eine Verletzung der Ersten Direktive interpretieren.

Ein Verstoß nach dem anderen.

Aber inzwischen war es viel zu spät für einen Rückzieher. Wie hieß es so schön auf der Erde? Wer A sagt, muss auch B sagen. Janeway hatte das Gefühl, sich schon ziemlich weit durchs Alphabet vorgearbeitet zu haben.

»Mr. Kim, setzen Sie sich mit Captain Fedr vom Xorm-Schiff in Verbindung«, sagte sie. »Es wird Zeit für eine kleine Plauderei.«

»Aye, Captain«, bestätigte Kim.

Janeway betrachtete noch einige Sekunden lang den binären Neutronenstern, dann meldete der junge Fähnrich: »Auf dem Schirm, Captain.«

Der so menschlich wirkende Xorm erschien im Projektionsfeld.

»Captain Fedr, ich danke Ihnen dafür, dass Sie geantwortet haben«, sagte Janeway.

Er lächelte und Aufregung glitzerte in seinen grünen Augen. »Es ist mir ein Vergnügen. Das Leben selbst wird zu einem Vergnügen, wenn man ein solches Wunder des Universums beobachten kann.«

»Ich wünschte, ich könnte die Dinge aus der gleichen Perspektive sehen wie Sie«, erwiderte Janeway.

Ihre Worte ließen das Lächeln aus Fedrs Gesicht verschwinden. Er wurde plötzlich ernst.

»Gibt es ein Problem?«, fragte der Xorm.

»Um diese Frage zu beantworten, möchte ich Ihnen zunächst etwas erklären.« Janeway berichtete von den jüngsten Entdeckungen.

»Ein Warpkern-Kollaps?«, wiederholte Fedr. Er sah zu Dr. Janss, der kurz nickte und eigene Berechnungen vornahm.

Die Vorstellung von einem Warpkern-Kollaps schien Fedr nicht sehr zu gefallen. Vielleicht hatte er in diesem Zusammenhang mehrere kritische Situationen erlebt. Das war bei praktisch allen Raumschiff-Kommandanten der Fall.

»Captain ...«, sagte Janeway. »Vielleicht beabsichtigen die Qavoks, die Flugbahn des primären Neutronensterns mit einer solchen Methode zu verändern, um ihn zum Heimatsystem der Lekk zu lenken.«

Fedr nickte. »Sie könnten also tatsächlich in der Lage sein, einen solchen Plan zu verwirklichen. Wir haben es für unmöglich gehalten.«

»Es ist möglich«, betonte Janeway. »Wenn einundachtzig Minuten vor dem errechneten Zeitpunkt der Explosion beim sekundären Neutronenstern die Energie eines Warpkern-Kollapses freigesetzt wird, so erfolgt die Explosion zwei Komma vier eins Millisekunden früher.«

»Und das würde genügen?«, fragte Dr. Janss.

Janeway nickte. »Ich sende Ihnen gern die Berechnungen.«

»Das wäre sehr freundlich von Ihnen«, erwiderte Dr. Janss.

Janeway sah zu Chakotay, der neben Tuvok an einer Instrumententafel stand. »Bitte veranlassen Sie den Transfer der Daten.«

»Transfer wird durchgeführt«, erwiderte Chakotay.

»Wissen Sie, auf welche Weise die Qavoks vorgehen wollen, Captain?«, fragte Fedr.

»Nicht genau«, sagte Janeway. »Aber ich habe eine Theorie.«

»Die uns betrifft?«

»Vielleicht. Während der letzten Stunden haben wir das Qavok-Schiff immer wieder sondiert. Es befindet sich kein zusätzlicher Warpkern irgendeiner Art an Bord.«

»Das überrascht mich nicht«, sagte Captain Fedr.

»Aber dafür gibt es dreißig zusätzliche Besatzungsmitglieder, die in einem Shuttlehangar eine Gruppe bilden.«

»Sagten Sie dreißig?« Fedr erblasste ein wenig und kniff die Augen zusammen.

Janeway nickte. »Ja, dreißig. Wir glauben, dass es sich um eine Einsatzgruppe der Elitetruppen handelt.«

»Die Qborne«, sagte Fedr. »Die gefürchteten Spezialeinheiten des Qavok-Militärs. Solche Einsatzgruppen bestehen immer aus dreißig Kämpfern.«

Janeway wartete einige Sekunden, um Fedr Gelegenheit zu geben, seine Gedanken zu sammeln. »Wir glauben, dass sie Ihr Schiff übernehmen und dessen Warpkern verwenden wollen, um die Flugbahn des primären Neutronensterns zu verändern.«

»Das würden sie nicht wagen.« Unter Fedrs grünen Augen bildeten sich rote Flecken. »Seit Hunderten von Jahren kam es zwischen unseren Völkern zu keinen Aggressionen mehr.«

»Nun, ich hielt es für angebracht, Sie zu warnen, damit Sie Vorbereitungen treffen können. Falls die Qavoks tatsächlich angreifen, sind wir gern bereit, Ihnen zu helfen.«

»Wenn Sie Recht haben, brauchen wir jede Hilfe, die wir bekommen können«, erwiderte Fedr. »Die *Gravita-*

tion ist ein Forschungsschiff. Bei einem Kampf gegen die Qborne hätten wir keine Chance.«

»Wir gewähren Ihnen Schutz, bis wir uns kurz vor der Explosion vom Neutronenstern entfernen müssen. Dann sind Sie auf sich allein gestellt.«

Captain Fedr lächelte wieder. »Danke, Captain Janeway.« Er wollte die Verbindung unterbrechen, zögerte aber, als Dr. Janss etwas sagte.

»Oh, Captain, da wäre noch etwas. Mein Chefphysiker fragt, ob Sie selbst versuchen wollen, Einfluss auf die Flugbahn des primären Sterns zu nehmen. Und wenn ja – auf welche Weise?«

»Wir haben tatsächlich vor, einen entsprechenden Versuch zu unternehmen, um bewohnte Sonnensysteme vor der Zerstörung zu bewahren. Derzeit sieht unser Plan die Verwendung der Yacht des Qavok-Prinzen vor.«

Ein oder zwei Sekunden lang sah Captain Fedr sie groß an und dann lachte er schallend.

»Captain«, gluckste er, »Sie gefallen mir immer mehr.«

»Mir geht's ebenso«, erwiderte Janeway und schmunzelte. »Sie hören von mir.«

Sie bedeutete Kim, den externen Kom-Kanal zu schließen, drehte sich dann um.

Alle Brückenoffiziere lächelten. Die einzige Ausnahme bildete Tuvok.

»Er lacht auf eine recht eindrucksvolle Weise«, sagte Harry Kim.

»Es wirkt ansteckend«, kommentierte der Erste Offizier Chakotay.

»Und ob«, erwiderte Janeway, die sich noch immer beherrschen musste, um nicht selbst laut zu lachen.

14

»Noch drei Stunden und fünfzig Minuten«, ertönte die Stimme des Computers, als die Führungsoffiziere den Besprechungsraum betraten.

Inzwischen bereute es Janeway, den Countdown veranlasst zu haben. Immer dann, wenn der Computer an die noch verbleibende Zeit erinnerte, krampfte sich tief in ihrem Innern etwas zusammen. Die Anspannung wuchs ständig – sie mussten einen Weg finden, um die Katastrophe zu verhindern.

Sie zwang sich zur Ruhe, als die Offiziere am Tisch Platz nahmen. Es fehlten Tom Paris – er steuerte die *Voyager*, bis dies alles vorbei war – und die beiden Lekk. Janeway ließ sie deshalb nicht an der Besprechung teilnehmen, weil sie ganz offen reden wollte.

»Bericht«, sagte sie knapp.

B'Elanna beugte sich vor. Ein schwarzer Fleck zeigte sich auf ihrer Wange, ein weiterer an der Schulter. »Bei der Yacht gibt es zahlreiche Probleme«, sagte sie. »Mangelhafter Entwurf, schlechte Konstruktion, miese Wartung. Und das ist erst der Anfang. Aber ich glaube, ich kriege das Ionentriebwerk so hin, dass ein Flug zum sekundären Neutronenstern möglich ist.«

»Schilde?«, fragte Janeway.

»Sie sind kaum der Rede wert, gehören aber zu den wenigen Dingen, die noch funktionieren. Ich kann dafür sorgen, dass die Schilde lange genug stabil bleiben.«

»Gut«, sagte Janeway und richtete einen erwartungsvollen Blick auf Seven.

»Der Warpkern der Yacht hat nicht genug Energie, um den primären Neutronenstern auf die gewünschte Flugbahn zu bringen.«

»Was?«, brachte Janeway hervor. Sie lehnte sich ruckartig zurück, als hätte sie einen Schlag mitten ins Gesicht erhalten.

In gewisser Weise war das auch der Fall.

Ihre ganzen Hoffnungen hatten sich auf die Verwendung der Yacht konzentriert.

»Bitte erklären Sie das«, sagte Chakotay.

»Der Warpkern der Qavok-Yacht ist nur ein Viertel so groß wie unserer«, erläuterte Seven. »Wenn die gravitationellen Wechselwirkungen seinen Kollaps bewirken, wird nicht genug Energie freigesetzt, um den sekundären Neutronenstern zwei Komma drei neun Millisekunden eher explodieren zu lassen.«

Seven of Nine saß ganz ruhig da und schien auf die nächste Frage zu warten. Doch Janeway wusste nicht, wie die nächste Frage lautete.

»Wie viel Energie fehlt?«, kam es von Chakotays Lippen.

»Genug, um den primären Stern durch fünf bewohnte Sonnensysteme zu schicken«, antwortete Seven sofort. »Außerdem wird er in einigen Jahrtausenden das Raumgebiet der Föderation erreichen.«

»So etwas darf auf gar keinen Fall geschehen«, sagte Janeway.

Chakotay beugte sich vor. »Und der Warpkern des Shuttles? Ist er größer?«

»Nur ein wenig«, sagte Seven. »Auch sein energetisches Potential reicht nicht aus.« Sie zögerte kurz und wandte sich dann an Janeway. »Aber wenn ich den energetischen Akkumulator erwähnen darf … Vielleicht gibt es eine Lösung.«

»Ich höre.« Das Projekt der Energiespeicherung hatte Janeway fast vergessen. Die Vorstellung, schneller nach

Hause zu gelangen, verlor an Bedeutung, wenn man sie der möglichen Zerstörung ganzer Sonnensysteme gegenüberstellte. Eine ähnliche Wahl hatte dazu geführt, dass die *Voyager* im Gamma-Quadranten strandete.

Inzwischen hatten sie alle die Konsequenzen jener Entscheidung akzeptiert.

»Der Akkumulator hat bereits eine beträchtliche Menge an Gravitationsenergie aufgenommen«, sagte Seven. »Die ursprüngliche Absicht bestand darin, diese Energie zu verwenden, um schneller zum Alpha-Quadranten zu fliegen. Ist das korrekt, Captain?«

»Ja«, bestätigte Janeway.

»Ist die Energie stabil?«, fragte B'Elanna. »Ich bin zu sehr mit anderen Dingen beschäftigt gewesen, um nachzusehen.«

»Ich habe alles sorgfältig überprüft«, erwiderte Seven. »Sie ist tatsächlich stabil.«

»Welche Lösung schlagen Sie vor?«, erkundigte sich Janeway.

»Wenn wir die im Akkumulator gespeicherte Energie dort einsetzen, wo der Warpkern der Yacht kollabiert, und zwar genau zum gleichen Zeitpunkt, so sollte es möglich sein, den sekundären Neutronenstern um die erforderlichen zwei Komma drei neun Millisekunden eher explodieren zu lassen.«

Janeway versuchte sich vorzustellen, wie so etwas funktionieren konnte. Wie sollte die gespeicherte Energie zielgerichtet eingesetzt werden, zur richtigen Zeit am richtigen Ort? Sie hatten gerade erst eine Möglichkeit gefunden, sie sicher zu verstauen. Ganz anders sah es mit einer kontrollierten Anwendung aus.

»Dieser Plan bringt gewisse Schwierigkeiten mit sich«, sagte Seven.

»Mir fallen auf Anhieb ein Dutzend ein.« Sorge zeigte sich in B'Elannas Gesicht. »Aber nennen Sie mir zuerst diejenigen, auf die Sie gestoßen sind.«

»Ich glaube, die meisten Probleme lassen sich in der noch zur Verfügung stehenden Zeit lösen.« Seven sah Janeway an und fuhr fort: »Wenn der Plan funktionieren soll, muss sich die *Voyager* in einem wesentlich tieferen Orbit befinden.«

»In einer tieferen Umlaufbahn?«, wiederholte Janeway.

Seven nickte.

»Ich kann Tom von hier aus schreien hören«, sagte Chakotay.

Niemand lachte.

»Wie viel tiefer?«, fragte Fähnrich Kim. »Es fällt Tom schon schwer genug, den gegenwärtigen Orbit zu halten.«

Seven blickte zu Torres und dann wieder zu Janeway. »Wir müssen der Yacht folgen, bis sie eine Höhe von zweitausend Kilometer über dem sekundären Neutronenstern erreicht hat. Dort wird der Warpkern-Kollaps ausgelöst und die notwendige Energie freigesetzt.«

»Das würden wir nicht überleben«, knurrte B'Elanna und wollte schon aufstehen.

»Immer mit der Ruhe, B'Elanna.« Chakotay legte ihr die Hand auf den Arm und sorgte dafür, dass sie wieder Platz nahm.

Janeway bedeutete ihr ebenfalls, die Ruhe zu bewahren, obgleich sie wusste, dass Torres Recht hatte. Sie bezweifelte ebenfalls, dass sie einen Warpkern-Kollaps bei so geringer Entfernung überstehen konnten, von den enormen Gravitationskräften der beiden Neutronensterne ganz zu schweigen – es bestand die Gefahr, dass die *Voyager* nicht schnell genug aus dem tiefen Gravitationsschacht klettern konnte, um der Explosion des sekundären Sterns zu entgehen.

»Ich habe darauf hingewiesen, dass es Probleme gibt«, sagte Seven.

»Sie haben nicht übertrieben«, brummte B'Elanna.

»Es fehlte nur der Zusatz, dass es sich um *tödliche* Probleme handelt.«

Seven antwortete nicht.

Janeway lehnte sich zurück und musterte die anderen Personen der Reihe nach. Die Anspannung in ihr war noch größer als zu Beginn der Besprechung.

Chakotay sah sie an. Er wirkte ebenfalls besorgt.

Es wurde Zeit, etwas klarzustellen.

»Um Missverständnissen vorzubeugen ...«, sagte sie und versuchte, entspannt zu erscheinen. »Ich beabsichtige nicht, dieses Schiff zu zerstören, um die Flugbahn des primären Neutronensterns zu verändern. Habe ich mich klar genug ausgedrückt?«

Die Offiziere nickten.

»Gut«, sagte Janeway. »Der sekundäre Stern wird bald explodieren. Wenn wir eine Möglichkeit finden, dem primären Stern einen anderen Kurs zu geben, so machen wir Gebrauch davon. Andernfalls sammeln wir Daten und Energie, um anschließend den Flug fortzusetzen.«

Die Worte klangen kalt, selbst für ihre eigenen Ohren, doch sie mussten ausgesprochen werden, um der Crew willen.

Und um sich selbst zu überzeugen.

»Seven«, sagte sie, »setzen Sie zusammen mit Dr. Maalot die Berechnungen fort. Finden Sie einen Weg, die gespeicherte Gravitationsenergie aus einer größeren Entfernung zu fokussieren.«

»Das ist unmöglich.«

»*Machen* Sie es möglich«, betonte Janeway. Sie wandte sich an B'Elanna. »Sie und Lieutenant Tyla arbeiten auch weiterhin an der Yacht. Wenn wir eine Lösung für diese Sache finden, möchte ich, dass alles vorbereitet ist.«

»Verstanden«, sagte B'Elanna.

»Captain ...«, ließ sich Fähnrich Kim vernehmen. »Ich habe da eine Idee, die funktionieren könnte.«

»Ich bin ganz Ohr«, erwiderte Janeway.

»Wäre es möglich, den Shuttle und die Yacht mit einem Traktorstrahl zu verbinden und beide Warpkerne zur gleichen Zeit kollabieren zu lassen?«

Janeway sah zu Torres.

»Ja, das müsste sich bewerkstelligen lassen«, sagte die Chefingenieurin.

»Und wir könnten noch ein wenig mehr Energie hinzufügen, indem wir den Akkumulator mit der Gravitationsenergie an Bord des Shuttles verstauen«, schlug Kim vor.

B'Elanna zuckte kurz mit den Schultern. »Das dürfte ebenfalls möglich sein.«

»Seven«, sagte Janeway, »nehmen Sie mit Dr. Maalot Berechnungen in Hinsicht auf Fähnrich Kims Idee vor. Finden Sie heraus, ob die auf diese Weise freigesetzte Energie genügt.«

»Ja, Captain.«

»Und für Sie alle gilt: Wenn Ihnen etwas einfällt, so geben Sie mir sofort Bescheid. Bei dieser Sache kommen wir nicht weiter, indem wir nach den üblichen Regeln vorgehen.«

»Die ›üblichen Regeln‹ haben wir Lichtjahre von hier entfernt über Bord geworfen«, sagte Chakotay und lächelte.

»Ja, das stimmt«, pflichtete ihm Janeway bei. »In einer Stunde erwarte ich einen neuen Situationsbericht. Sie können gehen.«

Sechs Minuten nach dem nächsten Hinweis des Computers – »Noch drei Stunden und zwanzig Minuten« –, meldete sich Tuvok.

»Bitte kommen Sie zur Brücke, Captain.«

Weniger als zehn Sekunden später stand sie neben ihm.

»Die dreißig Qavoks im Hangar der *Unbesiegbar* sind

in Bewegung geraten, Captain«, sagte Tuvok. »Offenbar gehen sie dort an Bord eines kleineren Raumschiffs.«

Janeway blickte auf die Sensoranzeigen. Die Qavoks bewegten sich tatsächlich, doch die Frage lautete: Wann griffen sie an? Und wo sollte der Angriff erfolgen?

»Das ist noch nicht alles, Captain«, sagte Tuvok. »Vier weitere Qavok-Schiffe sind zu den sieben Raumern gestoßen, die in einer Entfernung von einer Astronomischen Einheit warten.«

»Wie schnell können sie hier sein?«

»In schätzungsweise zweiundzwanzig Minuten«, antwortete Tuvok.

Janeway nickte. »Wir haben also viel Vorwarnzeit.«

»Eine logische Annahme«, kommentierte Tuvok.

Janeway wollte keinen Kampf, aber bei den Qavoks sah man die Sache offenbar anders. Für sie schien es nur das Mittel der Gewalt zu geben.

Sie wandte sich an Fähnrich Kim. »Stellen Sie eine Kom-Verbindung mit den Xorm her.«

»Aye, Captain.«

Janeway trat neben ihren Kommandosessel, als Captain Fedr auf dem Hauptschirm erschien.

»Die Qborne scheinen an Bord eines kleineren Raumschiffs zu gehen«, sagte die Kommandantin der *Voyager*.

Ein Schatten fiel auf Fedrs Gesicht. »Danke für die Warnung.«

»Wir glauben, dass der Angriff erfolgt, wenn die anderen Kriegsschiffe eintreffen. Das gibt uns etwa zweiundzwanzig Minuten Vorwarnzeit.«

»Wir haben festgestellt, dass sich der wartenden Flotte weitere Schiffe hinzugesellten«, sagte Fedr. »Wir nahmen das zum Anlass, einen Notruf an unsere Heimatwelt zu senden. Aber es befinden sich keine Schiffe in der Nähe, die rechtzeitig hier sein könnten.«

»Nun, dann müssen wir beide allein zurechtkommen«, erwiderte Janeway. »Die Qavoks werden ihr blaues Wunder erleben.«

»Hoffentlich ist Ihr Optimismus gerechtfertigt«, sagte Fedr und lächelte.

Janeway sah, dass das Lächeln gezwungen wirkte.

»Wir überwachen die Aktivitäten der Qavoks auch weiterhin und informieren Sie sofort, wenn sich irgendetwas anbahnt«, sagte sie.

»Wir führen ebenfalls Sondierungen durch und geben Ihnen Bescheid, wenn wir etwas entdecken«, erwiderte Fedr.

»Gut. Da fällt mir ein ... Was halten Sie davon, wenn ich unseren alten Freund Captain Qados ein wenig verunsichere? Indem ich ihm zu verstehen gebe, dass ich seine Pläne kenne.«

Captain Fedr lächelte erneut und diesmal steckte echte Freude dahinter. »Das wäre wundervoll. Können wir mithören?«

Janeway lachte. Fedrs Art gefiel ihr. »Ja, natürlich. Halten Sie den Kom-Kanal geöffnet.«

»Danke, Captain.«

»Fähnrich, können Sie die Xorm am bevorstehenden Kom-Kontakt mit den Qavoks beteiligen, ohne dass es zu offensichtlich wird?«

»Kein Problem, Captain«, sagte Kim.

»Gut.« Janeway wandte sich einmal mehr dem Hauptschirm zu. »Stellen Sie eine Verbindung mit der *Unbesiegbar* her.«

Sie nahm im Kommandosessel Platz und gab sich alle Mühe, völlig entspannt zu wirken.

»Auf dem Schirm«, sagte Kim nach einigen Sekunden.

Das Reptiliengesicht von Captain Qados erschien im Projektionsfeld. Er stand und benutzte den eigenen Körper, um Janeway den Blick auf das zu verwehren, was sich hinter ihm befand.

»Ja, Captain?«, fragte er.

Janeway sah mehr von den gelben, teilweise gesplitterten Echsenzähnen, als ihr lieb war.

»Ich wollte Ihnen nur mitteilen, dass wir Ihre Qborne-Truppe im Auge behalten«, sagte sie und gab sich auch weiterhin entspannt.

Captain Qados' Mund öffnete sich, zeigte erneut seine gelben Zähne und klappte dann abrupt zu. Die Worte hatten ihn ganz offensichtlich verblüfft.

Janeway beugte sich vor. »Ich weise Sie hiermit auf Folgendes hin: Jeder Angriff auf das Xorm-Schiff *Gravitation* wird so interpretiert wie ein Angriff auf dieses Schiff.«

Das Reptiliengesicht veränderte sich und Janeway glaubte, so etwas wie Hohn und Spott darin zu erkennen. »Offenbar finden Sie Gefallen daran, Schwache zu verteidigen«, brummte Qados.

»Wohingegen Ihre Vorliebe darin zu bestehen scheint, Leute anzugreifen, die sich nicht verteidigen können«, sagte Janeway und lächelte. »Aber die *Voyager* ist sehr wohl imstande, sich zur Wehr zu setzen.«

»Wir werden sehen«, knurrte Captain Qados.

»Ist das eine Drohung?«, fragte Janeway.

»Sie können es verstehen, wie Sie wollen, Captain«, erwiderte Qados.

»Vielleicht sollte ich Ihr Schiff einfach vernichten und das Problem damit aus der Welt schaffen.« Janeway stand auf und streckte die Hand nach den Kom-Kontrollen aus.

Erneut öffnete und schloss sich Qados' Mund.

»Ich werde über die Möglichkeit nachdenken«, sagte Janeway wie beiläufig. »Sie würde uns allen Mühe ersparen.« Damit unterbrach sie die Verbindung.

Paris applaudierte. Kim und Chakotay lachten.

»Das dürfte ihm einen ziemlichen Schock versetzt haben«, meinte der Erste Offizier.

»Noch zwei Stunden und fünfzig Minuten«, verkündete der Computer.

Janeway seufzte verärgert und ihr Blick glitt zu Chakotay.

»Sehen Sie mich nicht so an«, sagte er und lächelte. »*Sie* haben den Countdown angeordnet.«

»Erinnern Sie mich daran, nie wieder eine solche Anweisung zu erteilen.«

»Oh, das werde ich«, erwiderte Chakotay. »Verlassen Sie sich darauf.«

15

Lieutenant Tyla beobachtete, wie Chefingenieurin B'Elanna Torres der Kommandantin Bericht erstattete. Hinter den beiden Frauen stand die Qavok-Yacht. Ihre Wölbungen bildeten einen auffallenden Kontrast zu den geraden, funktionellen Linien des Hangars der *Voyager*. Der Shuttle neben der Yacht wirkte stärker und kraftvoller, schien eher in der Lage zu sein, mit Schwierigkeiten fertig zu werden. Tyla wusste, dass der Hass auf die Qavoks ihre Objektivität beeinträchtigte, aber das kümmerte sie nicht weiter. Sie hielt an ihrer Meinung fest, dass der Shuttle der *Voyager* besser aussah.

»Indem wir den Shuttle und die Yacht miteinander verbinden, lösen wir gleich mehrere Probleme«, sagte Torres zu Janeway und deutete auf ein Display. »Wir können die Schilde, das Triebwerk und die Navigationssysteme des Shuttles verwenden. Die Yacht wird praktisch zu einer externen Fracht.«

»Und Sie können beide Warpkerne zur gleichen Zeit kollabieren lassen?«, fragte Janeway.

»Wahrscheinlich ist es gar nicht erforderlich, dass wir in dieser Hinsicht irgendwelche Vorbereitungen treffen«, erwiderte die Chefingenieurin. »Wenn die gravitationellen Wechselwirkungen bei einem Warpkern den Kollaps bewirken, so geschieht das auch beim anderen. Die Explosion des einen verursacht praktisch im gleichen Augenblick die des anderen, wodurch sich die freigesetzte Energie verdoppelt. Wie dem auch sei: Wir fügen den Warpkernen und dem Gravitationswellen-Akkumulator trotzdem Zünder hinzu.«

»Wie lange brauchen Sie noch?« Janeway blickte auch weiterhin aufs Display.

Tyla konnte nicht sehen, was es zeigte, denn sie stand zu weit abseits. Seit B'Elanna mit der Idee einer Verbindung zwischen Yacht und Shuttle von der Besprechung zurückgekehrt war, gab es für die Lekk praktisch nichts mehr zu tun. Sie konnte nur noch darauf achten, nicht im Weg zu sein, was ihr irgendwie gelang.

»Wir können beide Schiffe in fünfzehn Minuten fertig haben«, sagte Torres. »Wenn die Berechnungen stimmen, wovon ich ausgehe, und wenn Sie das Zeichen geben ... Dann starten wir den Shuttle und verwenden einen Traktorstrahl, um die Yacht aus dem Hangar zu ziehen und am Shuttle zu befestigen. Das dauert weniger als drei Minuten.«

»Fünf, um ganz sicher zu sein?«, fragte Janeway. »Wir müssen die schwierigen Bedingungen berücksichtigen, die zum betreffenden Zeitpunkt außerhalb der *Voyager* herrschen.«

»Fünf.« B'Elanna nickte.

»Gute Arbeit«, lobte Janeway. Sie sah zu Tyla. »Das gilt für Sie beide.«

»Danke, Captain«, sagte die Lekk.

B'Elanna nickte und dachte vermutlich schon ans nächste Problem. Während der vergangenen Stunde hatte Tyla die Bedeutung dieses besonderen Gesichtsausdrucks kennen gelernt.

»In einer halben Stunde sehe ich hier wieder nach dem Rechten.« Damit verließ Janeway den Hangar.

»Wie kann ich mich nützlich machen?«, fragte Tyla und unterbrach damit B'Elannas Gedankengänge.

»Ihnen überlasse ich die wichtigste bisher noch unerledigte Aufgabe«, erwiderte Torres. »Downloaden Sie alle Daten des Bordcomputers der Yacht. Holen Sie alle

Informationen aus ihm heraus, wie tief sie auch verborgen sind.«

Tyla spürte das Prickeln von Aufregung. Sie hatte bereits ein Qavok-Kriegsschiff sondiert und jetzt bekam sie Gelegenheit, sich die im Computer der Prinzenyacht gespeicherten Daten anzusehen. Ihr Wissen würde von großer Bedeutung für den Krieg sein, wenn sie nach Hause zurückkehrte.

»Sehr gern«, sagte Tyla.

»Gut. Sie haben weniger als dreißig Minuten. Vergeuden Sie keine Zeit.«

»Ich werde jede einzelne Sekunde nutzen«, versprach Tyla, eilte zur Yacht und kletterte an Bord. Kurz darauf saß sie wieder im Pilotensessel und diesmal fühlte sie sich in dem kleinen, separierten Raum nicht gefangen.

Diesmal bekam sie, was sie wollte.

Janeway fand Dr. Maalot und Seven im Laboratorium. Der Bildschirm links von ihnen zeigte den Akkumulator, der immer mehr Energie vom binären Neutronenstern aufnahm. Allem Anschein nach war dieses Experiment ein voller Erfolg. Zu schade, dass sie sich nicht nur darum kümmern konnten.

Seven betätigte die Schaltelemente einer Instrumententafel. Dr. Maalot stand auf der einen Seite und dünne Falten zeigten sich in seiner Stirn, während er Berechnungen durchführte.

Janeway wollte nicht bei einer wichtigen Arbeit stören und wartete. Es dauerte nicht lange, bis sich Seven von den Kontrollen abwandte und Dr. Maalot nickte.

»Haben Sie berechnet, wie sich die Explosion der beiden Warpkerne auswirkt?«, fragte Janeway und trat neben Seven of Nine.

»Ja«, bestätigte Seven. »Fähnrich Kim hatte Recht. Wenn wir die beiden Warpkerne kollabieren lassen und außerdem auch noch den Gravitationswellen-Akkumulator hinzufügen, so ergibt sich genug Energie.«

»Gut.« Zum ersten Mal seit einer halben Ewigkeit ließ die Anspannung in Janeway ein wenig nach. »Haben Sie Ihre Berechnungen überprüft?«

»Damit sind wir gerade beschäftigt, Captain«, erwiderte Dr. Maalot. »Aber ich bin sicher, dass es funktionieren wird.«

»Es *muss* funktionieren«, sagte Janeway.

»Wie seltsam.« Der Lekk-Wissenschaftler lächelte. »Noch vor kurzer Zeit erfüllte es mich mit Aufregung, den binären Neutronenstern nur zu *sehen*. Jetzt arbeite ich an einer Möglichkeit, ihn zu beeinflussen. Für mich ist das so, als würde ein Traum wahr.«

Janeway lächelte ebenfalls und klopfte Maalot auf die Schulter. »Sorgen Sie nur dafür, dass Ihre Berechnungen richtig sind. Wir sollten vermeiden, dass sich Ihr Traum in einen Albtraum verwandelt.«

»Ich verstehe, Captain«, entgegnete Maalot, aber das Lächeln verschwand nicht von seinen Lippen.

»Auch die Berechnungen in Hinsicht auf die Schilde sollten noch einmal überprüft werden, Seven«, sagte Janeway. »Sie müssen stabil bleiben, bis Shuttle und Yacht den Einsatzort erreichen.«

»Ich kontrolliere sie noch einmal Captain«, erwiderte Seven. »Abgesehen von den letzten Sekunden erfordert der Flug die Steuerung durch einen Piloten.«

Dieser Worte überraschten Janeway. Bisher war sie davon ausgegangen, dass derjenige, der die Navigationskontrollen des Shuttles bediente, den Autopiloten programmierte und sich anschießend zur *Voyager* beamte. »Warum?«

»Ich habe die fluktuierenden Gravitationskräfte des binären Neutronensterns berechnet. Der Autopilot kann nicht exakt genug auf so schnelle Veränderungen reagieren.«

»Was ist mit Fernsteuerung?«, schlug Janeway vor. »Wir könnten den Flug des Shuttles von der *Voyager* aus kontrollieren.«

»Das wäre möglich, wenn Sie bereit sind, zusätzliche Risikofaktoren in Kauf zu nehmen«, sagte Seven. »Wenn die Explosion zur falschen Zeit oder am falschen Ort stattfindet, könnte sich die Flugbahn des primären Sterns so verändern, dass sie durch dicht besiedelte Teile der Galaxis führt.«

Janeway nickte. Sie verstand genau, was Seven meinte. Wenn sie ihren Plan verwirklichen wollten, mussten sie verhindern, dass Fehler passierten. Die beste Möglichkeit dafür bestand darin, dass ein Pilot den Shuttle fast die ganze Strecke bis zum Einsatzort flog und sich dann zur *Voyager* beamte. Vorausgesetzt natürlich, dass sich trotz der starken Gravitationskräfte ein Transfer durchführen ließ. Wenn das nicht gelang, gab es für den Piloten keine Rettung.

»Verstanden«, sagte Janeway. »Nehmen Sie die Berechnungen so schnell wie möglich vor. Der Shuttle und die Yacht sollten in einer halben Stunde einsatzbereit sein.«

Seven nickte und wandte sich wieder der Instrumententafel zu.

Dr. Maalot sah Janeway an und lächelte. »Wir werden rechtzeitig fertig.«

»Gut«, sagte Janeway.

Der entscheidende Zeitpunkt rückte immer näher, was dazu führte, dass die Anspannung in ihr wuchs.

»Noch eine Stunde und fünfzig Minuten«, erklang die Sprachprozessorstimme des Computers.

Janeway drehte den Kommandosessel und beobachtete die beiden sich rasend schnell umkreisenden Neutronensterne auf dem Hauptschirm. Sie dachte daran, den Countdown zu deaktivieren, entschied sich dann aber dafür, die Meldung noch zweimal ertönen zu lassen. Anschließend erübrigte sie sich ohnehin.

»Ich werde das Ende des Countdowns nicht bedauern«, sagte Chakotay.

»Mir geht's ebenso«, fügte Paris hinzu.

Janeway lächelte. Schweißflecken zeigten sich an Toms Uniform. Seit Stunden saß er im Sessel des Piloten und seine Hände waren ständig in Bewegung, während er versuchte, den Orbit der *Voyager* trotz der enormen Gravitationskräfte stabil zu halten. Im Verlauf der letzten beiden Stunden war das Schiff nur zweimal kurz erzittert und Paris hatte beide Male geflucht.

Sie konnten froh sein, einen so fähigen Piloten wie Tom zu haben. Während der letzten Jahre hatte er die *Voyager* mehr als nur einmal gerettet. Als Pilot für den Shuttle kam er nicht in Frage: Wenn er die Navigationskontrollen der *Voyager* jemand anders überließ, so geriet die ganze Crew in Gefahr, und das wollte Janeway auf jeden Fall vermeiden.

Aber wer sollte den Shuttle fliegen?

Janeway sah zum Ersten Offizier, der nicht nur ihr Stellvertreter war, sondern auch ein guter Freund. Chakotay galt als zweitbester Pilot an Bord, Tuvok als drittbester. Einer von den beiden musste den Shuttle steuern.

Sie stand auf und sah den Sicherheitsoffizier an. »Mr. Tuvok, hat sich die Situation bei den Qavoks verändert?«

»Nein, Captain«, antwortete er.

»Na schön. Ich möchte Sie in meinem Bereitschaftsraum sprechen.« Sie sah zu Chakotay. »Bitte kommen Sie ebenfalls mit, Commander.«

»Gern«, erwiderte Chakotay.

Es dauerte nur einige wenige Minuten, den beiden Offizieren vom Gespräch mit Seven zu berichten. »Ich bin nicht bereit, Tom zu schicken und damit das Leben aller Besatzungsmitglieder der *Voyager* zu gefährden.

Wir brauchen ihn hier, an den Navigationskontrollen dieses Schiffes.«

»Ja«, sagte Chakotay. »Ich bringe den Shuttle zum sekundären Neutronenstern.«

»Es wäre logisch, wenn ich den Shuttle fliege«, ließ sich Tuvok vernehmen.

Janeway lachte. Sie hatte im Voraus gewusst, dass Chakotay und Tuvok so und nicht anders auf das Problem reagieren würden.

»Erklären Sie die Logik, Tuvok«, sagte Janeway.

»Die gegenwärtige Situation erfordert auch Ihre wissenschaftlichen Fähigkeiten, Captain. Wenn Sie Ihren Kommandopflichten nicht die volle Aufmerksamkeit widmen können, brauchen Sie einen erfahrenen Stellvertreter auf der Brücke. Als Sicherheitsoffizier kann ich unter den gegenwärtigen Umständen leichter ersetzt werden. Da ich außerdem als drittbester Pilot gelte, bin ich die logische Wahl.«

Janeway sah Chakotay an. »Man kann ihm kaum widersprechen, oder?«

Der Erste Offizier lächelte. »Ja, und das ist sehr ärgerlich.«

Tuvok musterte Chakotay. »Es lag nicht in meiner Absicht, jemanden zu ärgern. Ich habe nur die Frage des Captains beantwortet.«

Janeway und Chakotay lachten.

»Schon gut«, sagte die Kommandantin. »Bevor Sie aufbrechen und Ihr Leben riskieren, muss festgestellt werden, ob der Transporter in der Nähe des Neutronensterns zuverlässig funktioniert.«

»Logisch«, kommentierte Tuvok. »Wir können seine Funktion überprüfen, indem wir eine Sonde in Richtung des sekundären Sterns schicken und den Transferfokus auf sie richten.«

»Gut«, sagte Janeway. »Beginnen Sie sofort damit und erstatten Sie so bald wie möglich Bericht.«

Tuvok kehrte zur Brücke zurück. Als er den Bereitschaftsraum verlassen hatte, wandte sich Janeway an Chakotay und lächelte. »Bitte entschuldigen Sie. Ich weiß, wie gern Sie den Shuttle geflogen hätten.«

Chakotay schmunzelte. »Ja, aber gegen die vulkanische Logik kann man kaum etwas ausrichten, oder?«

»Warum fühle ich mich deshalb nicht besser?«, erwiderte Janeway und ließ sich in den Sessel hinter dem Schreibtisch sinken.

Auf diese Frage wusste Chakotay keine Antwort.

16

Janeway stand neben Kims Konsole auf der Brücke. Der junge Fähnrich veränderte immer wieder die Kalibrierung des Transporters, um trotz der starken Gravitationswellen und der Strahlung des binären Neutronensterns den Transferfokus auf die Sonde zu richten.

Sie hatten bereits zwei Sonden verloren.

Das beunruhigte Janeway. Sie wollte kein Besatzungsmitglied der *Voyager* wegen irgendeiner haarsträubenden Idee zum Tod verurteilen. Sie mussten eine Möglichkeit finden, Tuvok rechtzeitig aus dem Shuttle zu beamen.

»Ich bin so weit«, sagte Kim.

»Also los, Mr. Tuvok«, wies Janeway den Vulkanier an.

Eine Sekunde später meldete Tuvok: »Die Sonde ist unterwegs.«

Für Janeway schien die Zeit fast stillzustehen, als sie neben dem Fähnrich auf die Anzeigen blickte.

Während der ersten Sekunden ergaben sich keine Schwierigkeiten, doch dann wurde der Transferfokus schwächer, genau wie bei den ersten beiden Sonden.

Kim berührte Schaltflächen und der Fokus stabilisierte sich wieder.

»Noch zehn Sekunden bis zur errechneten Höhe«, sagte Tuvok.

Die »errechnete Höhe«, wie es der Vulkanier genannt hatte, betraf einen Ort nahe der Stelle, an der die gravitationellen Wechselwirkungen der beiden Neutronensterne den Shuttle zerfetzen und die Warpkern-Kollapse auslösen würden.

Zwei Sekunden, die für Tuvok Leben oder Tod bedeuteten.

Zwei kurze Sekunden.

Erneut wurde der Transferfokus schwächer und für einen Augenblick glaubte Janeway, dass Kim auch die dritte Sonde verloren hatte. Doch es gelang ihm noch einmal, den Fokus trotz der enormen Kräfte zu restabilisieren, die an der Sonde zerrten.

»Fünf Sekunden.«

Es fiel Harry Kim sichtlich schwer, den Transferfokus stabil zu halten. Bei dieser Sonde kam er ein wenig besser zurecht als bei den anderen. Übung schien zu helfen.

»Drei«, sagte Tuvok.

Kim hielt den Fokus ausgerichtet.

»Zwei.«

Noch immer …

»Eins.«

»Beamen Sie die Sonde an Bord«, wies Janeway den Fähnrich an.

Kims Finger flogen regelrecht über die Kontrollen und sorgten dafür, dass die Sonde entmaterialisierte und im Strukturspeicher des Transporters blieb.

»Ich habe sie!«, stieß er hervor und sah zur Kommandantin auf. »Anderthalb Sekunden später wäre sie auf dem molekularen Niveau zerrissen worden, trotz der Abschirmung.«

»Gute Arbeit, Harry«, sagte Janeway. »Lassen Sie die Sonde im Frachtraum rematerialisieren.«

»In Ordnung«, erwiderte Kim und seufzte.

»Können Sie die aufgezeichneten Daten downloaden?«

»Nein«, antwortete Harry nach einer kurzen Pause. »Die Schäden sind zu groß.«

Janeway nickte. »Ich sehe mir die Sache aus der Nähe

an. Was Sie betrifft ... Wiederholen Sie die Übung, immer wieder – bis Sie ganz sicher sind, dass sich der Transfer unter allen Umständen durchführen lässt. Verstanden?«

»Ja, Captain«, sagte Tuvok. »Bereiten Sie sich vor, Fähnrich.«

»Geben Sie mir dreißig Sekunden«, erwiderte Kim. »Ich möchte noch einige Rejustierungen vornehmen.«

Er konzentrierte sich wieder auf die Arbeit, als Janeway zur Tür ging. Während ihres Flugs zum sekundären Neutronenstern hatte die Sonde ständig Messungen vorgenommen, und wenn es gelang, die Daten aus den Speichermodulen abzurufen ... Dann konnten Seven und Dr. Maalot feststellen, ob ihre Berechnungen richtig waren.

»Noch eine Stunde und zwanzig Minuten«, verkündete der Computer.

»Ich weiß, ich weiß«, murmelte Janeway, als sie die Tür erreichte.

Sie hörte, wie hinter ihr Paris und Chakotay lachten. Offenbar hatte sie lauter gesprochen, als sie dachte.

Janeway betrachtete die Sonde, die den Eindruck erweckte, durch einen Fleischwolf gedreht worden zu sein. Irgendwie war es ihr gelungen, intakt zu bleiben und Daten zu sammeln. Janeway brauchte weniger als fünf Minuten, um die gespeicherten Informationen abzurufen und sie Seven zu übermitteln. Als sie anschließend das Laboratorium aufsuchte, hatte Seven of Nine die Daten bereits den Berechnungen hinzugefügt.

»Ändert sich dadurch etwas?«, fragte Janeway. Sie trat zwischen Seven und Dr. Maalot.

»Nein, Captain«, erwiderte Seven. »Unsere ursprünglichen Berechnungen sind korrekt.«

Seven betätigte Schaltelemente und eine grafische Darstellung des binären Neutronensterns erschien. Sie geriet in Bewegung und von oben näherte sich ein eingeblendeter Shuttle.

»Der Shuttle muss sich zu diesem Zeitpunkt an jener Stelle befinden«, sagte Seven und deutete auf ein Display, das Zeitpunkt und Höhe zeigte.

»Die Energie der beiden kollabierenden Warpkerne und des Gravitationswellen-Akkumulators wird auf diesen Bereich des sekundären Neutronensterns fokussiert, wodurch er Masse verliert und sich ein wenig mehr aufbläht.«

In der schematischen Darstellung blitzte es auf: Eine Entladung traf die Oberfläche des zweiten Sterns.

»Dadurch explodiert er genau zwei Komma drei neun Millisekunden früher«, sagte Dr. Maalot.

»Glauben Sie, dass es funktioniert, Seven?«, fragte Janeway.

Seven of Nine warf einen kurzen Blick aufs Display. »Ja, das glaube ich. Ich muss zugeben, dass meine früheren Situationsbewertungen gleich in mehrfacher Hinsicht fehlerhaft waren. Dafür entschuldige ich mich, Captain.«

»Das ist nicht nötig«, erwiderte Janeway. »Diese beiden Neutronensterne geben uns allen Gelegenheit, etwas Neues zu lernen.«

»Allerdings lassen die Umstände zu wünschen übrig«, sagte Seven.

»Das ist leider wahr«, bestätigte Janeway.

Sie klopfte auf ihren Insignienkommunikator. »Sind Shuttle und Yacht vorbereitet, B'Elanna?«

»Ja, Captain«, erklang die Stimme der Chefingenieurin aus dem kleinen Kom-Lautsprecher. »Aber Sie sollten sich ansehen, was Tyla entdeckt hat.«

»Ich bin gleich bei Ihnen«, sagte Janeway.

Es gelang Tyla, ihren Schrecken zu verbergen, als sie der Kommandantin zeigte, was sie gefunden hatte. Sie kannte die Menschen noch nicht sehr gut und fragte sich daher, wie Captain Janeway auf derartige Neuigkeiten reagieren mochte.

Als Janeway den Hangar betrat, wirkte sie ernst und besorgt. Tyla sah auf den ersten Blick, dass eine schwere Bürde auf ihr lastete: Sie musste Entscheidungen treffen, die das Schicksal ganzer Sonnensysteme mit Milliarden von Bewohnern beeinflussten.

»Was haben Sie entdeckt?«, fragte Janeway und näherte sich Tyla.

»Ich nahm einen Download der Daten im Bordcomputer der Yacht vor«, erklärte die Lekk. »Wir wollten nichts übersehen, das sich im Kampf gegen die Qavoks als nützlich erweisen könnte.«

»Gute Idee«, sagte Janeway.

»B'Elanna kam darauf«, meinte Tyla.

Janeway nickte der Chefingenieurin zu.

»Dabei fand ich eine Verbindung, geschützt von mehreren Kennwörtern und Kommandocodes«, sagte Tyla.

»Was für eine Verbindung?«, fragte Janeway.

»Zuerst war mir das nicht klar«, entgegnete die Lekk. »Ich sah nur eine Verbindung, weiter nichts. Aber dann gelang es mir, die Sicherheitsbarrieren zu überwinden, und daraufhin fand ich einen zweiten Computer an Bord.«

Janeway wölbte die Brauen. »Und welchen Zweck erfüllt er?«

»Alles deutet darauf hin, dass der zweite Computer als eine Art Kommandospeicher verwendet wurde«, sagte Tyla. »Alle militärischen Informationen der Qavoks wurden automatisch zum zweiten Computer übertragen und dort gespeichert. Wenn der Prinz die Yacht benutzte, konnte er sich jederzeit über den neuesten Stand alle Operationen im Qavok-Reich informieren.«

»Kein Wunder, dass die Qavoks so bitterböse auf Ihre Flucht mit der Yacht reagierten«, sagte Janeway und lächelte.

»Ja.« Tyla entspannte sich ein wenig. »Es ergibt einen gewissen Sinn.«

»Haben Sie einen Download bei den Daten beider Computer durchgeführt?«, erkundigte sich Janeway.

»Ja«, bestätigte B'Elanna. »Und dabei fand Tyla das hier.«

Die Chefingenieurin berührte eine Schaltfläche und ein Bericht erschien im Display, zusammen mit dem Bild eines runden Schiffes.

»Was hat es hiermit auf sich?« Janeway scrollte durch den Text.

»Wir glauben, es handelt sich um den Qavok-Plan, die Flugbahn des primären Neutronensterns zu verändern«, sagte Tyla, bevor B'Elanna Antwort geben konnte. Sie wollte die Verantwortung dafür übernehmen, die schlechten Nachrichten zu überbringen. Immerhin hatte sie die betreffenden Daten entdeckt.

»Sind Sie sicher?«, fragte Janeway.

»Es sieht ganz danach aus, Captain«, erwiderte B'Elanna. »Besonders starke Schilde, eigentlich kein Platz für Passagiere, keine richtige Brücke, ein sehr großer Warpkern. Und keine Waffen.«

»Das Schiff scheint nur für einen Flug gebaut worden zu sein«, fügte Tyla hinzu. »Qavoks rüsten ihre Raumschiffe immer mit Waffen aus, damit sie kämpfen können. Sie würden nie ein unbewaffnetes Schiff bauen – es sei denn, es wird dazu verwendet, um eine andere Waffe einzusetzen.«

»Den primären Neutronenstern«, sagte Janeway.

»Ja.« Tyla nickte. »Er soll mein Heimatsystem vernichten.«

»Das wird nicht geschehen«, sagte Janeway. »Erst recht nicht nach dieser Entdeckung. Gute Arbeit.«

Tyla ließ sich ihre Erleichterung nicht anmerken. »Danke.«

»Sorgen Sie dafür, dass Shuttle und Yacht einsatzbereit sind. Bringen Sie den Gravitationswellen-Akkumulator an Bord des Shuttles unter, wenn Seven Ihnen mitteilt, dass es Zeit dafür wird.«

»Wir sind so weit«, meinte B'Elanna.

Tyla sah der Kommandantin nach, als sie den Hangar mit langen Schritten verließ. »Sie ist ein erstaunlicher Captain«, sagte sie mehr zu sich selbst.

»Captain Janeway?« B'Elanna sah auf. »Da haben Sie absolut Recht. Machen Sie sich jetzt wieder an die Arbeit. Gehen Sie die Informationen aus dem zweiten Computer durch. Vielleicht finden Sie etwas, das wir gebrauchen können.«

»In Ordnung.« Tyla kam sich wie ein Kind in einem Zimmer voller Süßigkeiten vor, als sie die geheimsten Daten des Feindes analysierte. Alle Informationen waren hochinteressant – sie wusste gar nicht, wo sie beginnen sollte.

Die Lekk hoffte inständig, dass Captain Janeway ihr die Daten überließ, wenn alles vorüber war.

17

»Noch genau fünfzig Minuten«, gab der Computer bekannt.

»Na schön, jetzt reicht's«, sagte Janeway. »Deaktivieren Sie den verdammten Countdown.« Sie stand neben Fähnrich Kim und sah sich die Daten der letzten drei erfolgreich durchgeführten Transfers an.

»Mit Vergnügen, Captain«, erwiderte Chakotay.

»Danke.« Janeway schenkte dem Lächeln des Ersten Offiziers keine Beachtung.

Sie konzentrierte ihre Aufmerksamkeit wieder auf die Transferberichte. Fähnrich Kim hatte es immer besser verstanden, den Transferfokus stabil zu halten und die Sonde im richtigen Augenblick zurückzubeamen.

»Tuvok ...« Janeway sah zum Vulkanier. »Halten Sie es für sicher genug, um Ihr Leben zu riskieren?«

»Ja, Captain. Das Risiko spielt kaum eine Rolle im Vergleich mit der Bedeutung, die ein Erfolg dieses Unternehmens hätte.«

Janeway nickte. »Ich bin froh, dass Sie es so sehen. Fähnrich Kim, glauben Sie, ihn rechtzeitig transferieren zu können?«

»Ja, Captain.«

»Gut. Tuvok, suchen Sie den Hangar auf und machen Sie sich dort mit der Kombination aus Shuttle und Yacht vertraut. Halten Sie sich dann für den Start bereit.«

»Verstanden.« Tuvok ging zur Tür.

»Viel Glück«, fügte Janeway hinzu.

»Ich verlasse mich lieber auf Geschick und genaue

Berechnungen«, erwiderte der Vulkanier. »Aber trotzdem vielen Dank.«

Er verließ die Brücke und Janeway schritt zum Kommandosessel. »Harry, behalten Sie die Anzeigen der Fernbereichsensoren im Auge. Wenn die Qavoks tatsächlich etwas unternehmen wollen, werden sie bald aktiv – ihre Explosion müsste vor der unsrigen stattfinden.«

»Ja, Captain«, bestätigte Kim.

»Wie kommen Sie zurecht, Tom?«, fragte Janeway. Die Schweißflecken auf der Uniform des Piloten waren größer geworden und sein Haar glänzte feucht. Nicht ein einziges Mal wandte er den Blick von den Anzeigen ab.

»Es wird immer schwerer«, sagte er. »Aber ich halte durch, bis wir weit genug von hier entfernt sind.«

»Gut. Soll ich Ihnen von Mr. Neelix etwas bringen lassen?«

»Nein, danke«, erwiderte Paris. »Das ist nicht nötig.«

Janeway sank in den Kommandosessel und zum ersten Mal seit einer Stunde betrachtete sie wieder den binären Neutronenstern auf dem Hauptschirm. Das Ende war unübersehbar nahe. Die beiden Sterne erweckten den Eindruck, von einem Ring umgeben zu sein, als die gravitationellen Wechselwirkungen Materie von dem sekundären Stern fortzerrten, der sich dadurch immer mehr aufblähte.

»Alles bereit?«, fragte Chakotay.

Janeway sah zu ihrem Stellvertreter. Er war die ganze Zeit über auf der Brücke gewesen, während sie zusammen mit Seven, B'Elanna und den beiden Lekk die letzten Vorbereitungen getroffen hatte. »Ja. Seven und Maalot haben die Berechnungen häufiger überprüft, als ich mir vorzustellen wage.«

Chakotay lachte. »Und bestimmt haben sie großen Gefallen daran gefunden.«

»Bei Seven bin ich mir da nicht sicher«, erwiderte Janeway. »Aber in Bezug auf Dr. Maalot haben Sie bestimmt Recht. Und Lieutenant Tyla hat an Bord der Yacht einen zweiten Computer gefunden, in dem militärische Informationen der Qavoks gespeichert waren.«

»Eine Goldmine für sie«, sagte Chakotay. »Wollen Sie ihr die Informationen überlassen, wenn dies alles vorbei ist?«

»Um ganz ehrlich zu sein: Ich weiß es nicht«, entgegnete Janeway. »Vielleicht verstoßen wir bereits gegen die Erste Direktive, indem wir versuchen, bewohnte Sonnensysteme vor der Zerstörung zu bewahren. Viel weiter möchte ich in dieser Hinsicht eigentlich nicht gehen.«

»Tyla hat die Yacht ohne unsere Hilfe unter ihre Kontrolle gebracht«, betonte Chakotay. »Und sie hat die Daten entdeckt.«

»Schlupflöcher«, sagte Janeway und lächelte.

Eine Erschütterung erfasste die *Voyager* und Janeway hielt sich an den Armlehnen des Kommandosessels fest.

Ein zweiter heftiger Stoß, dem eine Vibration des Decks folgte. Dann kehrte wieder Ruhe ein.

»Entschuldigung, Captain.« Paris bediente die Navigationskontrollen. »Da draußen wird's immer schlimmer.«

»Sie leisten ausgezeichnete Arbeit, Captain Proton«, erwiderte Janeway.

Paris warf einen kurzen Blick über die Schulter und lächelte. Dann konzentrierte er sich wieder auf die Anzeigen.

»Was bleibt jetzt noch zu tun?«, fragte Chakotay.

Janeway sah zum Doppelstern. »Wir können nur noch warten. Es ist alles bereit. Wir sind sogar eher als geplant fertig geworden.«

»Vielleicht hat der Countdown dabei geholfen«, sagte Chakotay.

»Es erstaunt mich, das von Ihnen zu hören.« Janeway schmunzelte. »Ich dachte, Sie hätten ihn als störend empfunden.«

»Nun, ich habe mich nach und nach an ihn gewöhnt. Wie dem auch sei: Wir sind so weit.«

»Ja«, bestätigte Janeway, ohne den Blick vom Hauptschirm abzuwenden. »Das sind wir.«

Sie wünschte sich, die gleiche Zuversicht zu empfinden, die in ihrer Stimme erklang.

Seven löste den Gravitationswellen-Akkumulator von den externen Filtern und versiegelte ihn. Im Innern reflektierten die energetischen Strukturen an den Wänden eines Behälters, dessen Form destabilisierenden Rückkopplungseffekten vorbeugte. Es war sehr bedauerlich, dass der Akkumulator auf diese Weise verwendet werden musste. Seven bezweifelte, dass sie noch einmal Gelegenheit bekamen, so viel Energie zu speichern.

Sie brachte ihn im Innern eines Kraftfelds unter, um zu gewährleisten, dass er stabil blieb, hob ihn dann mit einem Antigravmodul an.

»Gehen Sie voraus«, forderte sie Dr. Maalot auf. »Wir müssen dies zum Hangar bringen.«

Der Lekk-Wissenschaftler setzte sich sofort in Bewegung und Seven konzentrierte sich auf den Transport des Akkumulators. Vermutlich konnten sie von Glück sagen, dass dieses Experiment erfolgreich verlaufen war, denn die beiden Warpkerne von Shuttle und Yacht hätten nicht ausgereicht, um das angestrebte Resultat zu erzielen. Nur mit dieser zusätzlichen Energie konnten sie hoffen, die Flugbahn des primären Neutronensterns auf die gewünschte Weise zu beeinflussen.

Dr. Maalot öffnete die Tür des Shuttlehangars und Seven dirigierte den Behälter hindurch.

»In den Shuttle«, sagte Torres und deutete auf die offene Luke.

»Der Akkumulator muss im Kraftfeld bleiben«, gab Seven zu bedenken. »Damit er bis zum Schluss geschützt ist.«

»Verstanden«, erwiderte B'Elanna. »Keine Sorge.«

»Ich bin nicht besorgt.« Zum wiederholten Mal fragte sich Seven of Nine, warum manche Besatzungsmitglieder der *Voyager* immer wieder dazu neigten, ihre nervtötenden Gefühle auf sie zu projizieren. »Ich weise nur auf etwas Notwendiges hin.«

Lieutenant Tuvok drehte sich um, als Seven hereinkam; er beobachtete sie und B'Elanna bei der Arbeit. Neben ihm stand Lieutenant Tyla, die ebenfalls zusah.

Seven hielt den Akkumulator in der richtigen Position und Torres befestigte ihn im Innern des Shuttles.

»Sie können das Antigravmodul jetzt fortnehmen«, sagte die Chefingenieurin nach einer Minute.

Seven kam der Aufforderung nach und trat zurück. Der Behälter rührte sich nicht von der Stelle und B'Elanna überprüfte ihn noch einmal.

»In Ordnung«, sagte sie nach einem letzten Scan. »Mir fallen hundert bessere Verwendungszwecke für die Energie ein.«

»Vorausgesetzt, wir könnten sie gezielt freisetzen und kontrolliert benutzen«, erwiderte Seven.

»Ja«, pflichtete ihr B'Elanna bei.

»Jetzt werden wir nie erfahren, ob wir das geschafft hätten.«

»Es ist Ihnen gelungen, die Energie zu speichern«, sagte Tuvok. »Vielleicht können Sie in Zukunft noch einmal einen solchen Erfolg erzielen.«

»Es ist eine erstaunliche Leistung.« Bewunderung erklang in Dr. Maalots Stimme. »Ja, eine wahrhaft erstaunliche Leistung.«

»In der Tat«, bestätigte Tuvok.

Torres schnaubte nur.

»Danke«, sagte Seven. Tief in ihrem Innern gab es

einen kleinen Teil ihres Selbst, der sich über die Komplimente freute. Sie rückte dieses Gefühl nicht in den Mittelpunkt ihres Seins, nahm es einfach nur zur Kenntnis. Sie wollte Captain Janeway darauf ansprechen, wenn sich später eine Gelegenheit bot. Bestimmt ergab sich daraus eine interessante Diskussion.

»Captain«, sagte Fähnrich Kim, »die Fernbereichsensoren orten drei Qavok-Schiffe, die sich nähern.«

Janeway drehte ruckartig den Kopf. In einunddreißig Minuten mussten die Qavoks ihre Explosion herbeiführen, um den primären Neutronenstern zum Heimatsystem der Lekk zu lenken. Nun, sie mochten gewalttätig sein, aber sie waren auch pünktlich.

»Können Sie die Schiffe sondieren?« Chakotay stand auf und trat zu Tuvoks Station.

Kim runzelte kurz die Stirn. »Es sind zwei Qavok-Kriegsschiffe und zwischen ihnen befindet sich ein Raumer mit unbekannter Konfiguration.«

»Ist er kugelförmig?«, fragte Janeway.

»Ja«, antwortete Kim.

»Das Schiff, dessen Baupläne Lieutenant Tyla entdeckt hat. Gut. Wenigstens wissen wir, womit wir es zu tun haben.«

»Was zweifellos eine Hilfe ist«, kommentierte Chakotay.

»Die elf anderen Qavok-Schiffe verlassen ihre bisherige Position und schließen zu den drei anderen Schiffen auf, Captain«, sagte Kim.

»Geschätzte Ankunftszeit?«

»Achtundzwanzig Minuten.«

»Captain ...«, ließ sich Paris vernehmen. »Wir sind recht hilflos, wenn wir uns zu Beginn eines Kampfes in einer so niedrigen Umlaufbahn befinden.«

»Verstanden«, erwiderte Janeway.

»Captain«, sagte Kim, »die dreißig zusätzlichen Besatzungsmitglieder der *Unbesiegbar* sind an Bord von zwei Shuttles gegangen. Offenbar bereiten sie sich auf den Start vor.«

Janeway schüttelte erstaunt den Kopf und blickte wieder zum binären Neutronenstern auf dem Hauptschirm. Dreizehn Qavok-Kriegsschiffe im Anflug. Ein weiteres bereits im Orbit. Eine solche Streitmacht schickte sich an, die *Voyager* und das Forschungsschiff der Xorm anzugreifen. Wenn Tuvok zugegen gewesen wäre, hätte er sicher auf ihre geringen Überlebenschancen hingewiesen. Aber derzeit sah er sich selbst mit geringen Überlebenschancen konfrontiert.

»Stellen Sie eine Verbindung zur *Gravitation* her, Mr. Kim«, wies Janeway den jungen Fähnrich an.

»Auf dem Schirm«, sagte Kim wenige Sekunden später.

»Wir haben die Manöver der Qavoks bemerkt«, sagte Captain Fedr. »Es sieht nicht gut aus.«

»Das stimmt leider«, erwiderte Janeway. »Das kugelförmige Schiff ist dafür bestimmt, den Neutronenstern vorzeitig explodieren zu lassen. Es hat besonders starke Schilde und einen großen Warpkern.«

Captain Fedr schüttelte langsam den Kopf. »Manchmal vergesse ich, wie bösartig die Qavoks sein können.«

»Sie haben vor, mehrere bewohnte Sonnensysteme zu vernichten«, sagte Janeway. »Das halte ich für *ziemlich* bösartig.«

»Wie können wir sie daran hindern?«

»Ich halte es für besser, wenn Sie sich auf eine sichere Entfernung zurückziehen und sich aus dem Kampf heraushalten«, meinte Janeway. »Überlassen Sie die Qavoks uns.«

»Dreizehn Kriegsschiffe?« Captain Fedr lachte fast. »Ich weiß, dass Sie über ein sehr gutes Schiff verfügen, aber allen Dingen sind Grenzen gesetzt. Es würde bestimmt helfen, wenn ich die Aufmerksamkeit einiger

Kriegsschiffe von Ihnen ablenke, um Ihre Chancen ein wenig zu verbessern.«

»Danke, Captain«, sagte Janeway. »Ihre Hilfe ist mir sehr willkommen.«

»Nein, ich danke Ihnen«, entgegnete Captain Fedr. »Wir alle können von Glück sagen, dass Sie hierher kamen.«

»Wir sollten zunächst abwarten, wie dies alles ausgeht.« Janeway musterte den Xorm und lächelte. »Folgen Sie mir in eine höhere Umlaufbahn, damit wir mehr Manövrierspielraum für den Kampf haben.«

»Ich glaube, ich sollte mein Schiff stattdessen in einen niedrigeren Orbit bringen«, erwiderte Captain Fedr.

»In einen niedrigeren Orbit?«

»Ja«, bestätigte Fedr. »Meinem Piloten mangelt es nicht an Geschick und dieses Schiff ist sehr widerstandsfähig. Wir versperren dem kugelförmigen Schiff den Weg. Wenn einige Kriegsschiffe kommen, um uns anzugreifen, so sind wir ihnen gegenüber im Vorteil.«

»Gute Idee«, kommentierte Janeway.

»Danke.«

»Da wäre noch etwas. Die Qborne an Bord der *Unbesiegbar* schicken sich an, das Schiff mit zwei Shuttles zu verlassen. Welche Maßnahmen schlagen Sie in dieser Hinsicht vor?«

»Einen Moment«, sagte Fedr.

Offenbar betätigte er einige Schaltelemente außerhalb des Erfassungsbereichs des Sensors und dann erschien neben seinem Gesicht die schematische Darstellung eines Qavok-Kriegsschiffes.

»Das Außenschott des Hangars befindet sich hier«, sagte der Xorm-Captain.

Ein roter Kreis markierte einen ganz bestimmten Bereich des Qavok-Schiffes. Janeway wusste natürlich, wo sich der Hangar der *Unbesiegbar* befand, aber sie schwieg und gab Fedr Gelegenheit, seine Ausführungen zu beenden.

»Wenn Sie sich bei einem Präventivschlag gegen die *Unbesiegbar* diesen Bereich vornähmen, könnte das Außenschott des Hangars nicht mehr geöffnet werden«, erklärte Fedr. »Dadurch verlieren die Qborne an Bedeutung. Wenn sie keine Möglichkeit haben, das Schiff zu verlassen, können sie auch niemandem schaden.«

»In Ordnung«, sagte Janeway. »Viel Glück beim bevorstehenden Kampf. Wir halten die Qavoks auf.«

»Das hoffe ich, Captain«, sagte Fedr. »Mögen die Götter während der nächsten Stunde mit Ihnen sein.«

Janeway unterbrach die Verbindung. »Stellen Sie einen Kom-Kontakt mit Captain Qados her.«

»Kom-Kanal geöffnet«, sagte Kim.

Das Reptiliengesicht des Qavoks erschien auf dem Hauptschirm. Inzwischen gab es klare Beweise dafür, dass diese Wesen versuchen wollten, mehrere Sonnensysteme zu zerstören. Dieser Umstand erfüllte Janeway mit heißem Zorn.

»Captain Qados«, begann sie, bevor der Qavok einen Ton von sich geben konnte. »Wir wissen, dass Sie einen Angriff auf das Xorm-Schiff planen, und zwar mit der Qborne-Einsatzgruppe. Weisen Sie Ihre Soldaten an, die Shuttles zu verlassen – andernfalls müssen Sie mit ernsten Konsequenzen rechnen.«

Janeway schloss den Kom-Kanal wieder und gab dem Qavok keine Gelegenheit zu einer Antwort.

»Eine faire Warnung«, sagte Chakotay. »Unmissverständlich. Wie lange warten wir?«

»Wir werden bei der ersten Bewegung des Hangar-Außenschotts aktiv und sorgen dafür, dass es sich nicht öffnen kann. Anschließend neutralisieren wir die Waffensysteme und das Triebwerk der *Unbesiegbar*. Dann gibt es einen Gegner weniger.«

»Zielerfassung läuft«, sagte Chakotay. »Bereitschaft.«

Janeway ließ sich in den Kommandosessel sinken.

»Alarmstufe Rot. Tom, bringen Sie uns aus der Umlaufbahn.«

»Mit Vergnügen«, erwiderte Paris.

Rote Indikatoren blinkten, als der Computer die Crew anwies, die Gefechtsstationen zu besetzen.

Der Hauptschirm zeigte die beiden Neutronensterne, die sich noch immer rasend schnell umkreisten, während die Distanz zwischen ihnen immer mehr schrumpfte.

Es gibt keinen dümmeren Ort für einen Kampf, dachte Janeway.

18

Dr. Maalot beobachtete erschrocken, wie das Licht im Shuttlehangar matter wurde. »Gefechtsstationen besetzen«, ertönte es aus den Lautsprechern des Kom-Systems.

Der Hangar verwandelte sich von einem hell erleuchteten, einladenden Ort in eine düstere, fast unheilvoll wirkende Kaverne. Rote Lichter blinkten an den Wänden und die Luft selbst schien schwerer zu werden.

B'Elanna und Seven liefen ohne ein Wort los und verließen den Shuttlehangar. Vermutlich wollten sie zum Maschinenraum, oder vielleicht zur Brücke. Dr. Maalot wusste es nicht.

Er näherte sich Tyla, die neben der Qavok-Yacht stand. Sie wirkte ruhig und beherrscht. Vielleicht war sie an so etwas gewöhnt, obwohl es dem Wissenschaftler ein Rätsel blieb, wie man sich daran gewöhnen konnte. Es fiel ihm noch immer schwer, solche Dinge zu verstehen.

»Was sollen wir jetzt machen?«, fragte er.

»Keine Ahnung.« Tyla zuckte mit den Schultern und deaktivierte das Display, das ihr militärische Daten der Qavoks gezeigt hatte. »Wir sollten uns bemühen, niemandem im Weg zu sein.«

»Mir wäre es lieber, wenn wir helfen könnten«, sagte Maalot. Er meinte es ernst, und zwar aus zwei Gründen. Erstens: Er fühlte sich den Menschen verpflichtet, weil sie ihm das Leben gerettet hatten und außerdem versuchten, den Vernichtungsplan der Qavoks zu vereiteln. Zweitens: Ihm graute bei der Vorstellung, was die Qavoks mit seiner Heimat anstellen wollten. Sie mussten unbedingt aufgehalten werden.

»Mir auch«, sagte Tyla. »Ich würde gern die Hände um den Hals eines Qavoks schließen und langsam zudrücken.«

»Das ist nicht unbedingt die Art von Hilfe, an die ich dachte«, erwiderte Maalot. Tylas Gesichtsausdruck wies deutlich darauf hin, dass sie ihre Worte ernst meinte.

Er sah sich um. Es musste doch irgendeine Möglichkeit für sie geben, sich nützlich zu machen.

»Wir sollten mit Lieutenant Tuvok im Shuttle reden«, sagte Tyla und setzte sich in Bewegung.

»Gute Idee«, sagte Maalot. »Vielleicht hat er eine Aufgabe für uns. Außerdem können wir von dort aus feststellen, was außerhalb dieses Hangars passiert.«

Tyla ging voraus und Maalot versuchte vergeblich, an ihrer Seite zu bleiben – er konnte einfach nicht mit ihr Schritt halten.

Kurze Zeit später betrat er den Shuttle und war einmal mehr davon beeindruckt. Er bewunderte nicht nur die schlichte Eleganz des kleinen Raumschiffs, sondern auch seine Effizienz. Im Vergleich dazu war die Yacht kaum mehr als ein dekadentes Spielzeug.

Maalot blieb im rückwärtigen Bereich des Shuttles stehen, an den Kontrollen des Kommunikationssystems. Tyla hingegen setzte sich vorn in den Sessel des Kopiloten. Maalot hätte dort auf keinen Fall aus freien Stücken Platz genommen.

»Wir möchten irgendwie helfen«, sagte er.

Tyla nickte, als Tuvok erst sie ansah und dann Maalot.

»Derzeit gibt es kaum etwas zu tun«, sagte er.

»Können Sie uns wenigstens sagen, was passiert?«

Der Vulkanier berührte einige Schaltflächen. »Dreizehn Qavok-Kriegsschiffe sind im Anflug und eskortieren das kugelförmige Schiff, das Sie in den Plänen gesehen haben. Ein weiteres Kriegsschiff befindet sich im Orbit und trifft Vorbereitungen für einen Angriff auf den Raumer der Xorm. Die Gründe dafür bleiben Spekulationen überlassen.«

»Das kugelförmige Schiff?«, wiederholte Tyla. »Meinen Sie das Schiff, das in unmittelbarer Nähe des sekundären Neutronensterns explodieren soll?«

»Eine solche Annahme halte ich für logisch«, erwiderte Tuvok, ohne von den Kontrollen aufzusehen.

»Dreizehn Kriegsschiffe im Anflug«, sagte Maalot. »Und ein weiteres im Orbit. Wie soll die *Voyager* mit so vielen Gegnern fertig werden?«

Es gab keine Möglichkeit für die Menschen, angesichts einer solchen Übermacht den Sieg zu erringen. Ihre Niederlage stand bereits fest. Maalot erschauerte bei diesem Gedanken.

»Captain«, sagte Kim, »bei der *Unbesiegbar* öffnet sich das Außenschott des Hangars.«

»Angriff«, erwiderte Janeway sofort.

Die *Voyager* befand sich in einer etwas höheren Umlaufbahn und folgte der *Unbesiegbar*, die sich in Waffenreichweite befand. Das Xorm-Schiff *Gravitation* hatte inzwischen einen tieferen Orbit erreicht und umkreiste den binären Neutronenstern nicht weit oberhalb des Bereichs, aus dem Fähnrich Kim die Sonden zurückgebeamt hatte. Janeway wusste nicht, wie der Xorm-Raumer seine Position dort stabil halten konnte.

Die *Voyager* vibrierte leicht, als sich ihre Phaserkanonen entluden.

Die Schilde der *Unbesiegbar* flackerten knapp zwei Sekunden lang, bevor sie sich auflösten. Die Phaserstrahlen trafen den Hangar, verflüssigten Metall und schweißten das Außenschott regelrecht zu. Nicht zum ersten Mal dachte Janeway voller Dankbarkeit daran, dass sie mit ihren Waffen und Schilden denen der Qavoks weit überlegen waren. Andernfalls hätten sie nicht die geringste Chance gehabt.

»Direkter Treffer«, meldete Chakotay. »Die beiden Shuttles können nicht mehr starten.«

Auf dem Hauptschirm beobachtete Janeway eine glühende Stelle an der Flanke des Qavok-Schiffes. Plötzlich kam es dort zu einer Explosion, und kleine Trümmerstücke wirbelten durchs All – offenbar war es bei einem der beiden Shuttles zu einem Unfall gekommen.

Die *Unbesiegbar* erwiderte das Feuer, was dazu führte, dass die Schilde der *Voyager* hier und dort rosarot aufleuchteten. An Bord kam es zu leichten Erschütterungen, die allerdings kaum der Rede wert waren. Janeway hielt es nicht einmal für nötig, die Hände um die Armlehnen des Kommandosessels zu schließen.

»Keine Schäden«, berichtete Kim. »Schilde bei neunundneunzig Prozent stabil. Jetzt beträgt die Kapazität wieder hundert Prozent.«

»Zielerfassung ausrichten, Fähnrich«, sagte Janeway. »Neutralisieren Sie das offensive Potential des Gegners und legen Sie auch sein Triebwerk lahm.«

Erneut zuckten Phaserstrahlen durchs All und schnitten so durch die *Unbesiegbar* wie ein Messer durch weiche Butter.

»Waffen zerstört«, sagte Chakotay. »Feuer und Explosionen im Shuttlehangar und bei den Waffensystemen. Der Ionenantrieb ist ebenso ausgefallen wie das Warptriebwerk. Die Manövrierdüsen funktionieren noch und ermöglichen es den Qavoks, für eine gewisse Zeit in der gegenwärtigen Umlaufbahn zu bleiben.«

Janeway nickte. »Gut. Wir überlassen sie sich selbst. Solange sie uns nicht in die Quere kommen.«

»Zwölf Minuten bis zum Eintreffen der Flotte«, meldete Kim.

»Visuelle Darstellung«, sagte Janeway.

Das Bild auf dem Hauptschirm wechselte und zeigte

die gegnerische Flotte. In ihrer Mitte flog das kugelförmige Schiff, das ganz offensichtlich von den anderen Raumern geschützt wurde. Janeway fragte sich, wie sie eine solche Streitmacht besiegen sollten. Mit ihren Schilden und Waffen war die *Voyager* einzelnen Qavok-Schiffen überlegen, nicht aber einer ganzen Flotte. Selbst fünf oder sechs Kriegsschiffe, die gemeinsam angriffen, hatten genug Feuerkraft, um die *Voyager* zu vernichten.

»Ich bin für jeden Vorschlag dankbar«, sagte Janeway.

Stille folgte diesen Worten, während auch weiterhin die Indikatoren der Alarmstufe Rot blinkten.

»Na schön«, sagte Janeway nach einigen langen Sekunden eines Schweigens, das wie Friedhofsstille anmutete. »Versuchen wir, das Problem ein wenig einzugrenzen. Wir wissen, dass wir mit drei oder vier Schiffen fertig werden können. Wie reduzieren wir die Anzahl der Gegner, ohne den Qavoks zu erlauben, das kugelförmige Schiff zum binären Neutronenstern zu bringen?«

Wieder schwiegen die Brückenoffiziere. Schließlich fragte Kim zögernd: »Was ist mit dem Shuttle, Captain?«

»Natürlich«, sagte Janeway. »Ausgezeichnete Idee, Fähnrich.«

Mit seinen Schilden und Waffen war der Shuttle stark genug, um gegen zwei oder drei Kriegsschiffe der Qavoks anzutreten. Und vielleicht fand Tuvok sogar eine Möglichkeit, auf das kugelförmige Schiff zu feuern, wenn die Eskorte von der *Voyager* abgelenkt wurde. Wenn es ihnen gelang, die Qavoks aufzuhalten, blieben ihnen anschießend noch acht Minuten, um die Yacht zu starten, mit dem Shuttle zu verbinden und in Position zu bringen. Die Zeit wurde sehr knapp, aber es konnte klappen.

»Janeway an Shuttle. Tuvok?«

»Ich höre Sie, Captain.«

»Ich glaube, beim Kampf brauchen wir Ihre Hilfe.«

»Ja, Captain«, erwiderte der Vulkanier.

»Warten Sie. Ich schicken Ihnen einen Kopiloten.«

»Das ist nicht nötig«, sagte Tuvok. »Lieutenant Tyla sitzt neben mir und kann mir dabei helfen, den Shuttle zu fliegen. Dr. Maalot hat an den Kommunikationskontrollen Platz genommen.«

»Dr. Maalot, Lieutenant Tyla ... Sind Sie bereit, uns bei dieser Sache zu helfen?«

»Gern«, erwiderte der Lekk-Wissenschaftler. In seiner Stimme erklang ein Hauch von Furcht, aber auch die Bereitschaft zu helfen.

»Es wäre mir eine Ehre, den Shuttle zusammen mit Mr. Tuvok zu fliegen«, sagte Tyla.

»Danke«, erwiderte Janeway. »Starten Sie, sobald Sie bereit sind. Hoffen wir, dass wir nach dem Kampf Gelegenheit bekommen, den Shuttle mit der Yacht zu verbinden.«

»Captain ...«, warf Chakotay ein. »Was ist mit dem Gravitationswellen-Akkumulator?«

In Janeways Magengrube krampfte sich etwas zusammen. Chakotay hatte Recht. Auf keinen Fall durfte der Shuttle mit dem Behälter voller Energie in den Kampf gegen die Qavoks fliegen.

»Torres zum Shuttlehangar«, sprach Janeway ins Kom-System. »Notfall.«

»Bin unterwegs«, erklang die Stimme der Chefingenieurin aus dem Lautsprecher.

»Warten Sie, Tuvok«, wandte sich Janeway an den Vulkanier. »Wir müssen zuerst den Akkumulator von Bord bringen.«

»Dr. Maalot bereitet ihn schon auf den Transport vor«, sagte Tuvok.

Janeway drehte den Kopf und warf Chakotay einen erleichterten Blick zu.

»Wie viel Zeit bleibt uns noch, Fähnrich?«, fragte sie dann.

»Acht Minuten«, antwortete Kim.

»Wir könnten mit einem weiteren Countdown beginnen«, schlug Paris vor.

»Bedienen Sie die Navigationskontrollen, Mister«, sagte Janeway.

Tom kehrte ihr den Rücken zu, aber bestimmt lächelte er.

Torres wäre fast gegen die Tür des Hangars geprallt, weil sie sich zu langsam öffnete. Sie eilte in den großen Raum und sah, wie Dr. Maalot und Tuvok gemeinsam an dem Gravitationswellen-Akkumulator arbeiteten. Es bestand nicht die Gefahr, dass sich ein Riss in ihm bildete. Nein, nicht die geringste. B'Elanna war sicher, dass die gespeicherte Energie auch weiterhin in dem Behälter gefangen blieb, ohne eine Möglichkeit, sich plötzlich zu entladen.

Sie sah durch die offene Luke. »Was ist los?«

»Der Shuttle nimmt am bevorstehenden Kampf teil«, erklärte Tuvok. »Bevor wir starten können, müssen wir den Akkumulator an Bord der Yacht unterbringen.«

Torres nickte. »Gefechtsmanöver mit dem Behälter an Bord wären tatsächlich viel zu gefährlich.«

»Er ist fast für den Transport bereit«, meinte Dr. Maalot.

»Treten Sie zurück«, sagte B'Elanna.

Der Lekk-Wissenschaftler kam ihrer Aufforderung sofort nach und sie sondierte den Akkumulator.

Alles in Ordnung.

Nichts deutete auf Instabilität hin.

Gut.

Torres nahm das Antigravmodul, befestigte es am Akkumulator und ließ ihn aufsteigen, als Tuvok die Befestigungen löste. Sie hatte dabei das unangenehme Gefühl, mit einem entschärften Torpedo umzugehen, der explodieren konnte, wenn er an die Wand stieß. Aber das war natürlich Unsinn. Immerhin hatte sie nicht die geringste Instabilität festgestellt. Es drohte keine Gefahr.

Vorsichtig dirigierte B'Elanna den Akkumulator durch die offene Luke in den Hangar.

»Jetzt können Sie starten!«, rief sie Tuvok über die Schulter hinweg zu.

Tuvok nickte wortlos und schloss die Luke.

»Nun, ich wünsche auch Ihnen alles Gute«, sagte B'Elanna, obwohl der Vulkanier sie gar nicht mehr hören konnte.

»Wie sieht's bei Ihnen aus, B'Elanna?«, ertönte Janeways Stimme aus den Kom-Lautsprechern.

»Ich habe den Akkumulator aus dem Shuttle geholt, der jetzt startet. Ich bringe den Behälter an Bord der Yacht unter.«

»Einverstanden«, erwiderte Janeway und schloss den internen Kom-Kanal.

B'Elanna wich an die Wand zurück, als der Shuttle dem sich öffnenden Außenschott und dem Kraftfeld entgegenglitt, das die Atmosphäre daran hinderte, in die Leere des Alls zu entweichen.

Wenige Sekunden später hatte das kleine Raumschiff den Hangar verlassen und das Außenschott schloss sich.

»Na schön«, murmelte B'Elanna und wandte sich wieder dem Akkumulator zu. »Jetzt bringe ich dich an Bord der Yacht unter und anschließend mache ich mich wieder an die Arbeit.«

Eine Minute vor dem Beginn des Kampfes war der Behälter sicher in der Yacht verstaut und Torres lief durch die Korridore der *Voyager*. Ihr Ziel war der Maschinenraum. Angesichts der großen Übermacht, mit der es das Föderationsschiff zu tun bekam, wurde sie bestimmt bald gebraucht.

19

»Shuttle ist gestartet«, meldete Kim. Janeway sah zum Hauptschirm, der dreizehn Qavok-Kriegsschiffe zeigte, die sich schnell näherten und den kugelförmigen Raumer in ihrer Mitte schützten. Sie sahen aus wie ein Vogelschwarm. Wie ein Schwarm aus großen, hässlichen Vögeln.

Die Kommandantin atmete tief durch und versuchte, die Anspannung aus ihren Schultern zu vertreiben. Es handelte sich um Qavok-Schiffe, nicht um klingonische oder cardassianische. Einzeln konnten sie es nicht mit der *Voyager* aufnehmen. Janeway stellte sie sich als ein Rudel verwilderter Hunde vor – nur als Gruppe konnten sie gefährlich werden.

»Wann kommen die Qavoks in Waffenreichweite?«, fragte sie.

»In fünf Minuten«, antwortete Chakotay. »In acht Minuten müssen sie das Bombenschiff in Position bringen.«

»Das Bombenschiff?«, wiederholte Janeway und sah zum Ersten Offizier. Ihre Lippen deuteten ein Lächeln an.

Chakotay bediente die Kontrollen von Tuvoks Station. Er zuckte mit den Schultern. »Eine angemessene Bezeichnung, finden Sie nicht?«

»Ja«, bestätigte Janeway. »Mr. Kim, bitte öffnen Sie ein Fenster auf dem Hauptschirm und lassen Sie dort eine schematische Darstellung erscheinen. Ich möchte ständig über die Position des Gegners informiert sein.«

»Verstanden«, sagte Kim. Wenige Sekunden später zeigte das zentrale Projektionsfeld die gewünschte Darstellung. In der Mitte befand sich der binäre Neutronenstern. Die roten Punkte der Qavok-Schiffe näherten sich von links. Das Bombenschiff war schwarz, das Forschungsschiff der Xorm orangefarben. Grüne Punkte markierten die *Voyager* und den Shuttle.

»Fähnrich, öffnen Sie einen Kom-Kanal zwischen der *Voyager* und dem Shuttle und halten Sie ihn offen.«

»Kom-Kanal geöffnet, Captain.«

»Mr. Tuvok?«, fragte Janeway.

»Einen Augenblick«, erklang Maalots Stimme.

Die Kommandantin lächelte.

»Ja, Captain?«, erwiderte Tuvok.

»Ich greife von rechts an. Nehmen Sie sich die linke Seite vor und eröffnen Sie das Feuer, sobald Sie in Reichweite sind. Bei diesem Kampf braucht die *Voyager* jede Hilfe, die sie bekommen kann.«

»Verstanden, Captain«, erwiderte Tuvok. »Lieutenant Tyla hat bei ihren Analysen der militärischen Daten eine schwache Stelle in den Schilden der Qavok-Kriegsschiffe entdeckt: der untere Heckbereich.«

»Unterer Heckbereich«, wiederholte Janeway und sah zu Chakotay, der kurz nickte. »Alles klar.«

»Die betreffende Stelle befindet sich über dem Maschinenraum«, fügte Tuvok hinzu. »Ein Treffer dort müsste das Triebwerkspotential des Schiffes neutralisieren.«

»Ausgezeichnet«, sagte Janeway. »Richten Sie Lieutenant Tyla meinen Dank aus. Tuvok, wir ändern den Plan. Sie bleiben in dieser Position. Ich bringe die *Voyager* hinter die Flotte und greife von hinten an.«

»Ja, Captain«, entgegnete der Vulkanier.

»Tom«, sagte Janeway, »berechnen Sie einen Kurs, der uns hinter die Flotte und dort in Phaserreichweite bringt, und zwar mit Warp sechs.«

»Warp sechs? Oh, ich verstehe. Sie wollen an den Qavoks vorbei, ohne dass sie Gelegenheit bekommen, auf uns zu feuern.«

»Genau«, sagte Janeway. »Halten Sie das für möglich?«

»Ich denke schon.«

»Also los.«

»Chakotay ...« Janeway sah erneut zum ersten Offizier. »Programmieren Sie den Computer: automatisches Feuer auf die Heckschilde der Qavok-Schiffe, unmittelbar nach dem Warptransfer.«

»Verstanden«, sagte der Erste Offizier.

»Kurs berechnet und eingegeben«, meldete Tom Paris.

»Sind Sie so weit, Commander?«, fragte Janeway.

»Ja«, bestätigte Chakotay.

»Transfer einleiten, Tom.«

Die *Voyager* drehte sich ein wenig, beschleunigte abrupt auf Warpgeschwindigkeit und raste über die Flotte hinweg, bevor der Feind begriff, was geschah. Kurze Zeit später drehte Paris das Schiff erneut, als es sich den Kriegsschiffen von hinten näherte.

»Ende des Warptransfers in zehn Sekunden«, sagte der Pilot.

»Phaser bereit«, meldete Chakotay.

Janeway saß im Kommandosessel und beobachtete die Ereignisse so, als geschähen sie in Zeitlupe.

Dreizehn in Formation fliegende Kriegsschiffe glitten an ihnen vorbei in Richtung des binären Neutronensterns. Die Bewegung der *Voyager* in der schematischen Darstellung schien zunächst auf Flucht hinzudeuten, aber dann kehrte der grüne Punkt zur Flotte zurück, näherte sich ihr von hinten.

»Drei«, sagte Tom. »Zwei. Eins. Ende des Warptransfers.«

Sofort entluden sich die Phaser der *Voyager*.

Strahlblitze zuckten durchs All.

Doch die Schilde der Qavok-Schiffe hielten. Jeder Phaserstrahl der *Voyager* sorgte dafür, dass ein Qavok-Heckschild aufleuchtete und rot flackerte, ohne vollkommen instabil zu werden und sich aufzulösen

Bei der *Unbesiegbar* hatten die Schilde der destruktiven Energie nicht annähernd so gut standgehalten.

»Es ist den Qavoks irgendwie gelungen, ihre Schilde zu verbessern«, sagte Kim. »Ich weiß nicht, wie sie es angestellt haben, aber die Sensoren stellen eine um fünfzig Prozent höhere Kapazität fest.«

»Längere Phaserentladungen!«, befahl Janeway. »Chakotay, erhöhen Sie auf zwei Sekunden.«

Der Erste Offizier nickte, ohne von den Kontrollen aufzusehen. Die *Voyager* erzitterte, als sich ihre Phaserkanonen erneut entluden. Diesmal verloren die Kriegsschiffe ihre Schilde, aber das Phaserfeuer hörte auf, bevor sich die Strahlen in den metallenen Leib der Raumer bohren konnten.

»Ich erhöhe auf drei Sekunden!«, rief Chakotay.

»Tuvok«, sagte Janeway, »die Phaser müssen mindestens drei Sekunden lang feuern.«

»Verstanden«, bestätigte der Vulkanier.

Sechs Qavok-Schiffe drehten und wandten sich der *Voyager* zu. Die sieben anderen blieben bei dem Bombenschiff und flogen auch weiterhin in Richtung Shuttle.

Vier gegnerische Raumer feuerten gleichzeitig.

Die *Voyager* schüttelte sich.

»Schilde stabil«, berichtete Kim. »Kapazität bei neunzig Prozent.«

Janeway nickte. Glücklicherweise hatte sich an der Waffenstärke der Qavoks nichts geändert.

»Feuer«, sagte Chakotay.

Bei zwei Qavok-Schiffen flackerten die Schilde rot und verschwanden dann. Unmittelbar darauf explodierten die beiden Raumer.

»Zwei weniger«, sagte Tom Paris. »Es bleiben elf übrig.«

Die anderen vier Schiffe feuerten erneut.

Die Bugschilde der *Voyager* mussten mit direkten Treffern fertig werden. Diesmal kam es zu so heftigen Erschütterungen, dass Janeway fast aus dem Kommandosessel geschleudert worden wäre.

Chakotay betätigte Schaltelemente und einmal mehr entluden sich die Phaser der *Voyager*.

Bei zwei weiteren Qavok-Schiffen flackerten die Schilde und verschwanden. Wieder kam es zu zwei heftigen Explosionen.

»Kapazität der Schilde auf sechzig Prozent gesunken«, sagte Kim. »Aus allen Abteilungen treffen Schadensberichte ein.«

Die beiden verbliebenen Schiffe schlossen zur Hauptgruppe auf. Die Flotte des Gegners bestand jetzt nicht mehr aus dreizehn Raumern, sondern nur noch aus neun.

»Wann kommt die Flotte in Waffenreichweite des Shuttles?«, fragte Janeway.

»In zwei Minuten und dreißig Sekunden«, antwortete Kim.

»Mr. Paris, können Sie uns rechtzeitig in die Nähe des Shuttles bringen?«

»Ich kann es zumindest versuchen.«

»In Ordnung«, sagte Janeway. »Ändern Sie den Kurs. Und geben Sie Mr. Tuvok Bescheid, dass wir unterwegs sind.«

Sie lehnte sich zurück und betrachtete die schematische Darstellung. Bisher lief die Sache nicht besonders gut. Nein, ganz und gar nicht.

Der erste Versuch war praktisch fehlgeschlagen. Sie hätten die Flotte auf die Hälfte schrumpfen lassen müssen, um eine Chance zu haben. Hinzu kam, dass es den Qavoks gelungen war, ihre Schilde zu verstärken –

dadurch wurde alles noch schwerer. Die *Voyager* – vom Shuttle ganz zu schweigen – konnte unmöglich dem gleichzeitigen Feuer von sechs oder sieben Kriegsschiffen standhalten.

Tom berechnete den Kurs und gab die Daten ein.

Janeway glaubte fast, das Ticken der verstreichenden Sekunden zu hören. Stille herrschte auf der Brücke, die lauteste Stille, die sie je gehört hatte.

Plötzlich sprang das Schiff wieder in den Warptransit, raste dem binären Neutronenstern und dem Tod entgegen, der dort wartete.

Vielleicht ließ er sich nicht überlisten.

Aber sie mussten wenigstens versuchen, das Bombenschiff aufzuhalten.

Und anschließend ging es darum, die Flugbahn des primären Neutronensterns zu beeinflussen.

Lieutenant Tyla beobachtete, wie sich die Qavok-Flotte dem kleinen Shuttle der *Voyager* näherte. Tuvok hatte ihr die Kontrollen der Phaser überlassen und sie wusste genau, worauf es ankam. Dennoch zitterten ihre Hände ein wenig. Das geschah zum ersten Mal, soweit sie sich zurückerinnern konnte.

Aber dies war auch das erste Mal, dass sie sich mit einem kleinen Shuttle neun Kriegsschiffen der Qavoks zum Kampf stellte.

Mit wachsender Besorgnis hatte sie den fehlgeschlagenen Versuch der *Voyager* beobachtete, die Flotte zu halbieren. Sie hätte an die Möglichkeit denken und Captain Janeway darauf hinweisen sollen, dass die Qavoks ihre Schilde verstärkten. Vermutlich zogen die Qavoks Energie von allen anderen Bordsystemen ab, um die Kapazität ihrer Schutzschirme zu erhöhen. Vermutlich senkten sie für den Kampf sogar das energetische Niveau der Lebenserhaltungssysteme – so etwas traute Tyla den Qavoks durchaus zu.

»Lieutenant?«, fragte Tuvok. »Sind Sie so weit?«
»Ja«, antwortete Tyla.
»Noch eine Minute und fünfzehn Sekunden. Phaser vorbereitet?«
»Ja, Sir«, bestätigte die Lekk.
»Halten Sie sich in Bereitschaft.«
»Bevor der Kampf beginnt ...«, sagte Dr. Maalot. »Ich möchte Ihnen danken, Lieutenant Tyla.«
Die junge Frau drehte den Kopf und sah zum Wissenschaftler, der ihr während der letzten Tage Gesellschaft geleistet hatte. »Warum?«
Maalot lachte, aber es klang ein wenig nervös. »Weil ich Gelegenheit bekam, einen binären Neutronenstern aus der Nähe zu untersuchen, mit Instrumenten, von denen ich bis vor einigen Tagen nicht einmal zu träumen wagte.«
»Das freut mich«, erwiderte Tyla.
»Nein, Sie verstehen nicht. Für den Fall, dass wir die nächsten Minuten nicht überleben ... Ich danke Ihnen dafür, dass Sie mich bis hierher brachten, dass Sie mich vor den Qavoks retteten und ich eine Chance erhielt, für die die meisten Wissenschaftler in der Galaxis ihr Leben geopfert hätten. Es war die Sache wert.«
»Gern geschehen.« Tyla lächelte. »Aber ich habe nicht die Absicht, während der nächsten Minuten zu sterben. Möchten Sie nicht am Leben bleiben, um die Explosion des sekundären Neutronensterns zu beobachten?«
»Natürlich«, entgegnete Maalot und lächelte ebenfalls.
»Dann halten Sie durch und helfen Sie, so gut Sie können«, sagte Tyla. »Es könnte ziemlich ungemütlich werden, aber wir schaffen es.«
Sie drehte sich wieder um und nickte Tuvok zu, der das Nicken erwiderte. Maalot gegenüber hatte sie versucht, zuversichtlich zu klingen, aber sie wusste leider, dass ihre Aussichten nicht besonders gut waren.

»Noch fünfzehn Sekunden«, sagte Tuvok.

»Die *Voyager* nähert sich von steuerbord«, erwiderte Tyla.

Ihr war nach Jubeln zumute. Sie hatte befürchtet, sich der Flotte allein zum Kampf stellen zu müssen, ohne eine echte Chance, den Gegner zu besiegen.

»Tuvok«, ertönte Janeways Stimme aus dem Kom-Lautsprecher, »drehen Sie abrupt nach backbord ab, sobald Sie in Waffenreichweite sind. Versuchen Sie, die beiden ersten Schiffe auf jener Seite zu vernichten, und ziehen Sie sich anschließend zurück.«

»Ja, Captain«, entgegnete der Vulkanier.

»Verstanden«, sagte Tyla. »Zielerfassung auf die beiden ersten Schiffe des linken Flügels. Phaser einsatzbereit.«

»Noch fünf Sekunden«, teilte Tuvok ihr mit.

Für Tyla schien die Zeit an dieser Stelle fast stillzustehen.

Ihre Finger verharrten über den Waffenkontrollen.

»Zwei.«

Gleich war es so weit …

»Eins.«

Noch eine letzte Sekunde …

»Jetzt«, sagte Tuvok.

Tyla feuerte die Phaser ab und der Shuttle erzitterte leicht. Zwei Strahlen rasten durchs All, trafen die ersten beiden Kriegsschiffe und sorgten dafür, dass sich ihre Schilde verfärbten: Sie wurden erst rot und dann schwarz.

Die Schutzschirme flackerten ein letztes Mal und verschwanden.

»Ja!«, rief Tyla.

Die Phaserstrahlen brannten sich einen Weg ins Innere der beiden Schiffe.

Nach einer Sekunde explodierte einer der beiden Raumer und große, glühende Trümmerstücke flogen durchs All, dem Shuttle entgegen.

Plötzlich herrschte Chaos.

Tuvok wollte nach backbord ausweichen, aber Tyla wusste, dass es zu spät war. Drei Kriegsschiffe feuerten gleichzeitig und der kleine Shuttle wurde wie ein Kinderspielzeug fortgeschleudert.

»Die Schilde versagen!«, rief Dr. Maalot, als Funken aus den Konsolen stoben und Rauch durch die Pilotenkanzel wehte.

Tyla wäre fast aus dem Sessel gefallen. Irgendwie gelang es ihr, sich festzuhalten und erneut die Phaser einzusetzen.

Das zweite Kriegsschiff explodierte ebenfalls und Tyla richtete die Zielerfassung auf einen der feuernden Raumer.

»Impulstriebwerk ausgefallen«, sagte Tuvok. »Ich versuche, den Warptransfer einzuleiten.«

»Kapazität der Schilde auf zwanzig Prozent gesunken«, meldete Maalot. Seine schrille Stimme machte deutlich, dass er der Panik nahe war.

Phaserstrahlen ließen eins der feuernden Schiffe explodieren. Aber zwei weitere Kriegsschiffe gesellten sich den beiden restlichen Angreifern hinzu und ihre destruktive Energie schüttelte den Shuttle noch heftiger durch.

Wieder stoben Funken und Stichflammen leckten aus zwei Instrumententafeln neben Dr. Maalot. Der Lekk-Wissenschaftler verlor den Halt und fiel zu Boden.

Rauch drang in Tylas Lungen und sie musste husten. Trotzdem betätigte sie auch weiterhin die Kontrollen der Phaser. Sie wollte den Kampf gegen die Qavoks fortsetzen, solange noch Kraft in ihr steckte.

»Beschleunigung auf Warpgeschwindigkeit«, sagte Tuvok. »Jetzt.«

Die Kriegsschiffe verschwanden, als der Warptransfer des Shuttles begann.

Fast sofort fiel er wieder in den Normalraum zurück.

»Warptriebwerk ausgefallen«, stellte Tuvok fest. »Wir sind manövrierunfähig.«

»Wir haben drei Kriegsschiffe vernichtet«, sagte Tyla, als sie eine rasche Sondierung vornahm. »Ein viertes ist beschädigt.«

»Zu mehr sind wir leider nicht imstande«, erwiderte Tuvok.

»Wir können nicht in den Kampf zurückkehren?«, entfuhr es Tyla. »Warum nicht?«

»Wie ich schon sagte«, antwortete Tuvok ruhig. »Unsere Triebwerke sind ausgefallen und lassen sich nicht sofort reparieren.«

»Unsere Schilde funktionieren noch«, meinte Dr. Maalot, als er aufstand und wieder an den Kontrollen Platz nahm. »Allerdings mit einer Kapazität von nur noch zwanzig Prozent.«

Tyla sah auf die Anzeigen vor ihr. »Und unsere Phaser funktionieren. Allerdings gibt es hier nichts, auf das wir schießen könnten.«

»In der Tat«, bestätigte Tuvok. »Wir können nur hoffen, dass die *Voyager* den Sieg erringt oder wir Gelegenheit erhalten, uns noch einmal zu verteidigen. Dr. Maalot, bitte versuchen Sie, unsere Schilde zu verstärken. Lieutenant, halten Sie sich in Bereitschaft für den Fall, dass sich der Gegner nähert.«

»Was haben Sie vor?«

»Ich werde mich bemühen, wenigstens die Manövrierdüsen einsatzfähig zu machen.«

Tyla nickte, als Tuvok aufstand und die Pilotenkanzel verließ.

Plötzlich fühlte sie sich ebenso allein wie an Bord der Yacht, als sie an den Navigationskontrollen gesessen und auf den Tod gewartet hatte. Aber diesmal konnte sie sich wirkungsvoll zur Wehr setzen, wenn die Qavoks versuchten, dem Shuttle den Gnadenstoß zu versetzen. Sie würde noch einige mehr von ihnen ins Jenseits schicken, bevor sie starb.

Der Bildschirm zeigte, wie die *Voyager* außerhalb der

Waffenreichweite des Shuttles den Kampf ihres Lebens focht. Tyla konnte ihr nicht helfen.

Die Umstände zwangen sie, sich auf die Rolle des Beobachters zu beschränken.

Und das verabscheute sie.

Sie verabscheute es mehr als alles andere.

Sie war Soldat. Ihre Aufgabe bestand darin zu kämpfen.

Doch sie konnte nur zusehen …

20

Janeway hielt sich an den Armlehnen des Kommandosessels fest, als heftige Erschütterungen die *Voyager* erfassten. Für ein oder zwei Sekunden trübte sich das Licht; dann funktionierte die Energieversorgung wieder. Der Hauptschirm zeigte, dass es ihnen gelungen war, zwei weitere Kriegsschiffe zu vernichten. Aber irgendwie hatten die Qavoks es geschafft, ihre Schilde noch weiter zu verstärken. Janeway fragte sich, wie es ihnen gelungen war, ein solches Wunder zu vollbringen. Eines stand fest: Die *Voyager* geriet dadurch in Schwierigkeiten, in große Schwierigkeiten.

Die letzte Salve des Gegners hatte dazu geführt, dass die *Voyager* ihre Phaser und Photonentorpedos nicht mehr einsetzen konnte. Sie war jetzt praktisch eine hilflose Zielscheibe. Janeway sah zum Projektionsfeld und beobachtete, wie die sechs restlichen Qavok-Schiffe ihre Formation veränderten: Drei übernahmen die Spitze und die drei anderen eskortierten das Bombenschiff.

»B'Elanna, wir brauchen die Phaser«, sagte Janeway.

Sie erwartete keine Antwort. Torres arbeitete, so schnell sie konnte, um die beschädigten Systeme zu reparieren.

Wenn es ihr nicht bald gelingt, das Problem zu beseitigen, sind wir erledigt, dachte die Kommandantin.

Sie lehnte sich zurück, konzentrierte ihre Gedanken auf die aktuelle Situation und suchte nach einem Ausweg.

Der Shuttle hatte bei dem Kampf einen wichtigen Beitrag geleistet, als er die Flotte von der Seite angriff und drei Schiffe zerstörte, bevor er selbst getroffen wurde. Es war Tuvok gelungen, sich mit einem kurzen Warptransfer abzusetzen, weit genug, um in Sicherheit zu sein. Zunächst einmal.

Derzeit schwebte der Shuttle antriebslos im All. Die Kom-Verbindung war unterbrochen, aber eine Sensorsondierung hatte bestätigt, dass alle Personen an Bord lebten. Janeway bezweifelte, dass das kleine Raumschiff in seinem gegenwärtigen Zustand für einen Einsatz in unmittelbarer Nähe des sekundären Neutronensterns tauglich war.

So viel zu ihrem bisherigen Plan, die Flugbahn des primären Sterns zu beeinflussen. Wenn es ihnen gelang, die Absichten der Qavoks zu vereiteln … Dann entschied allein die Natur über den Kurs des primären Neutronensterns.

Wieder erbebte die *Voyager*.

»Kapazität der Schilde auf vierzig Prozent gesunken«, meldete Fähnrich Kim.

»B'Elanna?«

»Es ist aussichtslos, Captain.« Ärger und Enttäuschung vibrierten in B'Elannas Stimme. »Die Phaserkontrollen sind vollkommen durchgebrannt. Wir müssen mindestens drei Stunden lang ohne Waffen zurechtkommen. Leider lassen sich die beschädigten Systeme nicht umgehen.«

Janeway schlug mit der Faust auf die Armlehne des Kommandosessels.

»Bringen Sie uns in einen niedrigeren Orbit, Tom«, sagte sie. »Dadurch gewinnen wir einige Minuten Zeit.«

Paris kam der Aufforderung nach, als sich das Schiff erneut schüttelte.

»Kapazität der Schilde bei dreißig Prozent«, sagte Kim. »Noch zwei oder drei solche Treffer und wir verlieren die Schutzschirme.«

»Verstanden«, erwiderte Janeway. »Volle Energie in die Bugschilde. Halten Sie sie stabil.«

Wenn ihr nicht bald etwas einfiel, ging der lange Flug zurück zum Alpha-Quadranten hier zu Ende.

Einmal mehr sah sie zum Bildschirmfenster mit der schematischen Darstellung. Sechs Kriegsschiffe näherten sich. Unter der *Voyager*, in einem niedrigeren Orbit, befand sich das Xorm-Schiff und wartete darauf, ebenfalls an die Reihe zu kommen. Janeway hatte gehofft, der *Gravitation* den Kampf ersparen zu können. Aber jetzt deutete alles darauf hin, dass sich Captain Fedr und seine Crew schon sehr bald verteidigen mussten.

Der Bildschirm zeigte auch die *Unbesiegbar*, nach wie vor in der Umlaufbahn des binären Neutronensterns, ohne Schilde, ohne Waffen- und Triebwerkspotential. Derzeit befand sie sich auf der anderen Seite des Doppelsterns.

Und der zweite grüne Punkt: der Shuttle, fast am Rand der schematischen Darstellung, antriebslos, ohne eine Möglichkeit, in das Geschehen einzugreifen.

Die *Voyager* erzitterte heftig, als vier der sechs Kriegsschiffe gleichzeitig feuerten. Funken stoben aus drei Konsolen und Rauchschwaden bildeten sich.

Und dann plötzlich war die Lösung des Problems da. Der stark beschädigte Shuttle bot einen Hinweis. Sie hatten die Yacht damit verbinden wollen, aber jener Plan war inzwischen wertlos. Warum also die Yacht nicht verwenden, um ihnen allen das Leben zu retten?

»B'Elanna ...«, sagte Janeway. »Sie haben genau eine Minute Zeit, um die Yacht zu starten und in Richtung der Kriegsschiffe fliegen zu lassen.«

»Verstanden, Captain«, erwiderte Torres. »Gute Idee. Ich bin zum Hangar unterwegs. Aber ich muss die Yacht mit dem Traktorstrahl nach draußen befördern.«

»Ergreifen Sie alle notwendigen Maßnahmen«, sagte Janeway. »Sorgen Sie nur dafür, dass das kleine Schiff zur Qavok-Flotte fliegt.«

»Ja, Captain.«

»Und bevor Sie die Yacht auf die Reise schicken … Bringen Sie an Bord eine Sprengladung unter, die den Warpkern dreißig Sekunden nach dem Start kollabieren lässt. Verstanden?«

»Und ob, Captain«, entgegnete B'Elanna atemlos. »Außerdem habe ich vor, den Gravitationswellen-Akkumulator an Bord zu lassen.«

»Natürlich.« Janeway lächelte.

»In fünfzig Sekunden bin ich soweit«, versprach B'Elanna.

»Werden die Qavoks nicht sofort das Feuer auf die Yacht eröffnen, sobald sie den Schutz unserer Schilde verlässt?«, fragte Kim.

»Ich hoffe nicht«, antwortete Janeway. »Bestimmt will kein Qavok-Captain die Verantwortung dafür übernehmen, die Yacht des Prinzen zerstört zu haben.«

»Sie soll inmitten der gegnerischen Flotte explodieren«, sagte Chakotay. »Gute Idee.«

»Hoffentlich klappt's«, erwiderte Janeway. »Andernfalls könnten wir genauso mit unseren Stiefeln nach den Qavoks werfen.«

»Dreißig Sekunden«, ertönte B'Elannas Stimme aus den Brückenlautsprechern.

»Immer wieder ein Countdown«, brummte Tom und schüttelte den Kopf.

»Stellen Sie eine Verbindung mit den Qavoks her«, sagte Janeway. »Nur Audio.«

»Kom-Kanal geöffnet«, meldete Kim, als die *Voyager* erneut von einer Salve getroffen wurde.

»Qavok-Krieger«, begann Janeway, »unser Volk ehrt seine größten Soldaten mit Trophäen und Auszeichnungen. Sie haben heute gut gekämpft. Wir ehren Sie, indem wir Ihnen wie versprochen die Yacht des Prinzen zurückgeben – vor unserem letzten Kampf.«

Sie schloss den Kom-Kanal.

»Ob die Qavoks darauf hereinfallen?«, fragte Chakotay.

»Keine Ahnung«, sagte Janeway. »Aber wenigstens können sie nicht von mir behaupten, dass ich meine Versprechen nicht halte.«

Paris lachte und schüttelte den Kopf.

»Die Yacht wird gestartet«, meldete B'Elanna. »Zünder der Sprengladung auf dreißig Sekunden eingestellt. Countdown läuft ab *jetzt*.«

»Tom ...«, wandte sich Janeway an den Piloten. »Bitte sagen Sie mir, dass unser Impulstriebwerk funktioniert.«

Paris drehte den Kopf und lächelte. »Wir haben Impulskraft, Captain. Und auch Warppotential.«

»Dann bringen Sie uns zwischen die Explosion und den Shuttle. Steuern Sie die *Voyager* so nahe wie möglich an den Shuttle heran, für den Fall, dass seine Schilde zu schwach sind.«

»Auch unsere Schutzschirme haben gelitten«, sagte Fähnrich Kim. »Ihre Kapazität liegt bei sechsundzwanzig Prozent.«

»Also los, Tom«, wies Janeway den Piloten an. »Bringen Sie uns fort von hier.«

Der Hauptschirm zeigte, wie die Yacht der Qavok-Flotte und dem Bombenschiff in seiner Mitte entgegenflog.

Tom steuerte die *Voyager* in einem weiten Bogen zum Shuttle und drehte sie dort, sodass der Bug in Richtung der Qavok-Kriegsschiffe wies, die jetzt außer Waffenreichweite waren.

»Noch fünfzehn Sekunden«, sagte Chakotay.

»Die Schilde verstärken«, ordnete Janeway an.

»Ich gebe mir alle Mühe, Captain«, erwiderte Kim.

»Die Qavoks fallen tatsächlich darauf herein«, meinte Chakotay.

»Zum Glück haben Sie nie vom Trojanischen Pferd gehört«, sagte Tom Paris.

»Ich habe eine Kom-Verbindung mit dem Shuttle hergestellt«, meldete Kim.

»Tuvok?«, fragte Janeway.

»Ich höre Sie, Captain«, erklang die Stimme des Vulkaniers aus den Kom-Lautsprechern.

»Wie steht's mit Ihren Schilden?«

»Ihre Kapazität liegt bei dreißig Prozent«, antwortete Tuvok.

»Na schön«, sagte Janeway. »Halten Sie sich gut fest. Bei dieser Entfernung könnten wir ein wenig durchgeschüttelt werden.«

»Captain?« Janeway stellte sich vor, wie Tuvok eine Braue wölbte.

»Sie werden es in einigen Sekunden verstehen. Wie gesagt: Halten Sie sich fest.«

Ein Kriegsschiff zog die Yacht mit einem Traktorstrahl näher. Zwei andere Kriegsschiffe eskortierten das Bombenschiff an der Yacht vorbei zum binären Neutronenstern.

Janeway hielt unwillkürlich den Atem an. Wenn die Yacht nicht explodierte, drohte dem Heimatsystem der Lekk die Zerstörung. Das Forschungsschiff der Xorm konnte die Qavoks wohl kaum daran hindern, ihren unheilvollen Plan durchzuführen.

»Fünf Sekunden«, sagte Fähnrich Kim.

»Vier.«

»Drei.«

»Ich hasse das«, brummte Paris.

»Zwei.«

»Achtung, festhalten«, ertönte Janeways Stimme überall an Bord aus den Lautsprechern der internen Kommunikation.

»Eins.«

»Jetzt.«

Weißes Licht füllte den Hauptschirm.

Blendendes Weiß.

Grelles Weiß.

Die elektronischen Filter reagierten zu spät und konnten nicht verhindern, dass die plötzliche Lichtflut in Janeways Augen schmerzte.

Dann kam die energetische Druckwelle.

Sie erwies sich als sehr intensiv.

Die Faust eines Giganten schien die *Voyager* zu treffen. Die Erschütterungen waren so heftig, dass Janeway aus dem Kommandosessel geschleudert und auf den Boden geworfen wurde. Der Aufprall presste ihr die Luft aus den Lungen und ließ bunte Sterne vor ihren Augen entstehen.

Das Licht flackerte und einige Sekunden lang war es dunkel auf der Brücke. Dann wurde es wieder hell.

Ein dumpfes Donnern erklang, wie bei einem Erdbeben, vibrierte im Boden, in den Wänden, auch in den Konsolen.

Und dann war plötzlich alles vorbei.

Die Erschütterungen hörten auf und von einem Augenblick zum anderen herrschte wieder Stille.

Schmerzen stachen in Janeways Schulter und hinter ihrer Stirn, aber sie achtete nicht darauf, erhob sich und blickte zum Hauptschirm. Er zeigte nach wie vor den binären Neutronenstern, nicht aber die Qavok-Flotte. Nur noch einige durchs All treibende Trümmer erinnerten an die Kriegsschiffe der Qavoks.

»Sind alle in Ordnung?«, fragte die Kommandantin und sah sich um.

Kim saß wieder an seiner Konsole und Chakotay stand langsam auf. Niemand schien ernsthaft verletzt zu sein.

»Captain ...«, erklang Tuvoks Stimme aus den Kom-

Lautsprechern. »Wir brauchen medizinische Hilfe. Dr. Maalot ist verletzt.«

Janeway wandte sich an Kim. »Funktioniert der Transporter?«

»Ja, Captain«, bestätigte der junge Fähnrich.

»Beamen Sie Dr. Maalot in die Krankenstation und geben Sie dem Doktor Bescheid.«

»Nach den letzten Erschütterungen hat er sicher viel zu tun«, kommentierte Chakotay.

Janeway nickte nur. Sie sah dorthin, wo eben noch die Flotte der Qavoks durch den Weltraum geflogen war. Jetzt zeigte sich in diesem Bereich nur noch leeres All.

Sie sank in den Kommandosessel und wünschte sich eine Tasse Kaffee. Doch einen solchen Luxus konnte sie sich derzeit nicht erlauben; wichtigere Dinge erforderten ihre Aufmerksamkeit.

»Stellen Sie eine Kom-Verbindung mit den Xorm her, Fähnrich. Mal sehen, wie die Situation dort beschaffen ist.«

»Kom-Kanal geöffnet«, meldete Kim.

»Ausgezeichnet, Captain«, sagte Fedr. Sein Gesicht füllte das zentrale Projektionsfeld.

»Haben Sie die Explosion gut überstanden?«

»Eigentlich bekamen wir kaum etwas davon zu spüren«, erwiderte Fedr. »Was wir unserer niedrigen Umlaufbahn verdanken. Die starke Strahlung des binären Neutronensterns scheint die energetische Druckwelle von uns fern gehalten zu haben.«

»Gut«, sagte Janeway. »Können wir Ihnen irgendwie helfen?«

»Derzeit nicht, Captain. Ich denke, wir werden unsere gegenwärtige Position noch eine Zeit lang halten und die Untersuchungen fortsetzen.«

Janeway nickte und musterte den Xorm. Irgendetwas fühlte sich falsch an, aber angesichts der heftigen Kopfschmerzen fiel es ihr schwer, konzentriert nachzudenken. Verschwieg Fedr etwas?

»Na schön«, sagte sie. »Wir nehmen notwendige Reparaturen vor und beobachten die Explosion des Neutronensterns aus sicherer Entfernung.«

»Ich gratuliere Ihnen noch einmal zu Ihrem Erfolg«, entgegnete Fedr. »Die Qavoks sind durch und durch böse. Sie haben eine fabelhafte Lösung für das Problem gefunden.«

Er lächelte noch einmal und unterbrach dann die Verbindung.

»Seltsam«, sagte Paris.

Janeway sah zum Piloten. »Wie meinen Sie das?«

»Warum bleiben die Xorm in einer so niedrigen Umlaufbahn, obgleich sie die gleichen Informationen aus einem höheren Orbit gewinnen könnten, der mehr Sicherheit bietet?«

Janeway lehnte sich zurück und versuchte, sich nicht von dem Pochen zwischen ihren Schläfen ablenken zu lassen, als sie nachdachte. Es ergab überhaupt keinen Sinn, wenn das Forschungsschiff der Xorm in einer gefährlich niedrigen Umlaufbahn blieb. Es sei denn ...

Die Kommandantin stand auf. Natürlich. Warum fiel ihr das erst jetzt ein?

»Alle herhören«, sagte sie. »Arbeit wartet auf uns und wir müssen uns beeilen, wenn wir rechtzeitig fertig werden wollen.«

»Fertig womit?«, fragte Paris.

»Wir müssen verhindern, dass der primäre Neutronenstern durch bewohnte Sonnensysteme fliegt.«

»Es bleiben nur noch wenige Minuten, Captain«, gab Chakotay zu bedenken. »Das ist viel zu knapp.«

»Ich weiß. Aber vielleicht bietet sich uns eine zweite Chance.«

»Captain ...«, sagte Kim. »Die Yacht ist explodiert, erinnern Sie sich?«

»Oh, und ob ich mich daran erinnere.« Janeway lachte und tastete vorsichtig nach der Beule an ihrem Hinterkopf. Eigentlich hätte sie die Krankenstation aufsuchen und sich dort vom holographischen Arzt untersuchen lassen sollen, aber dafür blieb keine Zeit. Glücklicherweise ließen die Kopfschmerzen allmählich nach.

Sie mussten einen Weg finden, den primären Neutronenstern in den intergalaktischen Leerraum zu schicken, ohne dass bewohnte Sonnensysteme in Gefahr gerieten.

21

»Seven?«, ertönte Captain Janeways Stimme aus den Kom-Lautsprechern im Maschinenraum der *Voyager*. Seven of Nine war mit der Reparatur der Phaser beschäftigt.

»Ja, Captain?«, erwiderte sie.

»Bitte führen Sie einige schnelle Berechnungen für mich durch«, sagte Janeway.

»Wie Sie wünschen.« Seven trat an eine Konsole heran und traf die notwendigen Vorbereitungen. »Ich höre.«

»Kennen Sie die Größe des Warpkerns eines Qavok-Kriegsschiffes?«

»Ich verfüge über entsprechende Daten.« Seven rief die Informationen ab, die aus dem Computer der Yacht stammten. Sie erschienen in einem Display.

»Wenn wir vom Kollaps eines Warpkerns ausgehen, der von einem Qavok-Kriegsschiff stammt …« Janeway sprach langsam, um sicherzugehen, dass Seven sie verstand. »Wäre es mit der dabei frei werdenden Energie möglich, den primären Neutronenstern in den leeren Raum zu lenken?«

»Einen Moment«, sagte Seven.

Sie gab die betreffenden Werte ein und begann mit der Berechnung. Während der vergangenen Stunden hatte sie diesen Vorgang so oft wiederholt, dass sie fast auf die Hilfe des Computers verzichten konnte. Sie verwendete ihn nur deshalb, um ganz sicher zu sein, dass sie der Kommandantin das richtige Ergebnis nannte.

Kurze Zeit später bekam sie ein Resultat, das ihre ursprüngliche Schätzung bestätigte.

»Ja, Captain«, sagte Seven. »Der Warpkern-Kollaps müsste an einer ganz bestimmten Stelle über dem sekundären Neutronenstern erfolgen, um dem primären Stern die gewünschte Flugbahn zu geben.«

»Wann?«, fragte Janeway.

»In sechsundzwanzig Minuten und zehn Sekunden«, antwortete Seven. »Der zeitliche Unterschied bezüglich der ursprünglichen Berechnung geht natürlich auf die differierende Energiemenge zurück, die beim Kollaps eines Qavok-Warpkerns freigesetzt wird.«

»Verstehe«, sagte Janeway. »Das hatte ich gehofft. Wenn Sie so freundlich wären, noch eine zweite schnelle Berechnung vorzunehmen ...«

»Natürlich.«

»Haben Sie die Koordinaten des Heimatsystems der Qavoks?«

»Ja.« Sevens Finger berührten Schaltflächen und die Anzeigen des Displays veränderten sich.

»Wäre es möglich, die gleiche Energiemenge zu verwenden, um den primären Neutronenstern zum Heimatsystem der Qavoks zu lenken? Und wann müsste in diesem Fall der Kollaps erfolgen?«

»Captain?«, erwiderte Seven und fragte sich, ob Captain Janeway den primären Stern durch ein bewohntes System fliegen lassen wollte.

»Bitte führen Sie die Berechnung durch«, sagte Janeway. Ihre Stimme klang kühl und rational.

Seven kam der Aufforderung nach.

»Ja, es wäre möglich«, sagte sie.

»Und der Zeitpunkt für den Kollaps?«

Seven blickte auf die Anzeigen. »In achtzehn Minuten.«

Sie hörte, wie Janeway seufzte, und danach blieb alles still.

»Captain?«, fragte sie.

»Entschuldigen Sie«, sagte Janeway. »Ich habe nur nachgedacht. Bitte lassen Sie die Arbeit, mit der Sie bisher beschäftigt waren, zunächst ruhen und überprüfen Sie noch einmal die Berechnungen in Bezug auf eine Flugbahn, die den primären Neutronenstern in den intergalaktischen Leerraum bringt. Dann sind wir wenigstens bereit, wenn wir mit dem Rest Erfolg haben.«

»Ich fürchte, ich verstehe nicht ganz«, sagte Seven.

»Sie werden es verstehen«, erwiderte Janeway. »Kontrollieren Sie noch einmal alles. Wenn wir die Flugbahn des primären Sterns beeinflussen, darf kein Fehler passieren, in Ordnung?«

»Ja«, sagte Seven.

Janeway unterbrach die Verbindung. Seven of Nine blickte aufs Display hinab, das ihr die Resultate der beiden Berechnungen zeigte. Sie löschte das zweite und begann dann damit, die erste Berechnung zu wiederholen. Viele Details mussten dabei berücksichtigt werden.

Sie war sicher, keins zu übersehen.

Der Traktorstrahl setzte den Shuttle sicher und fast ruckfrei auf dem Deck des Hangars ab. Einige Sekunden lang blieb Tyla stumm und reglos im Sessel des Kopiloten sitzen, während Tuvok neben ihr einige letzte Bordsysteme deaktivierte.

»Danke, dass wir Ihnen helfen durften«, sagte sie schließlich.

Tuvok nickte. »Sie waren die logische Wahl.«

Tyla lächelte.

Sie stand auf und kurze Zeit später ging sie durch den Korridor in Richtung Krankenstation. Inzwischen war sie so lange mit Dr. Maalot zusammen, dass sie den Physiker zu mögen begann. Er war gegen die Wand geprallt, als die energetische Druckwelle den Shuttle erfasst hatte. Tyla war sehr besorgt gewesen.

Vor ihrem inneren Auge sah sie noch einmal, wie er

plötzlich verschwand, als man ihn zur Krankenstation »beamte« – so nannte man diesen Vorgang. Jetzt wusste sie, auf welche Weise ihr dummer Fluchtversuch zu Ende gegangen war.

Zehn oder mehr Personen saßen in der Krankenstation auf dem Boden, mit einem bandagierten Arm oder Bein – offenbar warteten sie darauf, an die Reihe zu kommen. Die wenigen Betten waren belegt und ein kahlköpfiger Mann eilte geschäftig hin und her.

»Bitte nennen Sie die Art des medizinischen Notfalls«, sagte er, als Tyla hereinkam.

»Ich möchte nur feststellen, wie es Dr. Maalot geht«, erwiderte sie. »Ich bin nicht verletzt.«

»Nun, dafür sollten wir dankbar sein.« Der Doktor schüttelte wie erstaunt den Kopf und deutete über die Schulter. »Das erste Bett. Nichts Ernstes.«

Diese Worte erfüllten Tyla mit Erleichterung.

Sie näherte sich Dr. Maalot, der die Augen geschlossen hatte. Er hob die Lider, als sie an seine Seite trat. »Danke, dass Sie gekommen sind, um nach mir zu sehen, Lieutenant.«

»Wir haben zu viel gemeinsam überstanden, als dass jetzt noch etwas passieren darf.«

»Ist es uns gelungen, die Qavoks aufzuhalten?«

»Ja.« Tyla lächelte. »Captain Janeway hat ihnen die Yacht des Prinzen geschickt und sie mitten in der Flotte explodieren lassen.« Dabei gab es einen gewissen ironischen Situationsaspekt, der ihr sehr gefiel.

Dr. Maalot setzte sich auf und wirkte fast schockiert. »Mit dem Akkumulator an Bord?«

Tyla nickte und lächelte noch immer. »Keiner der Qavok-Kommandanten wollte es riskieren, die Yacht zu vernichten. Janeway schickte sie ihnen mit dem Kommentar, dies sei eine Art Belohnung für den guten Kampf. Und dann ließ sie das kleine Schiff explodieren. Wundervoll. Einfach wundervoll.«

Maalot lachte, stöhnte dann und sank wieder zurück. »Mir scheint, durch die Entführung der Yacht haben wir unsere Heimat gerettet.«

Das Lächeln verschwand von Tylas Lippen. Es gefiel ihr nicht, für eine Heldin gehalten zu werden. Sie hatte einfach nur ihre Pflicht erfüllt.

Dr. Maalot schien ihren Stimmungswandel nicht zu bemerken. »Wie schade, dass Janeway jetzt keine Möglichkeit mehr hat, die Flugbahn des primäre Neutronensterns zu beeinflussen und ihn in den Leerraum zwischen den Galaxien zu lenken«, fuhr er fort. »Vielen Welten droht die Zerstörung.«

Tyla dachte an jene Planeten, auf denen Millionen oder gar Milliarden von Personen lebten. Jede einzelne von ihnen hätte hier und an diesem Tag eine andere Entscheidung getroffen. Bestimmt wären sie alle bereit gewesen, dem Schutz der eigenen Heimat Vorrang zu geben. Aus dem gleichen Grund war es Tyla vor allem um die Sicherheit des Lekk-Systems gegangen.

»Der Doktor hat mir erlaubt, in fünfzehn Minuten aufzustehen. Wo kann ich Sie finden?«

Tyla hob und senkte die Schultern. »Ich frage Captain Janeway, ob ich die Explosion des Neutronensterns von der Brücke aus beobachten kann.«

»Das würde mir ebenfalls gefallen«, sagte Maalot. »Können Sie auch für mich um Erlaubnis fragen?«

»Natürlich.« Tyla klopfte dem Wissenschaftler auf den Arm. »Bleiben Sie ruhig liegen, bis der Doktor Sie gehen lässt.«

»Junge Frau ...«, wandte sich der Arzt an Tyla. »Ich wünschte, mehr von meinen Patienten wären so klug wie Sie.«

»Er ist der Kluge.« Sie deutete auf Maalot. »Ich bin nur ein Soldat.«

Der Doktor brummte und setzte seine Arbeit fort.

Tyla trat in den Korridor und zum ersten Mal seit einer ganzen Weile merkte sie, wie hungrig sie war. Vielleicht konnte sie von dem sonderbaren Mann namens Neelix eine Mahlzeit bekommen. Zeit hatte sie genug.

Dachte sie jedenfalls.

»Captain Janeway an Lieutenant Tyla. Bitte kommen Sie zur Brücke.«

Diese Worte ließen Tyla verharren. Sie sah sich um und fragte sich, wie sie reagieren sollte. Die Besatzungsmitglieder der *Voyager* verfügten über Insignienkommunikatoren, doch ein solches Gerät fehlte ihr.

Ein jung wirkender, uniformierter Mann näherte sich und Tyla sprach ihn an.

»Entschuldigen Sie, ich bin Lieutenant Tyla. Wie kann ich dem Captain antworten?«

Der junge Mann lächelte und deutete auf die Wand. »Berühren Sie die Schaltfläche dort. Der Computer sorgt dafür, dass Ihre Antwort weitergeleitet wird.«

»Danke.«

Tyla betätigte das Schaltelement. »Hier spricht Lieutenant Tyla. Ich bin unterwegs.«

»Danke«, sagte Janeway.

Tyla nickte, trat zurück und stieß fast gegen den Mann. Er war stehen geblieben, um festzustellen, ob sie weitere Hilfe brauchte.

»Verzeihung«, sagte er. »Wissen Sie, es geschieht nicht oft, dass jemand von uns zur Brücke gerufen wird.«

Tyla lächelte. »Schon gut«, erwiderte sie. »Ich bin nur ein Gast an Bord und habe nicht das Glück, zur Crew der *Voyager* zu gehören.«

Der junge Mann nickte und dachte ganz offensichtlich über die Worte der Lekk nach, als er sich umdrehte und weiterging.

Tyla glaubte tatsächlich, dass sich jedes Besatzungsmitglied dieses wundervollen Schiffes glücklich schätzen konnte. Und wenn es nicht so viele Informationen über die Qavoks gäbe, die sie nach Hause bringen musste … Dann wäre sie vielleicht in Versuchung geraten, an Bord der *Voyager* zu bleiben.

Aber eine solche Möglichkeit kam für sie leider nicht in Frage.

22

Janeway sah sich auf der Brücke um. Die Blicke aller Anwesenden ruhten auf ihr. Die Freude darüber, den Angriff der Qavoks überlebt zu haben, war aus den Gesichtern gewichen – sie alle hatten Janeways Gespräch mit Seven gehört.

Lieutenant Tyla betrat die Brücke und Janeway bedeutete ihr, an Tuvoks Seite zu treten. Torres folgte ihr dichtauf.

Gut.

»Es geht um Folgendes«, sagte Janeway. »Ich glaube, dass in sechzehn bis achtzehn Minuten das Xorm-Schiff *Gravitation* einen Warpkern zum sekundären Neutronenstern schickt, um den primären Stern zum Sonnensystem der Qavoks zu lenken.«

»Was?«, entfuhr es Chakotay.

Tyla wirkte betroffen.

»Ist das möglich?«, fragte der Erste Offizier.

Janeway nickte. »Seven hat alles berechnet. Ja, es ist möglich, mit einem Warpkern von der Art, wie sie an Bord von Xorm- und Qavok-Schiffen verwendet wird.«

»Und Sie glauben, an Bord der *Gravitation* gibt es einen zweiten aktiven Warpkern?«, hakte Chakotay nach.

»Bisher ist es nur ein Verdacht«, entgegnete Janeway. »Lieutenant Tyla, was können Sie uns über die Xorm sagen? Bisher sind wir davon ausgegangen, dass sie Vertrauen verdienen.«

Tyla zuckte mit den Schultern. »Da gibt es nicht viel zu sagen. Über Jahrhunderte hinweg haben sie gegen die Qavoks Krieg geführt, doch während der letzten Jahrzehnte kam es zwischen ihnen nie zu irgendwelchen Kampfhandlungen. Beide Seiten versuchten, meine Heimatwelt als Verbündete zu gewinnen, und als wir uns für die Neutralität entschieden, griffen die Qavoks an.«

»Halten Sie die Xorm für fähig, etwas so Schreckliches anzustellen?«

Einmal mehr hob und senkte Tyla die Schultern. »Ich schätze, alles ist möglich. Die Xorm sind klüger als die Qavoks, aber weniger militaristisch. Wenn die Qavoks eine Möglichkeit fanden, einen Neutronenstern als Waffe gegen mein Volk zu verwenden, so dürften auch die Xorm dazu imstande sein. Damit würden sie ihr altes Problem mit den Qavoks für immer lösen.«

Janeway nickte langsam. »Na schön. Es lässt sich also nicht ausschließen, dass meine Vermutung zutrifft. Wir müssen davon ausgehen, dass die Xorm tatsächlich einen Warpkern einsetzen wollen.«

»Bitte entschuldigen Sie, Captain, aber ich kann Ihnen nicht ganz folgen«, sagte Kim.

»Tom?«, wandte sich Janeway an den Piloten.

»Niemand, der noch alle seine Sinne beisammen hat, würde in einem so niedrigen Orbit bleiben, nur um zu beobachten«, erklärte Paris. »Dort kann man nicht mehr in Erfahrung bringen als von einer höheren Umlaufbahn aus. Woraus sich folgern lässt: Wenn die Xorm in dem niedrigen Orbit bleiben, so geht es ihnen dabei wohl kaum um Forschung.«

Kim nickte. »Jetzt ist der Groschen gefallen.«

»Besteht die Aussicht, dass wir bald wieder die Phaser einsetzen können, B'Elanna?«, fragte Janeway.

»Bis dahin vergehen noch Stunden«, erwiderte die Chefingenieurin. »Tut mir Leid.«

»Dann müssen wir uns wohl etwas anderes einfallen lassen.«

»Captain«, ließ sich Tuvok vernehmen, »der Shuttle verfügt noch immer über Waffenpotential.«

»Aber die Triebwerke sind ausgefallen, nicht wahr?«

»Ja.«

»Nun, vielleicht können wir trotzdem von den Waffen Gebrauch machen. Kehren Sie in den Hangar zurück und halten Sie sich dort in Bereitschaft. Lieutenant Tyla, würden Sie ihn bitte begleiten?«

»Gern«, sagte sie.

»Also gut.« Janeway holte tief Luft. »Alarmstufe Rot. Gefechtsstationen besetzen. Alles soll bereit scin, wenn wir aktiv werden müssen.«

Sirenen heulten auf und wieder blinkten die roten Indikatoren. Tuvok und Tyla verließen die Brücke. Chakotay vertrat den Vulkanier an der Sicherheitsstation.

Janeway nahm im Kommandosessel Platz. »Bringen Sie uns nach unten, Tom, den Xorm entgegen.«

»Aye, Captain«, sagte Paris. »Ich weiß nicht, ob ich das Schiff die ganze Zeit über ruhig halten kann.«

»Hauptsache ist, dass wir am Leben bleiben«, erwiderte Janeway.

»Kein Problem.«

»Mr. Kim, Chakotay, sondieren Sie die *Gravitation*. Halten Sie dabei nach einem zweiten Warpkern Ausschau. Wenn es keinen gibt, entschuldigen wir uns, kehren nach oben zurück und gehen zu Plan B über.«

»Die Xorm versuchen, unsere Sondierungssignale zu blockieren, Captain«, meldete Kim nach einigen Sekunden. »Aber es gelingt ihnen nicht«, fügte er triumphierend hinzu.

»Ich habe den zweiten Warpkern gefunden«, sagte Chakotay. »Im Hangar der *Gravitation*, an Bord eines kleinen Raumschiffs.« Janeway sah zum Ersten Offizier, als er den Kopf hob. »Allem Anschein nach handelt es sich um einen unbemannten Shuttle.«

»Der Warpkern ist nicht die Energiequelle eines Shuttles, gehört auch nicht zum Triebwerk?«

»Nein«, antwortete Chakotay. »Er stellt nichts weiter dar als Fracht.«

»Verdammt«, fluchte Janeway leise. »Ich hatte gehofft, mich zu irren.«

»Ich ebenfalls«, sagte Paris. »Womit ich Ihnen natürlich nicht zu nahe treten möchte.«

»Schon gut.«

»Die Xorm setzen sich mit uns in Verbindung.«

»Auf den Schirm«, sagte Janeway. Sie atmete tief durch und versuchte, streng zu wirken.

»Warum haben Sie mein Schiff sondiert, Captain?«, fragte Fedr; seine Augen waren kaum mehr als Schlitze.

»Nun«, erwiderte Janeway ruhig, »als Sie entschieden, in der niedrigen Umlaufbahn zu bleiben, habe ich mich nach dem Grund dafür gefragt.«

Fedrs Gesicht verfärbte sich ein wenig, gewann einen rötlichen Ton. »Sie kennen den Grund. Es geht uns um wissenschaftliche Forschungen.«

»Sie befinden sich in einem gefährlichen Orbit, den Sie nur mit Mühe stabil halten können. Erklären Sie mir, welche Informationen Sie dort bekommen, die sich nicht auch von einer höheren Umlaufbahn aus gewinnen lassen.«

Janeway lächelte, um zu verhindern, dass sich Fedr zu sehr unter Druck gesetzt fühlte.

Das Gesicht des Xorm rötete sich immer stärker.

»Bei allem Respekt, Captain: Dies geht nur uns etwas an.«

»Oh, ich verstehe.« Janeway ließ das Lächeln verschwinden. »Sie haben nicht zufällig vor, den primären Neutronenstern mit dem zusätzlichen Warpkern in Ihrem Hangar zum Heimatsystem der Qavoks zu lenken?«

»Ich halte mich nur an meine Anweisungen«, erwiderte Fedr. Es klang fast reuevoll. »Damit ist dieses Gespräch beendet.«

Die Verbindung wurde unterbrochen und der Hauptschirm zeigte wieder den binären Neutronenstern.

»Ich schätze, wir haben die Antwort bekommen, die wir brauchten«, sagte Janeway. »Allerdings ist es nicht die, die wir wollten.«

Stille herrschte auf der Brücke.

Die Kommandantin klopfte auf ihren Insignienkommunikator. »Seven?«

»Sprechen Sie, Captain.«

»Wir haben einen zusätzlichen Warpkern an Bord des Xorm-Schiffes gefunden. Harry übermittelt Ihnen die Sensordaten. Wir müssen Folgendes wissen: Wie viel Zeit bleibt uns noch bis zum Einsatz des Warpkerns?«

»Die Frage kann ich Ihnen gleich beantworten«, sagte Seven.

Janeway sah zu Chakotay. »Können wir durch die Schilde des Xorm-Schiffes beamen?«

Der Erste Offizier blickte auf die Anzeigen, nahm eine Überprüfung vor und schüttelte dann den Kopf. »Das ist leider nicht möglich.«

»Schade«, sagte Janeway. »Dann wäre alles viel einfacher gewesen.«

»Captain ...«, erklang Sevens Stimme. »Wenn man alle Faktoren berücksichtigt, auch die Zeit, die nötig ist, um den Warpkern zur richtigen Position über dem sekundären Neutronenstern zu bringen, so bleiben noch neun Minuten und zehn Sekunden, und zwar von *jetzt* an.«

»Countdown läuft«, sagte Kim.

»Danke. Setzen Sie die Arbeit in Hinsicht auf diesen Zeitrahmen fort«, wandte sich Janeway an Seven. »Ich hoffe, dass wir Gelegenheit bekommen, das Ergebnis Ihrer Bemühungen zu nutzen.«

»Verstanden«, erwiderte Seven.

»Na schön. Irgendwelche Vorschläge?«

»Der Shuttle ist die Lösung, Captain«, sagte Chakotay.

»Wie meinen Sie das?«

»Wir halten ihn außerhalb unserer Schilde mit einem Traktorstrahl fest und feuern mit seinen Phasern auf die *Gravitation*, bis sie ihre Schutzschirme verliert. Dann beamen wir den Warpkern von Bord und machen ihn unschädlich.«

»Ohne Schilde müsste das Xorm-Schiff in einer so niedrigen Umlaufbahn mit erheblichen Schwierigkeiten rechnen, Captain«, sagte Paris.

Janeway nickte. »Nun, das ist ein Problem der Xorm. Wir gehen auf diese Weise vor, wenn niemand einen besseren Vorschlag hat.«

»Wir könnten den Warpkern sofort vom Shuttle zerstören lassen, sobald er von dem Xorm-Schiff auf den Weg gebracht worden ist, Captain«, sagte B'Elanna.

Janeway nickte. Eine zweite gute Idee. »Diese Möglichkeit nutzen wir, wenn der erste Plan nicht klappt. Weitere Vorschläge?«

Schweigen.

»Also gut, los geht's. B'Elanna, ich möchte, dass Sie sich um den Traktorstrahl kümmern. Sorgen Sie dafür, dass er besonders stabil ist. Verstärken Sie ihn, wenn sich das bewerkstelligen lässt. Die Xorm setzen sich bestimmt zur Wehr, und wenn der Traktorstrahl ausfällt, verlieren wir den Shuttle – und damit auch unser gesamtes Waffenpotential.«

»Alles klar«, bestätigte die Chefingenieurin und verließ die Brücke.

»Tuvok«, sagte Janeway und wusste, dass der Computer ihre Stimme übertrug. »Wir werden Folgendes versuchen.«

Sie brauchte weniger als eine Minute, um den Plan zu erklären. Damit blieben sieben Minuten und dreißig Sekunden, ihn in die Tat umzusetzen. Sieben Minuten und dreißig Sekunden für einen langsamen Countdown.

Janeway brauchte dringend eine Tasse Kaffee.

Und außerdem sieben Stunden Schlaf.

23

»Starten Sie den Shuttle«, sagte Captain Janeway. – »Shuttle wird gestartet«, meldete B'Elanna.

»Noch drei Minuten und zehn Sekunden«, sagte Fähnrich Kim.

Der Hauptschirm zeigte, wie das elegant wirkende Xorm-Schiff *Gravitation* zwischen der *Voyager* und dem binären Neutronenstern schwebte. Dieser verlor jetzt so viel Masse, dass der Anblick Janeway mehr an eine Spiralgalaxie als an einen Doppelstern erinnerte. Mit dem bloßen Auge waren die beiden Neutronensterne längst nicht mehr auseinander zu halten – sie bildeten einen einzigen hellen Fleck auf dem Schirm. Kurz vor der Explosion würde eine Umkreisung nur noch sechs Millisekunden dauern.

Die *Voyager* erbebte und Janeway schloss die Hände fester um die Armlehnen des Kommandosessels. Sie waren in die ursprüngliche Umlaufbahn zurückgekehrt. Das Xorm-Schiff befand sich unter ihnen, ziemlich weit entfernt, aber noch immer in Phaserreichweite.

»Es ist schwerer als noch vor einer Stunde, den Orbit stabil zu halten, Captain«, sagte Paris. »Es ist mir ein Rätsel, wie das Xorm-Schiff dort unten den Belastungen standhalten kann.«

»Sorgen Sie dafür, dass wir hier oben bleiben«, erwiderte Janeway. »Es wird sich bald herausstellen, welchen Belastungen die *Gravitation* standhalten kann.«

»Shuttle in Position«, meldete B'Elanna.

»Das energetische Niveau in den Waffensystemen der Xorm steigt«, sagte Fähnrich Kim.

»Zusätzliche Energie in die Bugschilde leiten«, ordnete Janeway an.

»Kapazität der Schilde bei fünfundsechzig Prozent«, sagte Chakotay.

Ein grüner Energiestrahl ging von der *Gravitation* aus und traf die vorderen Schilde der *Voyager*. Eine jähe Erschütterung riss Janeway beinahe aus dem Sessel, aber diesmal fiel sie nicht zu Boden. Das Licht trübte sich, wurde dann wieder heller.

»Kapazität der Schilde auf fünfzig Prozent gesunken«, berichtete Chakotay. »Nur geringe Schäden.«

»Die Xorm haben eine größere Schlagkraft als die Qavoks«, stellte Janeway fest. »Und sie haben gerade meine Frage nach ihren Absichten beantwortet.«

»In der Tat«, pflichtete ihr Chakotay bei.

»Tom, drehen Sie das Schiff und bringen Sie den Shuttle in Gefechtsposition.«

»Aye, Captain.«

Der von Traktorstrahlen festgehaltene Shuttle wirkte wie ein Ausleger der *Voyager*. Er verwandelte sich jetzt in eine Waffe.

»Gefechtsposition erreicht«, sagte Paris.

»Feuern Sie, wenn Sie bereit sind, Mr. Tuvok«, befahl Janeway dem Vulkanier.

»Feuer wird eröffnet.«

Zwei Phaserstrahlen zuckten zum Xorm-Schiff hinab, dessen Schilde daraufhin rot aufleuchteten.

»Die Schutzschirme der *Gravitation* bleiben stabil«, meldete Kim.

Damit bestätigten sich Janeways Befürchtungen. Sie hatte geahnt, dass die Xorm über bessere und leistungsfähigere Technik verfügten als die Qavoks. Vermutlich hatten sich die Reptilienwesen stets auf den Vorteil der zahlenmäßigen Überlegenheit verlassen, so wie auch heute.

»Feuern Sie erneut, Mr. Tuvok.«

Das Xorm-Schiff kam ihnen zuvor. Wieder raste der *Voyager* ein grüner Energiestrahl entgegen und traf die Bugschilde.

Diesmal waren die Erschütterungen so heftig, dass Janeway nach rechts aus ihrem Sessel geworfen wurde. Sie prallte hart auf den Boden – was sicher zu blauen Flecken an der Schulter führte –, rollte herum und kam sofort wieder auf die Beine.

»Status des Shuttles?«

»Ein Traktorstrahl ist ausgefallen«, antwortete B'Elanna. »Aber der andere hält ihn weiterhin fest.«

»Wir dürfen ihn nicht verlieren«, sagte Janeway.

Die Triebwerke des Shuttles funktionierten nicht, und wenn er so nahe beim binären Neutronenstern verloren ging ... Janeway stellte sich ein Floß vor, das auf einem Fluss trieb, einem nahen Wasserfall entgegen. Wenn sich das kleine Raumschiff aus der energetischen Verankerung löste, mussten sie es sofort zurückholen – andernfalls verschwand es im Gravitationsschlund des binären Neutronensterns.

»Feuer«, ertönte Tuvoks Stimme aus den Kom-Lautsprechern.

Zwei weitere Phaserstrahlen trafen die Schutzschirme des Xorm-Schiffes.

»Die Sensoren registrieren Schäden«, sagte Kim. »Die Schilde sind nicht mehr stabil und an Bord sind Brände ausgebrochen.«

»Können Sie den Transferfokus auf den zweiten Warpkern richten?«, fragte Chakotay.

»Ausgerichtet«, meldete der junge Fähnrich knapp.

»Beamen Sie ihn ins All, und zwar ohne die Generatoren für das Eindämmungsfeld«, sagte Janeway. »Und achten Sie darauf, dass die Explosion ohne Einfluss auf den binären Neutronenstern bleibt.«

»Erledigt«, meldete Kim einige Sekunden später.

Auf dem Hauptschirm blitzte es auf. Ein neuer Stern schien zu entstehen, verblasste dann schnell.

Erneut feuerten die Xorm.

Die *Voyager* schüttelte sich.

»Offenbar sind sie ziemlich sauer auf uns«, meinte Paris.

»Kapazität der Schilde bei zwanzig Prozent«, sagte Chakotay. »Und wir haben den Shuttle verloren. Ich lasse von den Sensoren eine automatische Positionsbestimmung vornehmen. Der Orbit wird instabil.«

»Holen Sie den Shuttle zurück, B'Elanna«, wies Janeway die Chefingenieurin an.

»Beim letzten Treffer sind die Traktorstrahlprojektoren ausgefallen«, erwiderte B'Elanna. »Ich versuche, sie zu reparieren.«

»Richten Sie den Transferfokus aus, Fähnrich. Und sorgen Sie dafür, dass wir jederzeit den Transporter einsetzen können.«

»Verstanden«, sagte Kim.

»Tuvok«, wandte sich Janeway an den Vulkanier, »halten Sie durch, bis wir Sie zurückholen.«

»Etwas anderes bleibt uns kaum übrig«, entgegnete Tuvok.

Janeway nickte. Sie wusste natürlich, dass er Recht hatte. Ihm blieb keine andere Wahl als zu warten.

Vor nicht allzu vielen Stunden – und doch vor einer Ewigkeit – hatte Lieutenant Tyla versucht, diesen Shuttle zu entführen und damit zu entkommen. Jetzt durfte sie zum zweiten Mal dabei helfen, ihn zu fliegen. Sie war stolz auf das Vertrauen, das Captain Janeway ihr schenkte, und sie wollte die Kommandantin auf keinen Fall enttäuschen.

Die von ihr abgefeuerten Phaserstrahlen hatten das Ziel nicht verfehlt. Es geschah zum ersten Mal, dass sie auf ein Raumschiff der Xorm schoss. Und es ging darum, die Heimatwelt der Qavoks zu retten. Für den Erzfeind ihres Volkes Partei zu ergreifen ... Eines stand fest: Seit ihrer Rettung durch die *Voyager* hatte sich Tylas Blickwinkel verschoben.

Sie sah die Dinge jetzt mit ganz anderen Augen.

Als die *Voyager* vom ersten grünen Energiestrahl getroffen wurde, erbebte der Shuttle so heftig, dass Tyla befürchtete, er könnte auseinander brechen. Nur mit Mühe gelang es Tuvok und ihr, in den Sesseln zu bleiben. Die Lekk stieß mit der Schulter an die Konsole, ließ sich von dem Schmerz aber nicht ablenken.

Der zweite Strahl löste die energetische Verbindung zwischen dem Shuttle und der *Voyager*. Das kleine Raumschiff trieb vom größeren fort.

Tyla wusste, dass es kaum Aussicht auf Rettung gab. Immer wieder erzitterte der Shuttle heftig, während er durch den Gravitationsschacht des binären Neutronensterns fiel. Er neigte sich hin und her, wie ein Floß auf Stromschnellen.

»Tuvok ...«, sagte Tyla und blickte auf die Anzeigen. »Funktionieren die Manövrierdüsen? Können wir damit genug Schub geben, um den Shuttle zu drehen?«

»Ja«, erwiderte der Vulkanier. »Aber in diesen gravitationellen Turbulenzen lässt sich dadurch kaum etwas ausrichten.«

»Wenn Sie uns drehen können ... Vielleicht bin ich imstande, die Zielerfassung auf das Xorm-Schiff zu richten. Unsere Phaser sind nach wie vor einsatzbereit.«

»Eine interessante Idee«, kommentierte Tuvok. »Captain, vielleicht sind wir in der Lage, auch weiterhin auf das Xorm-Schiff zu feuern.«

»Nutzen Sie diese Möglichkeit«, sagte Janeway.

Tuvoks Finger huschten über die Kontrollen, und der Shuttle drehte sich langsam. Tyla sah auf die Anzeigen und beobachtete, wie das Xorm-Schiff in einem Display erschien. Sie versuchte, die Zielerfassung auszurichten.

Nach einigen Sekunden hatte sie Erfolg. »Ziel erfasst.«

Unmittelbar darauf verlor sie es wieder.

»Feuer«, sagte Tuvok.

»Zielerfassung negativ«, erwiderte Tyla.

»Feuern Sie manuell. Ich versuche, die Fluglage des Shuttles so stabil wie möglich zu halten.«

Aufmerksam beobachtete sie die relativen Bewegungen des Xorm-Schiffes im Display. Nach oben. Nach unten.

Zur Seite. Dann wieder nach oben. Tyla erkannte ein Muster und wusste, wann die *Gravitation* erneut den Fokus der Zielerfassung passieren würde. Unmittelbar zuvor löste sie die Phaser des Shuttles aus.

Die Schilde des Xorm-Schiffes flackerten und brachen zusammen. Zwei Phaserstrahlen brannten sich einen Weg ins Innere des Schiffes.

»Die Xorm werden nicht noch einmal auf die *Voyager* feuern«, sagte Tyla.

»Ein direkter Treffer unter solchen Umständen ist bewundernswert«, erwiderte Tuvok ruhig.

»Danke.«

Sie sahen, wie der Orbit des Xorm-Schiffes instabil wurde. Bei der Periastrum-Passage kam es den Neutronensternen zu nahe und wurde von den Gravitationswellen zerfetzt. Ein kurzer weißer Lichtblitz begleitete die Explosion.

Tyla wusste, dass ihnen ein ähnliches Schicksal drohte. Der Shuttle erzitterte immer heftiger – nur noch wenige Sekunden trennten Tuvok und die junge Lekk vom Tod.

»Das Xorm-Schiff ist zerstört«, sagte Kim.

Janeway seufzte erleichtert, obgleich sie den Verlust von Leben bedauerte. Wenigstens brauchten sie jetzt nicht mehr zu befürchten, dass man sie unter Beschuss nahm. Sie konnten ihre ganze Aufmerksamkeit auf die bevorstehende Explosion des sekundären Neutronensterns richten.

»Bleiben Sie beim Shuttle, Tom.«

»Ich bin wie ein großer Bruder und weiche ihm nicht von der Seite«, erwiderte Paris.

»Haben Sie noch immer den Transferfokus auf die Personen an Bord gerichtet, Mr. Kim?«, fragte Janeway.

»Ja«, antwortete der junge Fähnrich. »Kein Problem dabei.«

Die *Voyager* schüttelte sich in den schnell wechselnden Gravitationsfeldern, die immer stärker wurden. Die Hände von Titanen schienen bestrebt zu sein, das Schiff zu zerreißen. Viel mehr konnte es bestimmt nicht aushalten. Es grenzte an ein Wunder, dass der Shuttle noch nicht auseinander gebrochen war.

»Beim Periastrum erreichen wir die gleiche Distanz vom binären Neutronenstern wie zuvor das Xorm-Schiff.«

»Wie viel Zeit bleibt uns noch, bevor der Shuttle bei seinem Periastrum zu tief gerät?«, fragte Janeway.

»Weniger als zehn Sekunden«, sagte Chakotay.

»Halten Sie sich für den Transfer in Bereitschaft, Mr. Kim.«

»Bin bereit, Captain.«

»Die Zeit wird knapp, B'Elanna«, drängte Janeway.

»Ich reaktiviere die Traktorstrahlprojektoren, Captain.«

»Wir haben den Shuttle«, meldete Chakotay.

»Tom, bringen Sie uns fort von hier, nach oben.«

»Sehr gern«, erwiderte Paris.

»Aber langsam«, mahnte Janeway. »Wir möchten den Shuttle nicht noch einmal verlieren.«

Der Pilot nickte und während der nächsten Sekunden hielten die Erschütterungen an, als das Schiff im Gravitationsschacht des Doppelsterns nach oben kletterte.

»Tuvok? Lieutenant Tyla?«, fragte Janeway. »Ist alles in Ordnung mit Ihnen?«

»Wir haben einige blaue Flecken«, sagte der Vulkanier. »Aber abgesehen davon sind wir wohlauf. Es ist sehr begrüßenswert, dass wir den Shuttle retten konnten.«

»Das finde ich auch«, sagte Janeway.

Paris seufzte tief und lehnte sich zurück. Schweiß perlte an seinem Nacken und bildete Flecken auf dem Uniformpulli.

Einige Sekunden lang blieb Janeway still im Kommandosessel sitzen und beobachtete den binären Neutronenstern auf dem Hauptschirm. Zum Glück zeichneten sich derartige Phänomene durch einen hohen Seltenheitswert aus. Sie waren gefährlich.

Viel zu gefährlich.

Noch eine letzte Aufgabe erwartete sie.

Es galt, weitere Welten vor der Zerstörung zu bewahren.

24

In all den Jahren seines Kommandos hatte Qados, Captain des Qavok-Kriegsschiffs *Unbesiegbar*, nie einen so schlechten Tag erlebt.

Um ihn herum arbeiteten die Brückenoffiziere und versuchten dabei, möglichst leise zu sein. Niemand von ihnen wagte es, ein Wort zu sprechen. Dichte Rauchwolken zogen durch den Kontrollraum und zwangen Qados, die zweiten Lider zu senken, wodurch die Konturen der Umgebung verschwammen. Der scharfe Geruch durchgebrannter Schaltkreise erstickte ihn fast, aber er gestattete es sich nicht, zu husten und dadurch Schwäche zu zeigen. Er wollte stark bleiben, bis zum Schluss. Und wenn sie mit dem Leben davonkamen, so errang er den Status eines Helden: die *Unbesiegbar*, das einzige Schiff, das den gefürchteten Menschen entkommen war.

Die *Voyager* unter dem Kommando der unerträglichen Janeway hatte ihre Schilde, Waffensysteme und Triebwerke zerstört. Nur dem Geschick des Kommandopiloten Qaad war es zu verdanken, dass sie sich allein mit den Manövrierdüsen in der Umlaufbahn halten konnten. Unglücklicherweise lieferten sie nicht genug Schub, um es dem Kriegsschiff zu erlauben, sich vom binären Neutronenstern zu entfernen.

Wenn es nicht bald gelang, das Warptriebwerk zu aktivieren, war ihr aller Schicksal besiegelt. Dann würde das Schiff bei der Explosion des sekundären Neutronensterns einfach verdampfen.

Die *Unbesiegbar* erzitterte plötzlich, wie ein Bodenfahrzeug, das auf glatter Straße über ein kleines Hindernis rollte. Normalerweise hätte Qados den Piloten lautstark für einen solchen Fehler getadelt, aber er wusste, dass Qaad sein Bestes gab. Mit Geschrei ließen sich die widrigen Umstände nicht ändern.

Er schauderte innerlich, als er sich daran erinnerte, auf welche Weise die heimtückische Janeway die Yacht des Prinzen verwendet hatte. Es war ihr gelungen, die stolze Qavok-Flotte zu überlisten. Eine Falle, natürlich. Aus welchem anderen Grund sollte ein Monstrum wie Janeway die Yacht zurückschicken? Guter Wille kam gewiss nicht als Erklärung in Frage. Unglücklicherweise hatte sich die *Unbesiegbar* zu jenem Zeitpunkt auf der anderen Seite des Neutronensterns befunden. Deshalb war Qados nicht imstande gewesen, die Flotte zu warnen.

Die Qavoks hatten sich zu einem dummen Fehler hinreißen lassen.

Die verdiente Strafe dafür war der Tod.

Während der letzten Minuten hatte Qados mit halb geöffnetem Mund und teilweise sichtbaren Zähnen beobachtet, wie die *Voyager* das Xorm-Schiff zerstörte.

Zuerst fragte er sich, ob nur die Zerstörungswut der menschlichen Kommandantin dahinter steckte. Einen anderen Grund schien es für die Konfrontation nicht zu geben. Aber dann gelang es dem Kommunikationsoffizier der *Unbesiegbar*, ein Kom-Gespräch zwischen dem Xorm-Captain und Janeway zu empfangen.

Daraus ging hervor, dass Captain Janeway die Heimatwelt der Qavoks vor der Vernichtung bewahren wollte – die Xorm planten, die Flugbahn des primären Neutronensterns entsprechend zu verändern. Qados hatte nicht einmal an die *Möglichkeit* gedacht, dass die Xorm so etwas beabsichtigten. Aber im Nachhinein betrachtet ... Eigentlich war er nicht überrascht. Etwas so Ungeheuerliches passte zum Wesen der Xorm.

»Captain«, sagte der Kommunikationsoffizier und vollführte dabei die Geste völliger Unterwürfigkeit. »Die *Voyager* kommt näher und setzt sich mit uns in Verbindung.«

»Auf den Schirm«, brummte Qados und trat vor, damit Janeway die Schäden auf der Brücke nicht sehen konnte. Der Feind durfte nie mehr erfahren, als unbedingt nötig. Obwohl *dieser* Feind gerade die Heimatwelt der Qavoks verteidigt hatte.

»Captain Janeway ...«, sagte Qados, als das bleiche, ekelhafte Gesicht der Menschenfrau auf dem Schirm erschien. »Ich habe Ihre Bemühungen zur Kenntnis genommen, unsere Heimatwelt vor der Vernichtung zu bewahren.«

»Gut«, erwiderte Janeway. »Dann haben Sie sicher nichts dagegen, dass ich Ihr Schiff übernehme, oder? Wir müssen das eine oder andere erledigen.«

»Was?«

»Für eine Debatte bleibt keine Zeit«, sagte Janeway und fletschte kurz die Zähne. »Halten Sie sich in Bereitschaft. Wir werden Sie an einem sicheren Ort unterbringen, bis wir Sie den Lekk übergeben.«

»Wir kämpfen bis zum Tod, um unser Schiff zu verteidigen«, zischte Qados.

Janeway seufzte nur und schloss den Kom-Kanal.

»An die Crew!«, rief Qados. »Treffen Sie Vorbereitungen dafür, ein Enterkommando zu empfangen!«

Unmittelbar darauf erschimmerte die Brücke um ihn herum, als sähe er sie durch drei Lider und nicht nur durch zwei.

Dann verschwand der Kontrollraum hinter einem Vorhang aus Schwärze.

Qados hob sämtliche Lider, doch die Umgebung blieb schwarz, für eine Sekunde.

Dann fand er sich plötzlich in einem anderen Raum wider. Die Wände bestanden aus Metall und auf einer

Seite stand ein beschädigter Shuttle. Zehn bewaffnete Menschen umringten den Bereich, in dem Qados erschienen war.

Zusammen mit dem Rest der Crew.

Und niemand von ihnen verfügte über eine Waffe.

Qados klopfte sich an die Brust und suchte nach seinem Strahler, um gegen die Menschen zu kämpfen. Aber er war ebenso unbewaffnet wie die anderen Qavoks.

Er brüllte und stürmte los.

Nach wenigen Schritten prallte er gegen ein Kraftfeld und fiel rücklings zu Boden.

Die dritten Lider senkten sich. Dann auch die vierten.

Um ihn herum löste sich der Albtraum in neuerlicher Schwärze auf.

»Es sind alle transferiert«, meldete Kim. Er hob den Kopf und lächelte.

»Befinden sich die Gefangenen in Gewahrsam, Mr. Tuvok?«

»Ja, Captain«, ertönte es aus den Kom-Lautsprechern auf der Brücke. »Aber offenbar haben wir ein kulturelles Tabu verletzt, als wir ihnen die Waffen nahmen. Die Qavoks kauern nur in den Ecken.«

»Warten Sie, bis die Lekk sie in die Hände bekommen«, erwiderte Janeway. »Im Vergleich dazu dürfte dies hier kaum eine Rolle spielen.«

Die unweit der Tür stehende Tyla nickte und lächelte.

»Da haben Sie vermutlich Recht«, sagte Tuvok.

»Wie viel Zeit bleibt uns noch, Mr. Kim?«, fragte Janeway. Sie verdrängte die Gedanken an über hundert sich gedemütigt fühlende Qavoks, konzentrierte sich stattdessen auf die vor ihnen liegende Aufgabe.

»Wenn wir den Qavok-Warpkern verwenden – noch fünf Minuten und zehn Sekunden.«

»Tyla«, sagte Janeway, »glauben Sie, ein Qavok-

Kriegsschiff mit den Manövrierdüsen gut genug fliegen zu können, um es zum sekundären Neutronenstern zu steuern?«

»Ich wäre gern bereit, mein Leben dabei zu opfern«, erwiderte Tyla. Ihre Stimme klang ernst und sie stand kerzengerade.

»Es liegt mir fern, Ihr Leben zu opfern«, sagte Janeway ebenso ernst. »Weder Ihrs noch meins. Ich begleite Sie.«

Tyla wirkte verwirrt, schwieg aber.

»Transporter«, flüsterte Harry Kim ihr zu. »Erinnern Sie sich?«

Daraufhin erhellte sich Tylas Gesicht und sie nickte.

Janeway betätigte die Kom-Kontrollen. »Sind Sie bereit, Seven?«

»Ja.«

»Mr. Kim ...«, sagte Janeway. »Wir haben nicht genug Zeit, um den Transporterraum aufzusuchen. Transferieren Sie uns von hier aus. Bringen Sie uns beide und Seven in den Kontrollraum der *Unbesiegbar* und halten Sie ständig den Transferfokus auf uns gerichtet.«

»Verstanden.«

»Sie haben das Kommando, Chakotay«, sagte Janeway.

Sie lächelte, als sie die Sorge im Gesicht des Ersten Offiziers sah. »Energie.«

B'Elanna kroch unter eine Konsole im Maschinenraum und sah sich dort mit qualmendem Chaos konfrontiert. Die Kontrollen und Reservesysteme des Warptriebwerks waren verschmort. Normalerweise dauerte eine solche Reparatur einen Tag, aber bis zur Explosion des sekundären Neutronensterns blieb nur noch eine Stunde.

Die Chefingenieurin stand auf und hieb mit der Faust auf die Konsole. »Verdammt!« Sie aktivierte ihren Insignienkommunikator. »An alle Angehörigen der technischen Abteilung: Womit auch immer Sie gerade beschäftigt sind – lassen Sie alles stehen und liegen und kommen Sie sofort in den Maschinenraum.«

Sie sah sich um, begegnete kurz den Blicken der anderen Anwesenden. Dann öffnete sie die Konsole und nahm sich die verbrannten Schaltkreise vor. Es hatte keinen Sinn, auf Hilfe zu warten. Jede einzelne Sekunde zählte.

Und es blieben nicht mehr viele Sekunden übrig.

Janeway verschwand von der Brücke der *Voyager* und rematerialisierte neben dem fleckigen Kommandosessel im Kontrollraum der *Unbesiegbar*.

Mit der Hand fächerte sie Rauch beiseite und sah sich in einem Raum um, der überfüllt wirkte. Überall ragten Geräteblöcke auf und neben achtlos beiseite gelegten Instrumenten hatte sich hier und dort Müll auf dem Boden angesammelt.

Janeway holte vorsichtig Luft und hustete. »Was für ein Geruch!«

»Qavoks sind für ihr unhygienisches Verhalten bekannt«, sagte Tyla.

Janeway lachte – und hustete erneut. Bestimmt musste sie später zehnmal duschen, um den Gestank aus dem Haar und von der Haut zu vertreiben.

»Die Kontrollen.« Janeway deutete zu den Konsolen.

Tyla nickte und nahm vor einem Schaltpult Platz. Einige Sekunden lang betrachtete sie die Anzeigen und betätigte dann einige Schaltelemente. Das Ergebnis: Die Manövrierdüsen auf der Backbordseite feuerten lange genug, um den Kurs zu korrigieren und den Orbit zu stabilisieren.

Seven sondierte das Innere der *Unbesiegbar*. »Die Borg würden den Qavoks keine Beachtung schenken«, sagte sie. »Hier gibt es nichts Interessantes für das Kollektiv.«

Janeway lachte und versuchte, dabei nicht zu atmen.

Seven trat hinter Tyla und warf einen Blick auf die Displays. Dann beugte sie sich vor und gab neben der Lekk Daten ein. »Das sind die Koordinaten. Wir müssen diesen Ort in exakt drei Minuten und siebzehn Sekunden erreichen, von *jetzt* an. Keine Millisekunde früher oder später.«

»Verstanden«, sagte Tyla.

Janeway beobachtete, wie sich das Qavok-Kriegsschiff langsam drehte, bis der Bug in die richtige Richtung wies. Es kam nur zu einigen wenigen, leichten Erschütterungen.

»Nicht übel«, meinte Janeway. »Halten Sie uns auf Kurs.

Janeway an *Voyager*. Hier ist alles vorbereitet. Wir hätten unsere eigene Atemluft mitbringen sollen, aber ansonsten gibt es keine Schwierigkeiten. Folgen Sie uns in einem sicheren Abstand.«

Chakotays Stimme erklang, klar und deutlich.

»Hier *Voyager*. Verstanden. Allerdings haben wir hier ein kleines Problem. B'Elanna hat das Warptriebwerk noch nicht repariert und Tom hält es nicht für besonders klug, das Schiff allein mit Impulskraft tiefer zu steuern. Er fürchtet, dass wir nicht schnell genug aus dem Gravitationsschacht herausklettern können.«

»Verstehe«, sagte Janeway. »Nun, bleiben Sie nahe genug, um die ganze Zeit über den Transferfokus auf uns gerichtet zu halten – für den Fall, dass etwas schief geht.«

»In Ordnung«, erwiderte Chakotay. »*Voyager* Ende.«

Janeway trat an Tylas rechte Seite. Seven richtete einen fragenden Blick auf sie. »Das Warptriebwerk ist ausgefallen?«

»Ja.« Janeway nickte. »Ich weiß, ich weiß.«

Ohne Warppotential schickten sie sich an, ihren eigenen Tod um exakt zwei Komma drei neun Millisekunden zu beschleunigen.

25

Chakotay blieb neben Fähnrich Kim stehen, nur für den Fall, dass er beim Transporter Hilfe brauchte. Eine sichere Rückkehr von Kathryn, Seven und Tyla musste unter allen Umständen gewährleistet sein.

»Alles funktioniert einwandfrei, Commander«, sagte Kim. »Der Transferfokus ist stabil.«

»Gut«, erwiderte Chakotay, wich aber nicht von der Seite des Fähnrichs. Er wollte das Gefühl haben, direkt am Geschehen beteiligt zu sein.

Der Hauptschirm zeigte das Qavok-Kriegsschiff wie einen unansehnlichen Fleck vor der exotischen Schönheit des Doppelsterns. Im Gegensatz zu einem Schiff der Xorm gab es bei einem Qavok-Raumer nicht die geringsten ästhetischen Aspekte.

»Drei Minuten bis zum Retransfer von der *Unbesiegbar*«, sagte Kim.

»Noch ein Countdown«, kommentierte Paris. »In Hinsicht auf die Anzahl von Countdowns stellen wir heute einen neuen Rekord auf.«

»Darauf scheint es tatsächlich hinauszulaufen«, erwiderte Chakotay.

Die *Voyager* erbebte kurz und Paris schüttelte den Kopf. »Dort drüben muss es verdammt ungemütlich sein.«

»Das Qavok-Schiff fliegt nach wie vor mit richtigem Kurs«, sagte Kim. »Und mit der richtigen Geschwindigkeit, um den Einsatzort rechtzeitig zu erreichen.«

»Achten Sie darauf, dass der Transferfokus stabil bleibt«, entgegnete Chakotay. »Ich beobachte den Kurs.«

»Ja, Sir«, sagte Kim. »Möchten Sie, dass ich mit dem Countdown fortfahre?«

Paris seufzte schwer.

Techniker trafen im Maschinenraum ein und B'Elanna verteilte Aufgaben. Die Chefingenieurin wollte von verschiedenen Seiten an das Problem herangehen. Es kam darauf an, jede Chance zu nutzen, um das Warptriebwerk wieder einsatzfähig zu machen.

Eine Gruppe sollte versuchen, die Hauptsysteme zu reparieren, obgleich die Aussichten nicht besonders gut waren.

Eine zweite Gruppe nahm sich die Reservesysteme vor. Die entsprechenden Komponenten wiesen geringere Schäden auf und es bestand durchaus die Möglichkeit, dass sich eine Reparatur durchführen ließ.

Die dritte Gruppe, deren Leitung B'Elanna übernahm, machte sich daran, ein ganz neues Kontrollsystem für den Warpantrieb zusammenzustellen. Mit ein wenig Glück ließ sich ein Warptransfer einleiten, der lange genug dauerte, um die *Voyager* in Sicherheit zu bringen – mit Impulskraft allein konnte sie der Explosion des sekundären Neutronensterns nicht entkommen. B'Elanna glaubte, dass ihre Gruppe die größten Erfolgschancen hatte. Wenn Janeway und Seven zurückkehrten, konnten sie ebenfalls mit anfassen. Bei dieser Sache war jede Hilfe willkommen.

»Wir müssen es in einer Stunde schaffen«, sagte Torres laut und hieb mit der Faust auf die Konsole, deren Kontrollen nicht mehr funktionierten.

Janeway hatte das Gefühl, auf einem wilden Stier zu reiten. Wenn das Qavok-Kriegsschiff über Stabilisatoren verfügte, so schienen sie ausgefallen zu sein. Seven schlang einen Strick um Tylas Beine, um sie im Sessel festzuhalten. Unter anderen Umständen hätte Janeway die menschlich anmutende Improvisation der früheren Borg gelobt, aber jetzt fehlte selbst dafür die Zeit.

Sie griff nach einem Rohr, um nicht das Gleichgewicht zu verlieren. Erstaunlich: Seven schien sich mühelos auf den Beinen halten zu können.

»Noch eine Minute bis zum Retransfer«, teilte Chakotay mit.

»Wir sind ein wenig zu schnell«, sagte Seven.

»Ich kompensiere.« Tylas Stimme klang angespannt. »Angesichts der starken Gravitation ist die Bremskraft der Manövrierdüsen beschränkt.«

»Verstanden«, erwiderte Seven und betätigte Schaltelemente. »Ich habe den zusätzlichen Beschleunigungsfaktor bei den Bremsmanövern berücksichtigt, die nach unserem Retransfer stattfinden müssen. Allerdings ist es notwendig, während der nächsten dreißig Sekunden die Geschwindigkeit des Schiffes um exakt vierundsechzig Kilometer pro Sekunde zu verringern.«

»Ich weiß nicht, ob die Bugdüsen das leisten können«, sagte Tyla.

»Was ist mit den Heckdüsen?«, fragte Janeway.

Tyla nickte. »Dort gibt es vier und alle funktionieren.«

»Bleibt uns Zeit genug, das Schiff zu drehen?«

»Ich denke schon«, erwiderte die Lekk.

»Das hat Auswirkungen auf die letzten Sekunden des Flugs.« Seven betätigte erneut die Kontrollen. »Ich kompensiere.«

»Festhalten«, sagte Tyla. »Wenn ich das Schiff drehe, müssen wir mit starken Erschütterungen rechnen.«

»Halte mich fest«, bestätigte Janeway.

»Drehung beginnt.«

Tyla hatte nicht übertrieben. Der Raum schien um neunzig Grad zu rotieren und Janeway fühlte sich im wahrsten Sinne des Wortes hin und her gerissen. Mehrmals stieß sie an die Geräteblöcke rechts und links von ihr, holte sich dabei weitere blaue Flecken.

»Ist alles in Ordnung?«, ertönte Chakotays Stimme aus den Kom-Lautsprechern.

»Ja, Commander«, antwortete Janeway. »Wir müssen das Schiff nur drehen, um die Manövrierdüsen des Hecks zu verwenden.«

»Verstanden. Noch dreißig Sekunden.«

»Erledigt«, sagte Seven. »Wir fliegen erneut mit dem richtigen Kurs und die zeitlichen Daten sind ebenfalls korrekt.«

Janeway wagte kaum zu atmen, als sie beobachtete, wie Tyla und Seven etwas schafften, das unmöglich zu sein schien: Allein mit den Manövrierdüsen steuerten sie das fremde Kriegsschiff zum sekundären Neutronenstern. Die Kommandantin bedauerte, dass sie den tödlichen Tanz des Doppelsterns nicht sehen konnte. Andererseits ... Vielleicht war es besser, dass ihr jener Anblick erspart blieb.

»Noch fünfzehn Sekunden«, sagte Chakotay.

Seven blickte auf ihre Instrumente. »Geschwindigkeit ein wenig verringern.«

Tylas Hände flogen über die Kontrollen. Die junge Frau war eine ausgezeichnete Pilotin, fast so gut wie Tom Paris.

Wieder schlingerte und erbebte das Schiff. Janeway hielt sich erneut an dem Rohr fest, als sie plötzlich den Boden unter den Füßen verlor.

Seven stützte sich mit einer Hand ab, während sie mit der anderen Schaltelemente betätigte und eine neue Berechnung vornahm.

Der um Tylas Beine geschlungene Strick bewahrte sie auch diesmal davor, aus dem Sessel geschleudert zu werden.

»Noch zehn Sekunden.«

»Acht.«

»Sieben.«

»Sechs.«

Erneut traf die *Unbesiegbar* auf eine Schwerkraftturbulenz und ihr Kontrollraum schien abrupt zur Seite zu kippen.

»Fünf.«

»Schub halten«, sagte Seven. »Deaktivieren Sie die Manövrierdüsen auf meine Anweisung hin.«

»Vier.«

»Noch nicht«, wandte sich Seven erneut an die Lekk. »Den Schub auch weiterhin konstant halten.«

»Drei.«

»Perfekt«, sagte Seven.

»Zwei.«

»Manövrierdüsen deaktivieren.«

Tylas Finger huschten virtuos über die Kontrollen und bewegten sich wie die einer Pianistin in Topform.

»Eins.«

»Manövrierdüsen deaktiviert«, sagte Tyla.

Zum letzten Mal tönte Chakotays Stimme durch die Rauchschwaden im Kontrollraum des Qavok-Schiffes. »Retransfer.«

Janeway spürte ein leichtes Prickeln, als sie vom Transporterstrahl erfasst wurde.

Plötzlich stand sie wieder auf der Brücke der *Voyager*.

Tyla und Seven befanden sich an ihrer Seite. Beide blickten zum Hauptschirm.

»Noch drei Sekunden«, sagte Kim.

Seven of Nine trat an die Funktionsstation heran und blickte über die Schulter des jungen Fähnrichs.

»Die Kursdaten sind korrekt, Captain«, teilte sie mit. »Das gilt auch für den Zeitfaktor.«

»Jetzt!«, sagte Kim.

In der Nähe des Doppelsterns blitzte es weiß auf, als der Warpkern des Qavok-Kriegsschiffes kollabierte. Das

Gleißen verschwand sofort wieder und zurück blieben die beiden sich rasend schnell umkreisenden Neutronensterne.

»Es scheint kaum der Rede wert gewesen zu sein«, meinte Paris.

»Im Vergleich mit der gewaltigen Energie des binären Neutronensterns war es nichts weiter als ein kleiner Schluckauf«, sagte Janeway. »Aber er genügt, um den Masseverlust des aufgeblähten sekundären Neutronensterns zu beschleunigen und ihn exakt zwei Komma drei neun Millisekunden eher explodieren zu lassen.«

»Es sind sehr wichtige zwei Komma drei neun Millisekunden«, betonte Chakotay.

»Wann erfahren wir, ob unsere Bemühungen erfolgreich gewesen sind?«, fragte Tyla.

»Erst dann, wenn wir die Flugbahn des primären Sterns messen können.«

Seven nickte.

»Bringen Sie uns durch die Turbulenz, Tom«, sagte Janeway. »Und zwar so schnell wie möglich.«

»Mit Vergnügen«, erwiderte er.

Die *Voyager* drehte sich und glitt fort vom binären Neutronenstern.

»Meine Güte, was ist das für ein Geruch?«, fragte Paris nach einigen Sekunden.

Er drehte den Kopf, sah zu Janeway, Seven und Tyla.

Janeway lachte. Erst jetzt bemerkte sie, dass die übrigen Brückenoffiziere versuchten, einen gewissen Abstand zu wahren.

»Ich glaube, wir sollten duschen und die Kleidung wechseln«, sagte sie.

»Das wäre angebracht«, entgegnete Chakotay. »Aber B'Elanna braucht Ihre Hilfe, und zwar so schnell wie möglich.«

»Das Warptriebwerk?«

Der Erste Offizier nickte.

»Wenn ich es mir recht überlege, Tom ... Beschleunigen Sie mit voller Impulskraft, sobald wir die Turbulenz hinter uns haben. Wir sollten eine möglichst große Distanz zwischen uns und den binären Neutronenstern legen.«

»Mit Impulskraft allein schaffen wir es nicht, Captain«, gab Seven zu bedenken.

»Ich weiß«, erwiderte Janeway. »Aber wir bekommen dadurch die Millisekunden zurück, die wir durch unser Eingreifen verloren haben.«

26

B'Elanna sah auf, als Janeway in den Maschinenraum kam. Ihr Gesicht wirkte gerötet, als hätte sie gerade eine Ultraschalldusche hinter sich.

Torres setzte die Arbeit fort. Bisher kamen sie mit dem neuen Kontrollsystem für das Warptriebwerk gut voran, aber sie konnten jede Hilfe gebrauchen.

Seven war vor einigen Minuten eingetroffen und arbeitete an den Reservesystemen. Offenbar glaubte sie, dass dort die größten Erfolgsaussichten lagen. B'Elanna hingegen hielt an der Überzeugung fest, dass sie das Warppotential nur mit einem neuen System wiederherstellen konnten.

»Wie kann ich helfen?«, fragte Janeway. »Ich weiß über die drei Möglichkeiten und die drei Gruppen Bescheid. Gute Idee von Ihnen.«

»Danke«, sagte B'Elanna.

»Ich glaube, das neue System bietet die besten Möglichkeiten«, meinte Janeway. »Wo kann ich mich nützlich machen?«

»Ich teile Ihre Ansicht«, erwiderte B'Elanna. »Die Gruppe dort drüben braucht Hilfe bei der Fertigstellung der Verbindungen, während ich diese Konsole vorbereite. In zehn Minuten können wir einen ersten Test vornehmen.« Sie blickte zum Chronometer an der Wand. Es zeigte nicht mehr die Bordzeit an, sondern einen Countdown.

»Es bleibt nicht mehr viel Zeit.«

»Sechsunddreißig Minuten«, sagte Janeway. »Mehr als genug.«

B'Elanna war da nicht so sicher, verzichtete aber darauf, ihre Zweifel in Worte zu kleiden. Sie nickte stumm und versuchte, noch konzentrierter zu arbeiten als vorher. Die Sache hatte nur einen Haken: Je härter sie arbeitete, desto schneller schien die Zeit zu vergehen.

Und das wünschte sie sich ganz und gar nicht.

Stille herrschte auf der Brücke, als Tyla sie betrat. Dr. Maalot hatte die Krankenstation inzwischen verlassen, saß im rückwärtigen Bereich des Kontrollraums an einer Konsole und nahm irgendwelche Berechnungen vor. Sie wusste nicht, womit er beschäftigt war, freute sich aber darüber, dass es ihm besser ging.

Der Hauptschirm zeigte einen kleiner gewordenen binären Neutronenstern – die *Voyager* setzte ihr sekundäres Triebwerk ein, um sich von ihm zu entfernen. Aber Tyla wusste: Auf diese Weise konnten sie der Schockwelle nicht entkommen, die bei der Explosion des Neutronensterns entstehen würde, von der gefährlichen Gammastrahlung ganz zu schweigen.

»Ich habe die Kapazität der Schilde auf dreiundachtzig Prozent erhöht«, meldete Fähnrich Kim.

Commander Chakotay nickte. »Gut.«

»Ah, Lieutenant Tyla«, sagte Dr. Maalot. Er drehte den Kopf und lächelte. »Freut mich, Sie lebend wiederzusehen.«

»Die Freude ist ganz meinerseits«, erwiderte die Lekk.

»Wir erleben hier ein aufregendes Abenteuer, nicht wahr?« Maalot lächelte auch weiterhin, als sei das, was sie bisher durchgemacht hatten, eine Art Märchen.

»Ich schätze, man kann die Sache auch so sehen«, sagte Tyla. »Woran arbeiten Sie?«

»An einer Idee, die uns vielleicht dabei hilft, die Explosion des sekundären Neutronensterns lebend zu überstehen.«

»Wie meinen Sie das?«, fragte Tyla.

Auch Commander Chakotay hörte die Worte des Lekk-Wissenschaftlers. »Haben Sie eine Idee, Doktor?«, fragte er und trat an Tylas Seite.

»Ich bin nicht sicher, ob es klappt.«

»Weniger als zwölf Minuten trennen uns von der Vernichtung«, stellte der Erste Offizier fest. »Unter solchen Umständen bin ich bereit, mir alles anzuhören.«

Diese Bereitschaft erstaunte Tyla. Dr. Maalot musste Chakotay sehr beeindruckt haben.

»Nun, Sie wissen sicher, dass die Schockwelle der bevorstehenden Explosion aus Gamma- und Röntgenstrahlen besteht«, sagte Maalot. »Wenn wir nicht weit genug entfernt sind, droht allen an Bord der Tod.«

Chakotay nickte.

»Es folgt eine zweite Stoßwelle, die aus Plasma besteht und sich mit unglaublicher Geschwindigkeit ausbreitet. Aber sie wird nicht so schnell sein wie die erste Welle, wenn Sie verstehen, was ich meine.«

Chakotay nickte erneut. »Wenn wir das Bombardement aus Gammastrahlen überstehen ...«

»Aus Gamma- und Röntgenstrahlen«, korrigierte Dr. Maalot.

»... so bleibt uns Zeit bis zum Eintreffen der Plasmawelle. Richtig?«

»Ja. Bei der gegenwärtigen Entfernung bekommen wir dadurch zusätzliche zehn Minuten.«

»Aber wie überstehen wir die erste Welle?«, fragte Tyla. Sie sah keine Möglichkeit.

»Am besten wäre es, ihr auszuweichen.«

»Das versuchen wir, Doktor«, erwiderte Chakotay und klang jetzt ein wenig verärgert.

»Nein, ich meine, wir könnten hinter einem großen Asteroiden oder einem kleinen Mond in Deckung gehen. Ein solcher Himmelskörper würde uns vor dem größten Teil der Schockwelle abschirmen und die Schilde der *Voyager* sollten in der Lage sein, mit dem Rest fertig zu werden. In diesem Zusammenhang sind noch einige Berechnungen nötig.«

»Beginnen Sie sofort damit, Doktor«, sagte Chakotay. »Und teilen Sie mir die Ergebnisse mit.«

Tyla wich zur Seite, um Dr. Maalot nicht zu stören.

»Tom, befindet sich ein Asteroid oder ein Mond in der Nähe?«, fragte Chakotay und näherte sich dem Piloten.

»Ein großer Asteroid«, antwortete Paris. »Sieben Flugminuten entfernt.«

»Uns bleiben genau neuneinhalb Minuten«, erwiderte Chakotay. »Bringen Sie uns dort in Position. Und halten Sie sich für einen eventuellen Warptransfer bereit. Vielleicht gelingt es B'Elanna und den anderen, das Triebwerk rechtzeitig zu reparieren.«

»Verstanden, Commander.«

Tyla beobachtete, wie Paris die Navigationskontrollen bediente und das wundervolle Raumschiff namens *Voyager* so steuerte, als sei es eine Erweiterung seines Körpers. Sie bewunderte sein Geschick.

Und beneidete ihn um seinen Posten.

Janeway wischte sich ein wenig Schweiß von der Stirn und sah zum Chronometer an der Wand. Der von B'Elanna programmierte Countdown zeigte noch fünf Minuten an.

Fünf kurze Minuten.

Ihnen blieb keine Wahl: Sie mussten irgendetwas versuchen.

Und zwar schnell.

Vor Janeway lag B'Elanna halb unter einer Schalttafel und stellte beim improvisierten neuen Kontrollsystem letzte Verbindungen her.

Sevens Gruppe war fast mit der Reparatur des Reservesystems fertig. Aber »fast« genügte eben nicht. »Fast« gab ihnen nicht die Möglichkeit, der Schockwelle aus Gamma- und Röntgenstrahlen zu entkommen, die das Schiff in weniger als fünf Minuten treffen würde.

»Captain?«, erklang Chakotays Stimme.

»Sprechen Sie.«

»Wir gehen hinter einem großen Asteroiden in Deckung. Dr. Maalot meint, dass wir auf diese Weise die erste Schockwelle überstehen können. Dadurch bekommen wir zusätzliche zehn Minuten bis zum Eintreffen der Plasmawelle.«

»Verstanden«, sagte Janeway. »Gute Idee. Aber bleiben Sie in Bereitschaft. Wir beabsichtigen, vor Ablauf jener Frist zwei Warpsysteme zu testen.«

»Bestätige Bereitschaft.«

B'Elanna kroch unter der Schalttafel hervor.

»Wir können einen Versuch unternehmen«, sagte sie.

»Mit welchem Warpfaktor?«, fragte Janeway. »Warp eins für zehn Sekunden bringt uns nicht in Sicherheit. Warp sechs für zehn Sekunden wäre eine große Hilfe.«

»Warp sechs«, entschied die Chefingenieurin und sah zum Chronometer. Janeway folgte ihrem Blick. Weniger als zwei Minuten. Der Versuch musste gelingen!

Und wenn nicht ... Dann blieb ihnen nichts anderes übrig, als Dr. Maalots Idee zu vertrauen. Sie brauchten ein letztes Wunder.

»Janeway an Brücke.«

»Ich höre, Captain«, erwiderte Chakotay.

»Leiten Sie den Warptransfer ein. Warpfaktor sechs.«

Funken stoben aus der Schalttafel, als die *Voyager* in den Warptransit sprang und sich mit vielfacher Überlichtgeschwindigkeit vom binären Neutronenstern entfernte.

»Halt durch«, hauchte B'Elanna und meinte damit das improvisierte Kontrollsystem. »Halt durch ...«

Ein Rauchfaden stieg aus den elektronischen Eingeweiden der Schalttafel, aber der Warptransfer dauerte an.

»Acht Sekunden«, sagte Janeway.

»Neun.«

»Zehn.«

»Elf.«

»Es funktioniert«, stellte B'Elanna erleichtert fest und lächelte, als der Warptransit die *Voyager* in Sicherheit brachte. Weit hinter ihr blieb ein sterbender Neutronenstern zurück.

Janeway sah noch einmal zum Chronometer. »Uns blieben nur noch fünfundvierzig Sekunden. Es war sehr, sehr knapp.«

»Aber wir haben es geschafft«, erwiderte B'Elanna.

Auf der Brücke sah Tom Paris zu Chakotay. »Da wir jetzt wieder Warppotential haben, Commander ... Wohin soll ich fliegen?«

»Fort vom Neutronenstern«, erwiderte Chakotay, lächelte und nahm in seinem Sessel Platz. »Nur weg von ihm. Wenn wir eine sichere Entfernung erreicht haben, nehmen wir Kurs auf das Heimatsystem der Lekk.«

»Klingt gut«, sagte Tom.

Er betätigte die Navigationskontrollen. »Fort vom Neutronenstern.«

27

Einen Tag später stand Tyla neben Tuvok auf der Brücke der *Voyager*, als der Warptransfer am Rand ihres Heimatsystems endete. Hundert Jahre schienen vergangen zu sein, seit die Qavoks Dr. Maalot und sie entführt hatten. Nicht einmal in ihren wildesten Träumen hätte sie es für möglich gehalten, auf diese Weise heimzukehren, und mit so großen Verdiensten.

Der primäre Neutronenstern stellte keine Gefahr mehr dar. Die Explosion der *Unbesiegbar* zum richtigen Zeitpunkt am richtigen Ort hatte den gewünschten Zweck erfüllt und dem primären Stern eine Flugbahn gegeben, die ihn weit an bewohnten Sonnensystemen vorbei in den intergalaktischen Leerraum führte.

Ihre Bemühungen waren erfolgreich gewesen.

Nicht ohne eine gehörige Portion Glück, wie sich Captain Janeway ausgedrückt hatte.

Die Kommandantin trat neben Tyla und beobachtete, wie das Heimatsystem der Lekk auf dem Hauptschirm erschien. Janeway trank die abscheulich riechende Flüssigkeit, die sie »Kaffee« nannte. Es war die einzige Sache an Bord der *Voyager*, die Tyla nicht mochte. Janeway hingegen schien davon begeistert zu sein.

»Ihre Heimat sieht wundervoll aus«, sagte Janeway zwischen zwei Schlucken, als ein blauer und rötlicher Planet in Sicht geriet.

»Ich habe sie vermisst«, erwiderte Tyla.

»Kann ich mir denken.«

Tyla bemerkte, wie Janeways Blick in die Ferne reichte. Vielleicht dachte sie an ihr eigenes Heimatsystem, weit, weit entfernt.

»Ich weiß gar nicht, wie ich Ihnen danken kann, Captain«, sagte Tyla.

»Dank ist nicht nötig«, erwiderte Janeway.

»In diesem Punkt gestatte ich mir respektvoll, anderer Ansicht zu sein. Dank ist sehr wohl nötig. Sie haben mir vertraut, obwohl ich kein Vertrauen zu Ihnen hatte.«

Janeway lachte. »Ich habe Ihnen vertraut, weil ich wusste: Sie treffen immer die Entscheidungen, die Sie für notwendig halten, und anschließend handeln Sie entsprechend.«

»Und mein Fluchtversuch?«

»Sie hielten ihn für erforderlich.« Janeway zuckte mit den Schultern. »Nicht mehr und nicht weniger. Das war mir sofort klar. Und als Sie es für richtig hielten, uns zu helfen, setzten Sie dabei Ihr Leben aufs Spiel.«

»Nun ...« Tyla versuchte, nach diesen überraschenden Worten der Kommandantin ihre Gedanken zu sammeln. »Ich möchte Ihnen trotzdem danken. Auch und vor allem im Namen meines Volkes.«

Janeway nickte. »Gern geschehen. Ich muss zugeben: Es fühlt sich gut an, Millionen von Personen zu retten. Ganze Sonnensysteme wurden vor der Vernichtung bewahrt.«

»Ja, das stimmt.« Tyla lächelte und zum ersten Mal begriff sie: Es war tatsächlich ein angenehmes Gefühl, anderen zu helfen. Sie wollte sich gern an dieses Empfinden erinnern.

»Sind Sie bereit, uns noch ein letztes Mal zu helfen?«, fragte Janeway.

»Natürlich.«

»Mein Pilot braucht eine Ruhepause. Wie wär's, wenn Sie die *Voyager* zu Ihrer Heimatwelt fliegen?«

Tyla hätte die Kommandantin am liebsten umarmt.

Sie hielt ihr Grinsen lange genug zurück, um zu antworteten: »Mit großem Vergnügen.«

»Tom …« Janeway schmunzelte und klopfte Tyla auf den Rücken. »Weisen Sie die junge Dame kurz ein und überlassen Sie ihr dann die Navigationsstation.«

»Gern, Captain.« Paris stand auf und streckte sich, als Tyla vortrat und den Platz des Piloten einnahm. Sie passte gut auf, als er die Kontrollen erklärte, für den Fall, dass sie irgendetwas übersehen hatte.

Wie sich herausstellte, hatte sie ihn lange genug beobachtet, um alles zu verstehen.

Paris wich beiseite. »Sie ist bereit. Schon seit einer ganzen Weile, glaube ich.«

»Sind Sie so weit, Tyla?«, fragte Janeway.

Das Herz schlug der Lekk bis zum Hals empor und ein flaues Gefühl entstand in ihrer Magengrube. Trotzdem war sie absolut sicher, das schönste und beste Raumschiff fliegen zu können, das sie je gesehen hatte.

»Ja.«

»Dann bringen Sie uns zu Ihrer Heimatwelt, Tyla.«

»Ja, Captain«, bestätigte sie. »*Voyager* an Lekk-Systemkontrolle«, sagte sie dann.

»Auf den Schirm.« Janeway ließ sich in den Kommandosessel sinken und trank einen Schluck Kaffee.

»Lekk-Systemkontrolle an *Voyager*, Sie sind mehr als willkommen. Das ganze System steht in Ihrer Schuld. Halten Sie sich für den Empfang von Orbitalinstruktionen bereit.«

»Die Nachricht von den jüngsten Ereignissen scheint schneller gewesen zu sein als wir«, sagte der neben Janeway sitzende Chakotay.

Auf dem Hauptschirm erschien das ernste Gesicht von Lieutenant Grann. Tyla und Grann hatten die ersten Jahre des Dienstes beim Militär gemeinsam hinter sich gebracht. Er war schließlich Offizier bei der Systemkontrolle geworden, und Tyla Pilotin.

»Danke, Kontrolle«, erwiderte Tyla und blieb ebenfalls sehr ernst. »Wir sind in Bereitschaft.«

Nach einem Moment sah Grann auf. Es dauerte einige Sekunden, bis er begriff, was er sah: eine Lekk-Pilotin an den Navigationskontrollen des Raumschiffs, das ihr Heimatsystem gerettet hatte. Und die Pilotin war Tyla.

Er öffnete den Mund und schloss ihn wieder. Nach einer kurzen Pause öffnete er ihn erneut und heraus kam ein leises Quieken.

Hinter Tyla lachten Janeway, Chakotay und Fähnrich Kim.

Tyla stimmt mit ein. Sie lachte von Herzen, zum ersten Mal seit langer, langer Zeit.

Sie wusste: Dank der Menschen und ihres wundervollen Schiffes würde sie noch oft Gelegenheit erhalten, auf diese Weise zu lachen.

STAR TREK™

in der Reihe
HEYNE SCIENCE FICTION & FANTASY

STAR TREK: CLASSIC SERIE

Vonda N. McIntyre, Star Trek II: Der Zorn des Khan · 06/3971
Vonda N. McIntyre, Der Entropie-Effekt · 06/3988
Robert E. Vardeman, Das Klingonen-Gambit · 06/4035
Lee Correy, Hort des Lebens · 06/4083
Vonda N. McIntyre, Star Trek III: Auf der Suche nach Mr. Spock · 06/4181
S. M. Murdock, Das Netz der Romulaner · 06/4209
Sonni Cooper, Schwarzes Feuer · 06/4270
Robert E. Vardeman, Meuterei auf der Enterprise · 06/4285
Howard Weinstein, Die Macht der Krone · 06/4342
Sondra Marshak & Myrna Culbreath, Das Prometheus-Projekt · 06/4379
Sondra Marshak & Myrna Culbreath, Tödliches Dreieck · 06/4411
A. C. Crispin, Sohn der Vergangenheit · 06/4431
Diane Duane, Der verwundete Himmel · 06/4458
David Dvorkin, Die Trellisane-Konfrontation · 06/4474
Vonda N. McIntyre, Star Trek IV: Zurück in die Gegenwart · 06/4486
Greg Bear, Corona · 06/4499
John M. Ford, Der letzte Schachzug · 06/4528
Diane Duane, Der Feind – mein Verbündeter · 06/4535
Melinda Snodgrass, Die Tränen der Sänger · 06/4551
Jean Lorrah, Mord an der Vulkan Akademie · 06/4568
Janet Kagan, Uhuras Lied · 06/4605
Laurence Yep, Herr der Schatten · 06/4627
Barbara Hambly, Ishmael · 06/4662
J. M. Dillard, Star Trek V: Am Rande des Universums · 06/4682
Della van Hise, Zeit zu töten · 06/4698
Margaret Wander Bonanno, Geiseln für den Frieden · 06/4724
Majliss Larson, Das Faustpfand der Klingonen · 06/4741
J. M. Dillard, Bewußtseinsschatten · 06/4762
Brad Ferguson, Krise auf Centaurus · 06/4776
Diane Carey, Das Schlachtschiff · 06/4804
J. M. Dillard, Dämonen · 06/4819
Diane Duane, Spocks Welt · 06/4830
Diane Carey, Der Verräter · 06/4848
Gene DeWeese, Zwischen den Fronten · 06/4862
J. M. Dillard, Die verlorenen Jahre · 06/4869
Howard Weinstein, Akkalla · 06/4879
Carmen Carter, McCoys Träume · 06/4898
Diane Duane & Peter Norwood, Die Romulaner · 06/4907
John M. Ford, Was kostet dieser Planet? · 06/4922
J. M. Dillard, Blutdurst · 06/4929
Gene Roddenberry, Star Trek I: Der Film · 06/4942
J. M. Dillard, Star Trek VI: Das unentdeckte Land · 06/4943
Jean Lorrah, Die UMUK-Seuche · 06/4949
A. C. Crispin, Zeit für gestern · 06/4969
David Dvorkin, Die Zeitfalle · 06/4996
Barbara Paul, Das Drei-Minuten-Universum · 06/5005

STAR TREK™

Judith & Garfield Reeves-Stevens, Das Zentralgehirn · 06/5015
Gene DeWeese, Nexus · 06/5019
D. C. Fontana, Vulkans Ruhm · 06/5043
Judith & Garfield Reeves-Stevens, Die erste Direktive · 06/5051
Michael Jan Friedman, Das Doppelgänger-Komplott · 06/5067
Judy Klass, Der Boaco-Zwischenfall · 06/5086
Julia Ecklar, Kobayashi Maru · 06/5103
Peter Norwood, Angriff auf Dekkanar · 06/5147
Carolyn Clowes, Das Pandora-Prinzip · 06/5167
Michael Jan Friedman, Schatten auf der Sonne · 06/5179
Diana Duane, Die Befehle des Doktors · 06/5247
V. E. Mitchell, Der unsichtbare Gegner ·06/5248
Dana Kramer-Rolls, Der Prüfstein ihrer Vergangenheit · 06/5273
Barbara Hambly, Der Kampf ums nackte Überleben · 06/5334
Brad Ferguson, Eine Flagge voller Sterne · 06/5349
J. M. Dillard, Star Trek VII: Generationen · 06/5360
Gene DeWeese, Die Kolonie der Abtrünnigen · 06/5375
Michael Jan Friedman, Späte Rache · 06/5412
Peter David, Der Riß im Kontinuum · 06/5464
Michael Jan Friedman, Gesichter aus Feuer · 06/5465
Peter David/Michael Jan Friedman/Robert Greenberger,
Die Enterbten · 06/5466
L. A. Graf, Die Eisfalle · 06/5467
John Vornholt, Zuflucht · 06/5468
L. A. Graf, Der Saboteur · 06/5469
Melissa Crandall, Die Geisterstation · 06/5470
Mel Gilden, Die Raumschiff-Falle · 06/5471
V. E. Mitchell, Tore auf einer toten Welt · 06/5472
Victor Milan, Aus Okeanos Tiefen · 06/5473
Diane Carey, Das große Raumschiff-Rennen · 06/5474
Margaret Wander Bonanno, Die Sonde · 06/5475
Diane Carey, Kirks Bestimmung · 06/5476
L. A. Graf, Feuersturm · 06/5477
A. C. Crispin, Sarek · 06/5478
Simon Hawke, Die Terroristen von Patria · 06/5479
Barbara Hambly, Kreuzwege · 06/5681
L. A. Graf, Ein Sumpf von Intrigen · 06/5682
Howard Weinstein, McCoys Tochter · 06/5683
Judith & Garfield Reeves-Stevens, Die Föderation · 06/5684
J. M. Dillard, Sabotage · 06/5685
Denny Martin Flinn, Der Coup der Promethaner · 06/5686
Diane Carey/Dr. James I. Kirkland, Keine Spur von Menschen · 06/5687
William Shatner, Die Asche von Eden · 06/5688
William Shatner, Die Rückkehr · 06/5689
William Shatner, Der Rächer · 06/5690
Peter David, Die Tochter des Captain · 06/5691
Dean Wesley Smith/Kristine Kathryn Rusch, Die Ringe von Tautee · 06/5693
Diane Carey, Invasion – 1: Der Erstschlag · 06/5694
Dean Wesley Smith/Kristine Kathryn Rusch, Tag der Ehre – 4:
Das Gesetz des Verrats · 06/5702

STAR TREK™

William Shatner, Das Gespenst · 06/5703
William Shatner, Dunkler Sieg · 06/5704
William Shatner, Die Bewahrer · 06/5705

STAR TREK: THE NEXT GENERATION
David Gerrold, Mission Farpoint · 06/4589
Gene DeWeese, Die Friedenswächter · 06/4646
Carmen Carter, Die Kinder von Hamlin · 06/4685
Jean Lorrah, Überlebende · 06/4705
Peter David, Planet der Waffen · 06/4733
Diane Carey, Gespensterschiff · 06/4757
Howard Weinstein, Macht Hunger · 06/4771
John Vornholt, Masken · 06/4787
David & Daniel Dvorkin, Die Ehre des Captain · 06/4793
Michael Jan Friedman, Ein Ruf in die Dunkelheit · 06/4814
Peter David, Eine Hölle namens Paradies · 06/4837
Jean Lorrah, Metamorphose · 06/4856
Keith Sharee, Gullivers Flüchtlinge · 06/4889
Carmen Carter u. a., Planet des Untergangs · 06/4899
A. C. Crispin, Die Augen der Betrachter · 06/4914
Howard Weinstein, Im Exil · 06/4937
Michael Jan Friedman, Das verschwundene Juwel · 06/4958
John Vornholt, Kontamination · 06/4986
Mel Gilden, Baldwins Entdeckungen · 06/5024
Peter David, Vendetta · 06/5057
Peter David, Eine Lektion in Liebe · 06/5077
Howard Weinstein, Die Macht der Former · 06/5096
Michael Jan Friedman, Wieder vereint · 06/5142
T. L. Mancour, Spartacus · 06/5158
Bill McCay/Eloise Flood, Ketten der Gewalt · 06/5242
V. E. Mitchell, Die Jarada · 06/5279
John Vornholt, Kriegstrommeln · 06/5312
David Bischoff, Die Epidemie · 06/5356
Peter David, Imzadi · 06/5357
Laurell K. Hamilton, Nacht über Oriana · 06/5342
Simon Hawke, Die Beute der Romulaner · 06/5413
Rebecca Neason, Der Kronprinz · 06/5414
John Peel, Drachenjäger · 06/5415
Diane Carey, Abstieg · 06/5416
Diane Duane, Dunkler Spiegel · 06/5417
Jeri Taylor, Die Zusammenkunft · 06/5418
Michael Jan Friedman, Relikte · 06/5419
Susan Wright, Der Mörder des Sli · 06/5438
W. R. Thomson, Planet der Schuldner · 06/5439
Carmen Carter, Das Herz des Teufels · 06/5440
Michael Jan Friedman & Kevin Ryan, Requiem · 06/5442
Dafydd ab Hugh, Gleichgewicht der Kräfte · 06/5443
Michael Jan Friedman, Die Verurteilung · 06/5444
Peter David, Q^2 · 06/5445
Simon Hawke, Die Rückkehr der Despoten · 06/5446

STAR TREK™

Robert Greenberger, Die Strategie der Romulaner · 06/5447
Gene DeWeese, Im Staubnebel verschwunden · 06/5448
Brad Ferguson, Das letzte Aufgebot · 06/5449
Michael Jan Friedman, Die andere Seite · 06/5750
Kij Johnson/Greg Cox, Die Ehre des Drachen · 06/5751
J. M. Dillard/Kathleen O'Malley, Wahnsinn · 06/5753
Dean Wesley Smith/Kristine Kathryn Rusch, Invasion – 2: Soldaten des Schreckens · 06/5754
Pamela Sargent/George Zebrowski, Verhöhnter Zorn · 06/5756
J. M. Dillard, Star Trek VIII: Der erste Kontakt · 06/5757
Diane Carey, Tag der Ehre – 1: Altes Blut · 06/5763
John Vornholt, Der Dominion-Krieg – 1: Hinter feindlichen Linien · 06/5765
John Vornholt, Der Dominion-Krieg – 3: Sternentunnel · 06/5766
Peter David, Imzadi II · 06/5767
John de Lancie/Peter David, Ich, Q · 06/5768
J. M. Dillard, Star Trek IX: Der Aufstand · 06/5770
Greg Cox, Das Q-Kontinuum 1: Die galaktische Barriere · 06/5771
Greg Cox, Das Q-Kontinuum 2: Die Entführung · 06/5772
Greg Cox, Das Q-Kontinuum 3: Der Widersacher · 06/5773

STAR TREK: DIE ANFÄNGE
Vonda N. McIntyre, Die erste Mission · 06/4619
Margaret Wander Bonanno, Fremde vom Himmel · 06/4669
Diane Carey, Die letzte Grenze · 06/4714

STAR TREK: DEEP SPACE NINE
J. M. Dillard, Botschafter · 06/5115
Peter David, Die Belagerung · 06/5129
K. W. Jeter, Die Station der Cardassianer · 06/5130
Sandy Schofield, Das große Spiel · 06/5187
Dafydd ab Hugh, Gefallene Helden · 06/5322
Lois Tilton, Verrat · 06/5323
Esther Friesner, Kriegskind · 06/5430
John Vornholt, Antimaterie · 06/5431
Diane Carey, Die Suche · 06/5432
K. W. Jeter, Das Böse · 06/5433
Melissa Scott, Der Pirat · 06/5434
Nathan Archer, Walhalla · 06/5512
Greg Cox/John Gregory Betancourt, Der Teufel im Himmel · 06/5513
Robert Sheckley, Das Spiel der Laertianer · 06/5514
Diane Carey, Der Weg des Kriegers · 06/5515
Diane Carey, Die Katakombe · 06/5516
Dean Wesley Smith/Kristine Kathryn Rusch, Die lange Nacht · 06/5517
John Peel, Der Schwarm · 06/5518
L. A. Graf, Invasion – 3: Der Feind der Zeit · 06/5519
Michael Jan Friedman, Saratoga · 06/5721
Diane Carey, Neuer Ärger mit den Tribbles · 06/5723
L. A. Graf, Tag der Ehre – 2: Der Himmel von Armageddon · 06/5725
Diane Carey, Der Dominion-Krieg – 2: Verlorener Friede · 06/5727
Diane Carey, Der Dominion-Krieg – 4: Beendet den Krieg! · 06/5728

STAR TREK™

STAR TREK: STARFLEET KADETTEN

John Vornholt, Generationen · 06/6501
Peter David, Worfs erstes Abenteuer · 06/6502
Peter David, Mission auf Dantar · 06/6503
Peter David, Überleben · 06/6504
Brad Strickland, Das Sternengespenst · 06/6505
Brad Strickland, In den Wüsten von Bajor · 06/6506
John Peel, Freiheitskämpfer · 06/6507
Mel Gilden & Ted Pedersen, Das Schoßtierchen · 06/6508
John Vornholt, Erobert die Flagge! · 06/6509
V. E. Mitchell, Die Atlantis Station · 06/6510
Michael Jan Friedman, Die verschwundene Besatzung · 06/6511
Michael Jan Friedman, Das Echsenvolk · 06/6512
Diane G. Gallagher, Arcade · 06/6513
John Peel, Ein Trip durch das Wurmloch · 06/6514
Brad & Barbara Strickland, Kadett Jean-Luc Picard · 06/6515
Brad & Barbara Strickland, Picards erstes Kommando · 06/6516
Ted Pedersen, Zigeunerwelt · 06/6517
Patricia Barnes-Svarney, Loyalitäten · 06/6518
Diana G. Gallagher, Tag der Ehre – 5: Ehrensache · 06/6530

STAR TREK: VOYAGER

L. A. Graf, Der Beschützer · 06/5401
Dean Wesley Smith/Kristine Kathryn Rusch, Die Flucht · 06/5402
Nathan Archer, Ragnarök · 06/5403
Susan Wright, Verletzungen · 06/5404
John Betancourt, Der Arbuk-Zwischenfall · 06/5405
Christie Golden, Die ermordete Sonne · 06/5406
Mark A. Garland/Charles G. McGraw, Geisterhafte Visionen · 06/5407
S. N. Lewitt, Cybersong · 06/5408
Dafydd ab Hugh, Invasion – 4: Die Raserei des Endes · 06/5409
Karen Haber, Segnet die Tiere · 06/5410
Jeri Taylor, Mosaik · 06/5811
Melissa Scott, Der Garten · 06/5812
David Niall Wilson, Puppen · 06/5813
Greg Cox, Das schwarze Ufer · 06/5814
Michael Jan Friedman, Tag der Ehre – 3: Ihre klingonische Seele · 06/5815
Christie Golden, Gestrandet · 06/5816
Dean Wesley Smith/Kristine Kathryn Rusch/Nina Kiriki Hoffman, Echos · 06/5817
Christie Golden, Seven of Nine · 06/5818
Eric Kotani, Tod eines Neutronensterns · 06/5819
Diane Carey, Endspiel · 06/5823

STAR TREK: DIE NEUE GRENZE

Peter David, Captain Calhoun · 06/6551
Peter David, U.S.S. Excalibur · 06/6552
Peter David, Märtyrer · 06/6553
Peter David, Die Waffe · 06/6554

STAR TREK™

STAR TREK: DIE BADLANDS
Susan Wright, Die Badlands 1 · 06/6475
Susan Wright, Die Badlands 2 · 06/6476

DAS STAR TREK-UNIVERSUM, 2 Bde.,
von *Ralph Sander* · 06/5150
DAS STAR TREK-UNIVERSUM, 1. Ergänzungsband
von *Ralph Sander* · 06/5151
DAS STAR TREK-UNIVERSUM, 2. Ergänzungsband
von *Ralph Sander* · 06/5270

Ralph Sander, Star Trek Timer 1996 · 06/1996
Ralph Sander, Star Trek Timer 1997 · 06/1997
Ralph Sander, Star Trek Timer 1998 · 06/1998
Ralph Sander, Star Trek Timer 1999 · 06/1999

William Shatner/Chris Kreski, Star Trek Erinnerungen · 06/5188
William Shatner/Chris Kreski, Star Trek Erinnerungen: Die Filme · 06/5450

Phil Farrand, Cap'n Beckmessers Führer durch
STAR TREK – DIE CLASSIC SERIE · 06/5451
Phil Farrand, Cap'n Beckmessers Führer durch
STAR TREK – DIE NÄCHSTE GENERATION · 06/5199
Phil Farrand, Cap'n Beckmessers Führer durch
STAR TREK – DIE NÄCHSTE GENERATION – Teil 2 · 06/6457
Phil Farrand, Cap'n Beckmessers Führer durch
STAR TREK – DEEP SPACE NINE · 06/6458

David Alexander, Gene Roddenberry – Die autorisierte Biographie · 06/5544
Judith & Garfield Reeves-Stevens, Star Trek Design · 06/5545
Nichelle Nichols, Nicht nur Uhura · 06/5547
Leonard Nimoy, Ich bin Spock · 06/5548
Lawrence M. Krauss, Die Physik von Star Trek · 06/5549
Judith & Garfield Reeves-Stevens, Star Trek – Deep Space Nine:
Die Realisierung einer Idee · 06/5550
Herbert F. Solow & Yvonne Fern Solow, Star Trek: Das Skizzenbuch –
Die Classic-Serie · 06/6469
Judith & Garfield Reeves-Stevens, Star Trek – Phase II: Die verlorene Generation ·
06/6470
Herbert F. Solow/Robert H. Justman, Star Trek – Die wahre Geschichte ·
06/6499
J. M. Dillard, Star Trek: Wo bisher noch niemand gewesen ist · 06/6500

Diese Liste ist eine Bibliographie erschienener Titel,
KEIN VERZEICHNIS LIEFERBARER BÜCHER!